WOLFGANG HOHLBEINS
SCHATTENCHRONIK

Band 4

WOLFGANG HOHLBEINS
SCHATTENCHRONIK

ALISHA BIONDA & JÖRG KLEUDGEN

Blutopfer

BLITZ

Redaktion: Jörg Kaegelmann
Cover Artwork: Mark Freier (www.freierstein.de)
Illustration: Pat Hachfeld (www.dunkelkunst.de)
Lektorat: TTT, Mallorca
Satz: M. Freier, München
In alter Rechtschreibung gesetzt.
Druck und Bindung: Drogowiec, Polen

www.BLITZ-Verlag.de
ISBN 3-89840-354-8

Marc-Alastor E.-E. gewidmet,
der dieser Serie wesentlichen "Atem" eingehaucht hat

In tiefer Verbundenheit
ALISHA BIONDA

Inhalt

WAS BISHER GESCHAH

Dilara versucht Licht ins Dunkel ihrer rätselhaften Vergangenheit zu bringen und sich von dem Einfluß des mysteriösen Fürsten der Nosferati, Antediluvian, zu befreien, der ihr einst durch den Kuß der Verdammnis ewiges Leben schenkte. Als Gefährten gewinnt die faszinierende Vampirin den jungen Buchhändler Calvin. Doch auch ihn umgibt etwas Rätselhaftes. Zusammen mit ihm beschließt Dilara in die unterirdische Welt der widerständlerischen Vampirgruppe *Cemeteries* zu fliehen und mit ihnen den Kampf gegen Antediluvian aufzunehmen. Zuvor bittet Calvin Dilara, ihm mehr über ihr bisheriges Leben zu erzählen.
So beginnt sie mit einem der wichtigsten Abschnitte ihres Lebens...

... Dilara gönnt sich und ihrem Diener Cippico Ruhe in einem kleinen, luxuriösen Hotel in Avignon – bis Antediluvian sie zu sich zitiert. Dilara trifft Gelophee Roche, eine junge, schöne Rosenkreuzerin, die die Vampirin vor einem weiteren Auftrag warnt und dabei vorgibt, Antediluvian zu kennen. Als Dilara auf den Nosferatifürsten trifft, verlangt dieser von ihr, sich ein Schriftstück aus den geheimen Archiven des Vatikans anzueignen. Von Avignon beginnt nun eine abenteuerliche Reise nach Lugano, wo laut Gelophee ein exkommunizierter Priester lebt, der genau weiß, wo man die geheimen Schriftstücke finden kann. Nach einigen Komplikationen gelangen sie zu einer kleinen Dorfkirche, wo der ehemalige Diener Gottes als Gärtner arbeitet. Dort werden sie von dem mächtigen Lichtgeist Methalumina angegriffen, und Dilara wird nahezu vernichtet. Cippico gelingt es, sie zu retten. Gelophee verschwindet, noch bevor Dilara wieder vollkommen erstarkt ist. Nun beginnt ein entscheidender Wettlauf nach Rom und zum Vatikan, wo sie tatsächlich bis in die geheime Krypta vom Heiligen Petrus vordringen. Dort stößt Dilara auch wieder auf Gelophee. Sie werden von einem Diener Antediluvians angegriffen, der die Schriftstücke vernichtet, und Dilara entkommt nur knapp ihrem Ende. Ein kleiner Teil der Dokumente kann gerettet werden. Er offenbart, daß die Wiege der Nosferati scheinbar auf vorsintflutliche Zeiten zurückgeht – und daß einer alten Prophezeiung nach das Zeitalter der Zusammenkunft aller Nosferati unter der Herrschaft eines einzigen Blutgottes begonnen hat.

In principio erat verbum
(Am Anfang war das Wort)

„Du bist auf die Erde gekommen, den Ort der Qual,
den Ort des Durstes, den Ort des Hungers,
den Ort des Weinens, den Ort der eigenen Schwäche."

(traditionelle Begrüßung einer Hebamme
an ein aztekisches Neugeborenes)

A*ztlan, 1569*

Als die Blutsonne hinter den schroffen Bergen versank und der Tag der gefürchteten Neumondnacht wich, drängten sich die Menschen in ihren Hütten zusammen. Sie flohen vor der Dunkelheit in den schwachen Schein tönerner Öllampen, in deren Schutz sie sich sicher wähnten, obschon die Vergangenheit sie gelehrt hatte, daß es ein *trügerischer* Schutz war. Trügerisch war auch die Illusion, es könne von Nutzen sein, daß sich das Dorf eng an den Berghang schmiegte. Ja, gar versuchte, vorhandene Spalten und Höhlen auszufüllen, um möglichst viel Abstand zu der Stadt auf dem See zu gewinnen, über der in großer Höhe ein mächtiges Feuer zu brennen schien. Dessen kalte, weißblaue Flamme spendete keinen Trost in dieser finstersten aller Nächte, sondern rief vielmehr das fortwährende Grauen in Erinnerung, das dort lauerte.

Auch in dieser Nacht waren die Menschen zusammengekommen, um sich durch das Erzählen von Geschichten abzulenken. Doch während sie einander lauschten, mischte sich der Schrei eines Neugeborenen unter das heisere Krächzen aufgeschreckter Vögel und das leise Rauschen des Windes über dem See. Und in der fernen Stadt, in ihren Gräbern unter tonnenschwerem Stein, begannen sich die Toten zu wälzen. Sie wußten, daß der bohrende Hunger in ihren Eingeweiden bald gestillt werden würde.

London, August 1891

„Die Azteken?“ Dilara wiederholte das Wort, das ihr Gegenüber ausgesprochen, und das in ihrem Geist eine Saite zum Klingen gebracht hatte. Sie hatte noch kurz zuvor bereut, an dem Empfang im Hause Hurt teilgenommen zu haben, dessen Gesellschaft ihr im wahrsten Sinne des Wortes blutleer erschien. Doch diese unerwartete Wendung schien dazu geeignet, den Abend zu retten.

„Haben Sie gerade von den Azteken gesprochen?“ vergewisserte sie sich noch einmal.

Der Mann mußte sich halb herumdrehen, um sie sehen zu können. Und was er erblickte, gefiel ihm augenscheinlich. Dilara war wie immer von atemberaubender Schönheit. Die meisten Männer waren von dem Kontrast ihrer grünen Augen zu dem tiefschwarzen Haar, das sich in großen Locken bis auf ihre Schultern hinabwand, fasziniert. Aber Dilara achtete darauf, daß auch ihre an den richtigen Stellen üppigen weiblichen Formen durch sorgfältig ausgewählte Kleidung zur Geltung kamen. Von ihrer fast alabasterweißen Haut offenbarte das Kleid aus blutroter Seide, das sie für den Abend ausgewählt hatte, beinahe zuviel. Doch Dilara liebte dieses Spiel. Sie gefiel sich in der Rolle, in die sie an diesem Abend hineingeschlüpft war, und sie hatte den Eindruck, in dem Fremden einen geeigneten Spielpartner gefunden zu haben. Und wie das Spiel ausgehen würde, stand nach Dilaras Meinung schon jetzt fest.

„Korrekt müßte es Mexi'ca heißen, denn das ist der Name, den sie selbst sich gegeben haben, Miß. Interessieren Sie sich für mittelamerikanische Geschichte?" Der Mann, der sich von der Gruppe abgewandt hatte, in der er sich bis zu diesem Zeitpunkt unterhalten hatte, drehte sich nun ganz zu ihr herum und musterte sie mit unverhohlener Neugierde. Dilara fiel es schwer, ihn einzuordnen. Sie schätzte sein Alter auf zirka 35 Jahre, die er, seiner athletischen Erscheinung und der Hautfarbe nach zu urteilen, zum größten Teil unter freiem Himmel verbracht hatte. Sein Haar war von der Sonne gebleicht, seine Augen strahlten in einem Blau, das sie an den Azur eines Sommerhimmels erinnerte.

Sie beantwortete seine Frage mit einer Gegenfrage: „Wie heißen Sie?"

„Roger Gallet." Er streckte ihr die Rechte entgegen. Sein Händedruck war kräftig und entschlossen. „Ich arbeite im Department of Archaeology and Anthropology der Universität von Bristol, bin aber nur selten dort anzutreffen. Ich..."

„Redest du schon wieder den ganzen Abend von deiner Arbeit, Roger?" Eine junge Frau hatte sich aus der Gruppe gelöst, in der er zuvor gesprochen hatte. Dilara glaubte, von ihrem hübschen, aber unübersehbar blasiert wirkenden Gesicht deutlich die Eifersucht ablesen zu können. Die Frau erhob einen Anspruch auf den Anthropologen, und sie war nicht willens, sich diesen durch eine Fremde streitig machen zu lassen. Spielerisch blies sie einige Strähnen ihrer Pagenfrisur aus der Stirn, doch selbst diese Geste wirkte angriffslustig.

„Du hattest mir versprochen..."

Roger Gallet verbarg nur mit Mühe einen gequälten Gesichtsausdruck. Vermutlich hatte er Szenen wie diese schon häufiger erlebt.

„Jane, ich…"

„Möchtest du uns nicht miteinander bekanntmachen, Roger?"

„Entschuldigt, natürlich. Dies ist Janet Norton, meine Assistentin…", begann er und wurde sofort wieder unterbrochen.

„Meinem Vater gehört die größte Baumwollweberei in Bury. Er hat Roger das Studium ermöglicht", fiel Janet ihm ins Wort. Der Anthropologe wand sich voller Unbehagen. Dilara sah, daß ihm jedes Mittel recht gewesen wäre, Janet Norton, die sich offenbar für mehr als nur seine Assistentin hielt, loszuwerden.

Vielleicht… ja, sie hatte eine Idee.

„Janet, wie wäre es, wenn Sie uns ein paar Drinks organisieren", sagte sie mit möglichst unschuldiger Stimme, doch die Gedanken, die sie in das Unterbewußtsein der Frau sandte, sagten etwas vollkommen anderes aus: *Laß uns allein! Geh! Geh, und laß uns für den Rest des Abends allein!*

Zu Roger Gallets Erstaunen nickte seine Freundin, reichte Dilara mit den Worten: „Nett, Sie kennengelernt zu haben", die Hand, und entfernte sich in Richtung Bar.

„Wie haben Sie das gemacht?" wollte er wissen. „Können Sie zaubern?"

„Vielleicht ein bißchen." Dilara konnte ein Grinsen nicht völlig unterdrücken.

„Wie sagten Sie noch, war Ihr Name?" wollte Roger Gallet wissen.

„Ich hatte ihn noch gar nicht genannt." Dilara überlegte einen kurzen Moment und sagte dann: „Demimondes. Dilara Demimondes."

„Was für ein ungewöhnlicher Name", sagte Gallet. Und was für eine ungewöhnliche Frau, dachte er. „Er klingt französisch."

„Roger Gallet aber auch!“ Dilara lachte. „Erzählen Sie mir doch bitte mehr über sich… und über die Azteken!“

„Nun, Janet hatte nicht ganz unrecht. Ich verdanke die Tatsache, daß ich studieren konnte, ihrem Vater. Sie leitet daraus gewisse Eigentumsrechte an mir ab. Ihre Stelle an der Universität hat sie nur deshalb bekommen, weil ihr Vater im richtigen Moment dem Institut eine großzügige Spende hat zukommen lassen. Im Grunde genommen interessiert sie sich nicht für Anthropologie und Archäologie, doch auf diese Weise kann sie mir immer nahe sein. Näher, als mir selbst lieb ist…“

„Und die Azteken?“

„Oh, die sind mein Fachgebiet! Ich glaube, kein lebender Mensch kennt sich darin besser aus als ich.“ Offenbar wußte er kaum, wie er seiner Begeisterung Ausdruck verleihen und womit er beginnen sollte. „Wußten Sie, daß sich dort, wo sich heute Mexiko-Stadt erstreckt, bis ins Jahr 1521, seiner Eroberung und Zerstörung durch den spanischen Konquistadoren Hernán Cortés, das mächtige Tenochtitlan, die Hauptstadt des Aztekenreiches, befand?“

Dilara wußte es, aber sie konnte sich nicht daran erinnern, wo sie es gehört hatte.

Roger Gallet wartete ihre Antwort nicht ab: „Und daß Nahuatl, die aztekische Sprache, noch heute von Hunderttausenden von Mexikanern gesprochen wird? Wissen Sie, eigentlich ist das aztekische Reich niemals ganz untergegangen. Es lebt bis in unsere Zeit fort. Natürlich nicht in der Form, in der Cortés es im sechzehnten Jahrhundert vorgefunden hat. Viele meiner Kollegen machen den Fehler, die Azteken an unseren heutigen Maßstäben zu messen.“

„Und Sie?“

Roger Gallet betrachtete sein Whiskeyglas, als hoffe er, darin eine Antwort auf Dilaras Frage zu finden. Er überlegte, ob er der Fremden gegenüber so offen seine umstrittene Einstellung vertreten sollte.

„Ich versuche, mich in die Menschen der damaligen Zeit hineinzuversetzen. Sie können einen aztekischen Priester, der einem Götteropfer bei lebendigem Leibe und vollem Bewußtsein das Herz aus der Brust schneidet, nicht nach dem moralischen Wertesystem Englands im neunzehnten Jahrhundert verurteilen."

Dilara nickte zustimmend, und Gallet, dessen Stimmung sich sichtlich aufhellte, begann, von seinen Forschungen über die untergegangene Kultur der Ureinwohner Mexikos zu berichten. Er schilderte in bunten Farben seine Reisen nach Mexiko-Stadt und die Ausgrabungen in Tenochtitlan und anderen Stätten, an denen er teilgenommen hatte.

„Seit zwei Jahren beschäftige ich mich mit einer Sage, die den Ursprung der Azteken erklären soll. Es heißt, ihre Urahnen seien einst von einem mythischen Ort namens Aztlan aufgebrochen, dessen genaue Lage später verlorengegangen sei. Ihre Spur läßt sich bis nach Tollan zurückverfolgen, dann verliert sie sich im Nebel der Zeit. Wir kennen ja leider nur den geringen Ausschnitt aus der Geschichte dieses faszinierenden Volkes, den uns die Konquista überliefert hat. Es heißt, die Azteken selbst hätten nach ihrer ursprünglichen Heimat geforscht. In den Schriften ist von einer *Expedition der fünfzig Zauberer* zum vergessenen Aztlan die Rede." Der Anthropologe machte eine Pause, um Dilaras Reaktion abzuwarten. Er fand ihr Interesse ungebrochen. „Nun, wir haben von einem unserer großzügigsten Sponsoren einen Forschungsauftrag erhalten." Er sah sich um, als wolle er sichergehen, daß niemand die Unterhaltung mitverfolgte. Der Lärmpegel in dem verschwenderisch geschmückten Saal war mit zunehmendem Alkoholkonsum angewachsen. Gallet hätte vermutlich schreien müssen, um in mehr als einem Meter Entfernung noch verstanden zu werden.

„Es handelt sich um Vitali Dunane, einen galizischen Reeder. Kennen Sie ihn zufällig?"

Dilara verneinte: „Den Namen habe ich nie gehört."

„Ich, ehrlich gesagt, vorher auch nicht, aber die Universität konnte sein großzügiges Angebot nicht ablehnen. Er bestand darauf, daß ich die Expedition leite. Angeblich hat er auf einer Mexikoreise Aufzeichnungen erworben, an deren Echtheit nicht gezweifelt werden kann, und die das Dunkel der aztekischen Vergangenheit erhellen könnten. Mir wurde zugesagt, daß ich diese Unterlagen auf der Schiffsreise einsehen könnte."

London 2005, Brompton Cemetery

Dilara fühlte Schwäche in sich. Schwäche, die jeder Erinnerungsfetzen, den sie sich aus dem nebulösen Dunkel ihrer Vergangenheit abrang, stets in ihr wachrief. Es kostete sie immense Kraft, sich zu entsinnen. *Seelen*kraft, die sie auch körperliche Substanz bis an den Rand der existenziellen Erschöpfung kostete. Dabei wollte sie nichts mehr als das – sich erinnern!

Was sie war, wer sie war, aber vor allem, woher sie kam.

Wo ihr wahrer Ursprung lag!

Seit sie ihr Bild in der Schattenchronik gesehen hatte, umso mehr, denn es warf so viele Fragen auf. Fragen, die endlich beantwortet werden mußten. Sonst würde sie immer mehr in der nebulösen Erinnerungsbarriere versinken und dadurch mehr und mehr an Persönlichkeit verlieren. Womöglich doch noch eine von Antediluvians Marionetten werden.

Antediluvian!

Bei ihm schienen die Fäden zusammenzulaufen, zu ihm führte alles hin. Er kannte Dilaras wahre Herkunft, dessen wurde sie sich immer sicherer. Und aus diesem Grund verbarg er die Schattenchronik vor ihr, in deren Besitz Dilara endlich gelangen mußte. Vor allem aber wollte sie Antediluvian Einhalt gebieten. Ihm endlich die Stirn zeigen auf seinem machtbesessenen Weg.

Dafür schaust du aber schon lange genug tatenlos zu, hetzte die Stimme in ihr, die Dilara immer ketzerisch ihr „Gewissen" nannte. Wohlwissend, daß Wesen wie sie keines besaßen. Dennoch grenzte diese mentale Ansprache, die immer dann in ihr laut wurde, wenn sie sich in Grenzsituationen befand, daran.

So wie jetzt, nachdem sie Calvin den ersten umfassenderen Rückblick in ihr bisheriges Leben gewährt hatte und somit auch wieder für ihr eigenes Bewußtsein ein wichtiger Baustein ihres Lebens hinzugekommen war.

Es war Dilara, als habe diese erste komplexe Erinnerung an Gelophee und ihren Diener und Vertrauten Cippico etwas in ihr ausgelöst. Etwas, das viel zu lange brachgelegen hatte und das sich nun wieder in ihr verankert hatte. Die Schilderungen hatten ihr nicht nur Kraft geraubt, ihr Charakter hatte dadurch wieder an Facetten zurückgewonnen, die unter dem Mantel des Vergessens verborgen gelegen hatten.

Dilara fühlte sich stark und schwach zugleich.

Zuerst einmal mußte sie die Kraftlosigkeit, die diese Reise in die Vergangenheit hervorgerufen hatte, durch neue Nahrung bannen.

So schickte sie sich an, den schmucklosen Raum, den man ihnen in Guardians Haus zugewiesen hatte, zu verlassen.

Calvin, der immer noch langgestreckt auf dem Bett lag, zwar bekleidet, aber in relaxter Haltung, blickte ihr besorgt nach.

Dilaras Bewegungen hatten merklich an Grazie verloren. Sie glichen dem unsicheren Taumelflug eines Nachtfalters, der an ein Hindernis gestoßen war, und wirkten unkoordiniert und eckig.

„Bist du sicher, daß Cippico Grund deiner Erinnerungslücken ist?“

Calvins Frage ließ sie mitten im Schritt verharren.

Dilara drehte sich herum und blickte ihn kühl, beinahe herablassend an. „Natürlich bin ich NICHT sicher. Wie kann ich das auch?“

Ihre kaltschnäuzige Art prallte ohne Wirkung an Calvin ab. Er kannte ihre Stimmungsschwankungen mittlerweile gut genug, um zu wissen, daß diese oft nicht lange anhielten. „Ich weiß nicht, ich glaube nicht daran, daß Cippico das Vergessen über dich brachte, sondern eher, daß jemand anders dahintersteckt.“

Dilara sah ihn an. In ihren grünlichen Augen glomm ein Feuer der Verachtung, die aber nicht Calvin galt. „Antediluvian“, stieß sie hervor. Legte in ihre Stimme einen Tonfall hinein, der all ihren Abscheu widerspiegelte, den sie mittlerweile für den Fürsten der Nosferati empfand.

Calvin blickte eine Weile gedankenversunken vor sich hin. „Und selbst da bin ich mir nicht mehr sicher. Nach allem, was du mir bisher erzählt hast. Irgendwie paßt alles noch nicht so recht zusammen.“

Dilara schwieg verbissen.

Daher sah sich Calvin genötigt, weiterzusprechen. „So ganz ist es – wem auch immer – ohnehin nicht gelungen, deine Erinnerung vollends zu unterdrücken. Gelophee hattest du schon einmal kurz erwähnt. Ebenso Cippico, nachdem du von ihm getträumt hattest." Er musterte Dilara, die nun endgültig den Raum verlassen wollte. Man sah ihr deutlich an, daß sie dringend Nahrung benötigte. Sie war in erschreckendem Maße gealtert. Ihre Haut wirkte rauh und brüchig. Wie altes Pergament, das unter Berührung zu Staub zerfällt. Dennoch verlor sie nicht an Schönheit, wenngleich es Calvin vorkam, als habe sich gerade in ihrem jetzigen Zustand ein anderer – viel älterer – Gesichtszug mit dem ihm bekannten vermischt.

„Erinnere dich, du hast sowohl Gelophee als auch Cippico mir gegenüber erwähnt."

Dilara schürzte die Lippen. „Das stimmt!" räumte sie zögernd ein. Sie blickte Calvin eine Spur wohlgesonnener an. „Ich muß hinaus", murmelte sie dann.

Und ehe er sich versah oder etwas erwidern konnte, war sie wie ein Schatten entschwunden.

Dilara floß behende durch den kühlen Nachtwind.

Sie verspürte Hunger. Quälenden und lebenserhaltenden Hunger. Und sie wußte, sie würde des ersten Menschen, der ihren Weg kreuzte, habhaft werden. Es war ein Mann mittleren Alters, der mit hängenden Schultern und einem Blumenstrauß in der rechten Hand im Dunkel der hereingebrochenen Nacht über den Brompton Cemetery schlurfte. Anders konnte man seinen schleppenden, gramgebeugten Gang nicht nennen. Dilaras Mund verzog sich zu einem häßlichen Grinsen. Bald wirst du demjenigen, den du hier zu Grabe getragen hast, folgen, dachte sie verächtlich. Sie nahm neben einem alten verkrüppelten Baum, der seine buntbelaubte Krone in den Wind hielt, Gestalt an, verbarg sich aber erst noch in dem Schutz, den der mächtige Stamm ihr bot. Fest an die harte, verwitterte Krustenhaut gepreßt, beobachtete Dilara, wie der Mann mit hängendem Kopf an einem frischaufgeworfenen Grabhügel stehen blieb. Seine Schultern zuckten, und ein unterdrücktes Schluchzen drang an Dilaras Ohr.

Menschen, dachte sie abfällig, für sie ist der Tod immer noch ein Tabuthema und bedrohlich.

Du hast gut reden, durchzog es sie, *als du vor über vierhundert Jahren am Galgen gebaumelt hast, da hast du auch alle Mächte des Himmels und der Hölle angefleht, dir zu helfen. Dir dein jämmerliches Leben zu lassen. Da warst du nicht wählerisch. Du hättest jedem deine Seele versprochen, wenn er dich gerettet hätte.*

Dilara stieß einen unwilligen Laut aus.

Ja, kicherte es hinter ihrer Stirn, *du wirst ungern an deine Schwächen erinnert. Darin unterscheidest du dich keinen Deut von den Sterblichen.*

Dilara stieß sich von dem Baumstamm ab, an dem sie immer noch lehnte, als wolle sie durch die Bewegung die imaginäre Stimme in sich zum Verstummen bringen. Und richtig, sie verklang.

Der Mann war vor dem Grab in die Knie gegangen, hielt die Finger wie zu einem stummen Gebet ineinander verschränkt. Seine Lippen bewegten sich – tonlos.

Dilara trat dichter an ihn heran, aber er war so in seine Ansprache vertieft, daß er sie nicht wahrnahm. Einzelne Wortfetzen waren nun aus der Nähe doch für Dilara verständlich. Sätze wie: „Ich vermisse dich, Catherine...", „Warum hast du mich nur so früh verlassen?" und „Mein Leben ist sinnlos geworden... Wie gerne würde ich dir folgen."

„Dann solltest du das jetzt!" entfuhr es Dilara höhnisch. „Dein Wunsch ist mir Befehl."

Der Mann fuhr noch in der Hocke mit dem Kopf herum und riß erschrocken die Augen auf, als er Dilara hinter sich erblickte. Ihre mumienhaft ausgelaugte Haut wirkte wie die starre Maske einer Einbalsamierten. Als sie nun auch noch die Oberlippe hochzog und ihre spitzen Zähne entblößte, stieß der am Boden Hockende einen Schrei des Entsetzens aus, der schaurig durch die Nacht hallte. Dilara lachte... beinahe haßerfüllt. „Hast du nicht eben darum gebeten, deiner Liebsten“, sie sprach das Wort so angeekelt aus, als ob es sich um eine ansteckende Krankheit handele, „folgen zu dürfen? Dazu werde ich dir jetzt verhelfen.“

Ehe sich der Mann versah, hatte sie ihn mit erstaunlicher Kraft gepackt, emporgezogen und ihre Zähne in seine Halsschlagader geschlagen. Sie war so ausgehungert, daß sie nicht warten konnte, bis ihr das Blut entgegensprudelte. Immer wieder verbiß sie sich im Hals ihres Opfers, das, starr vor Schreck, zu keiner Gegenwehr fähig war. Dilara vergrub ihre Zähne in rasender Hast in das Fleisch, riß Stücke heraus, trank das Blut, leckte jeden einzelnen Tropfen auf. Sie spürte, wie ihre Kräfte langsam zurückkehrten. Zumindest in dem Maße, daß sie weitere Opfer aufspüren konnte, denn dieses war nicht genug, um vollends ihre Kräfte zurückzuerlangen.

Doch die Nacht war lang!

Dilara ließ den schlaffen Männerkörper auf den Grabhügel sinken und schob ihn geringschätzig mit dem Fuß in die Mitte des Grabes. Er kam bäuchlings zu liegen und kehrte ihr den Rücken zu, so daß dem flüchtigen Betrachter die entsetzlichen Wunden verborgen blieben, die Dilara ihm zugefügt hatte. Sie zog ein Taschentuch aus ihrer engen schwarzen Lederhose und reinigte notdürftig ihr Gesicht. Mundpartie, Kinn und Hals waren blutbesudelt. Auf ihrer dunklen Kleidung konnte man die Blutflecke in der Dunkelheit nicht ausmachen. Sehr wohl aber auf ihrem mondbeschienenen Gesicht.

Königin des Mondes, durchfuhr es sie, als sie das Antlitz zu dem Trabanten hob und eine altbekannte Sehnsucht in sich verspürte.

Sie zuckte zusammen. Weniger aufgrund der Stimme in ihr, sondern als sie eine flüchtige Bewegung in den Augenwinkeln wahrnahm und eine schemenhafte Gestalt erblickte, die sie offensichtlich beobachtet hatte.

Dilara fuhr erneut zusammen.

Die Silhouette, die halbverborgen hinter einem hohen Grabstein stand, war ihr vertraut.

Dilara kannte den Mann.

„Roderick", murmelte sie, und ein undefinierbares Unwohlsein machte sich in ihr breit.

Was wollte der Wiedergänger hier?

Hier, in der Nähe des Unterschlupfes der Cemeteries.

Was wohl, hetzte die Stimme, *das weißt du ganz genau*.

Dilara stieß einen knurrenden Laut aus und hob – wie ein Hund seine Lefzen – ihre Oberlippe, ganz so, als wolle sie dem Wiedergänger damit bedeuten, ihr nicht zu nahe zu treten.

Doch bevor sie sich ihm gänzlich zuwandte, warf sie einen letzten hochmütigen Blick auf die Leiche des Mannes, der ihr als Nahrungsquelle gedient hatte.

„Jetzt hast du ihn wieder, Catherine... willkommen in der Hölle!"

Calvin zuckte in dem Augenblick zusammen, als das Unbehagen in Dilara erwuchs, das durch den Anblick des Wiedergängers in ihr aufflammte. Wo treibt sich diese aufsässige Vampirin wieder herum, fragte sich Calvin seufzend. Er hatte von Anbeginn ihres Kennenlernens ihre Uneinschätzbarkeit gespürt. Aber das Ausmaß ihrer Sprunghaftigkeit nicht einmal ansatzweise erahnt. Manchmal war er immer noch fassungslos bei ihren Temperamentsausbrüchen, oder wenn sie innerhalb eines Wimpernschlages von einer warmen Umarmung in eine Kälte wechseln konnte, die ihresgleichen suchte. Dennoch verstand er sie, weil er die Ursache dafür kannte. Seinen persönlichen Ursprung nicht vollends zu kennen, oder sich dessen bewußt zu sein, mußte in sich zerrissen machen. Besonders in einem Jahrhunderte währenden Dasein wie ihrem. Das verstärkte die wohl angeborene Ambivalenz in Dilaras Wesen noch.

Vielleicht macht gerade das ihren besonderen Reiz aus, dachte Calvin, und ein Lächeln stahl sich auf seine Gesichtszüge. Jedoch nur flüchtig, denn nun spürte er Dilaras Unbehagen körperlich mit. Und ihn hielt nichts mehr in den Katakomben.

Beinahe in Sekundenschnelle, wie es für seine Art typisch war, stand er an eben jenem Baum, hinter dem sich Dilara noch vor wenigen Minuten verborgen hatte, als sie ihr Opfer auskundschaftete. Nun bewegte sie sich zielstrebig auf den Schemen zu, der sie mit glühenden Augen betrachtete. .

Calvins Blick folgte ihren Bewegungen, die wieder weicher und fließender geworden waren, und blieb an der Gestalt haften, vor der Dilara verharrte.

„Wußte ich es doch!“ murmelte er verdrossen. „Daß dieser Typ wieder auftaucht! Und sie hat nichts Besseres zu tun, als...“ Er verstummte, als ihm die unwillige Haltung bewußt wurde, die Dilara einnahm. Offensichtlich war sie nicht erfreut über sein Auftauchen.

Da sind wir schon zwei, dachte Calvin und schlich sich im Schutze der Gräber und Monumente des Friedhofes näher an die beiden Gestalten heran, hörte, wie Dilara gerade den Namen des Mannes aussprach, den er am liebsten sonstwohin gewünscht hätte – nur nicht in ihre Nähe. Aus mehrfacher Sicht.

„Roderick!" In Dilaras Stimme schwang alle Verachtung und Ablehnung, die sie hineinzulegen vermochte. „Unter welchem Stein bist du denn hervorgekrochen?"

„Mein Name ist John..." Die Stimme des Mannes klang sonor und angenehm, dennoch enthielt sie eine leichte Spur Verunsicherung.

„Natürlich." Dilara schlug sich theatralisch gegen die Stirn. „Du wechselst ja deine Namen und Identitäten wie andere ihre Unterhosen." Sie warf die langen Haare mit einem lasziven Schwung über die Schultern und trat noch einen Schritt auf den Wiedergänger John Haigh zu.

„Doch egal, was oder wer du bist, *John*, du tötest wie unsereins. Respekt, alter Freund!" Ihr Gesichtsausdruck wurde noch eine Nuance härter. Wieder stellte Calvin fest, daß sich ihre Züge verändert hatten. Nicht wesentlich, aber für ihn dennoch erkennbar. Sie waren noch klarer, aber auch härter geworden. Im Grunde wirkte sie dadurch noch schöner – und noch unnahbarer... geheimnisvoller. Etwas, das ihn noch mehr anzog. Auf eine sexuelle Weise. Etwas Machtvolles ging plötzlich von ihr aus.

„Wie mir zu Ohren gekommen ist", fuhr Dilara fort, und ihre Stimme troff vor Hohn, „bist du auf der Karriereleiter hinaufgestiegen, *John*. Du bist jetzt auch einer von Antediluvians Schergen... einer seiner tumben Handlanger."

Dilara wußte genau, daß es nicht so war. Ihr war aus sicherer Quelle bekannt, daß Roderick, wie sie ihn insgeheim immer noch nannte, mehr als Antediluvians Handlanger war. Durch ihn konnte der Fürst der Nosferati agieren, ohne selbst in Erscheinung zu treten.

„Hat er dich geschickt?“ fragte sie herausfordernd. „Hat er dich wieder mit einem Auftrag versehen?“ Sie lachte häßlich. „Sollst du mit mir im Regen spazierengehen?“

Der Angesprochene zuckte zusammen, während sich Calvin ein amüsiertes Grinsen nicht verkneifen konnte. Das war eine Seite an Dilara, die er zu schätzen gelernt hatte, diesen beißenden, nachtschwarzen Humor.

Der Wiedergänger, wie Calvin Roderick/John nur noch bezeichnete, machte eine unwillige Handbewegung und verlor sichtlich seine Unsicherheit.

„Ich bin frei in meinem Denken und Handeln, Dilara!“ erwiderte er mit fester Stimme und erntete ein spöttisches Lachen, das er aber ignorierte. „Und ich kann mich aufhalten, wo immer es mich gelüstet.“ Er legte eine kleine Pause ein. „Auch in deiner Nähe.“ Nun verzog *er* seine Mundwinkel geringschätzig. „Wo hast du denn deinen jungen Liebhaber gelassen? Bist du seiner schon wieder überdrüssig geworden?“

„Keineswegs!“ antwortete Calvin an ihrer Stelle, trat an die beiden heran und handelte sich einen giftigen Blick von Dilara ein, die es haßte, wenn er ihr nachspionierte, wie sie es immer nannte.

Calvin begegnete dem aber gelassen.

Ihn interessierte viel mehr, was sich der Wiedergänger in ihrer Nähe herumzutreiben hatte.

London, August 1891

Auf dem Weg zu ihrem Haus am Rande des Hyde Parks fühlte sich Dilara wie berauscht, und es lag nicht an dem Champagner, den man ihr im Laufe des Abends immer wieder vergeblich angeboten hatte. Einen Mann wie Roger Gallet, *Professor Gallet,* korrigierte sie sich in Gedanken, hatte sie seit langem nicht mehr kennengelernt. Sie hatte sich in seiner Gegenwart wohlgefühlt, wie sie sich selbst gestehen mußte. Eigentlich kam sie mit ihrer selbstgewählten Einsamkeit gut zurecht, doch Gallets sprühender Geist, seine Fähigkeit, andere von seinen Ideen zu begeistern, und nicht zuletzt sein anziehendes Äußeres hatten in ihr eine Begierde entfacht, die sie in den vergangenen Jahren nicht gekannt hatte.

Doch es war nicht Gallet alleine, dessen Anwesenheit sie erregt hatte. Die Dinge, von denen er gesprochen hatte, erinnerten sie an Geschehnisse, die sich etliche Jahre zuvor ereignet hatten.

Dilara wunderte sich, daß ihre Erinnerung nur noch fragmentarisch vorhanden war. Sie konnte den Begriff „Azteken" nicht einordnen, doch sie glaubte, ihn auf einer Italienreise mit ihrem gnomenhaften Diener Cippico in einem Zusammenhang gehört zu haben, dessen Kenntnis ihr jetzt hilfreich gewesen wäre.

Ihre Reise mit Cippico… da war eine Bahnfahrt gewesen… Ligurien, die Toskana, die Maremma, Rom. Und die Rückfahrt durch die Schweiz. Plötzlich tauchte ein Name vor ihrem geistigen Auge auf: Kyuzaemon. Sie sah einen mächtigen Nosferatu mit mandelförmigen Augen und hochgestecktem, blauschwarzem Haar vor sich, und seinen Tod am St. Gotthardpaß. Er hatte sie angegriffen, während ihrer nächtlichen Zugfahrt. Dilara hatte Cippico mit ihrem eigenen unsterblichen

Leben beschützt, so wie er sie viele Male zuvor gerettet hatte. Der Kampf war der zweier Bestien gewesen. Das Zugabteil war dabei völlig verwüstet worden. Als Dilaras Kräfte nachließen und Kyuzaemon mit ihr am offenen Fenster gerungen hatte, seine Fangzähne bereits an ihrem Hals, war ihr ein Zufall zu Hilfe gekommen… und hatte sie beinahe ihr eigenes Leben gekostet.

In der sturmgepeitschten Nacht waren sie unter dem verwehten Schleier eines Wasserfalls hindurchgefahren. Kyuzaemon hatte den größten Schwall abbekommen und war kreischend aus dem Abteilfenster herausgestürzt. In Schmerz und Panik hatte er die tödliche Umklammerung gelöst und war schlußendlich als rauchendes Lumpenbündel in einem Gebirgsbach gelandet. Auch Dilara war schwerstverwundet. Ihr Diener hatte sie vorsichtig abgetupft und in einige der Decken gehüllt, die er sich vom Schaffner hatte geben lassen. Er kannte Dilara gut genug, um zu wissen, daß es schlimm um sie stand. Wenn er nichts unternahm, würde sie nicht lange durchhalten. Die Vampirin hatte ihr Bewußtsein bereits verloren. Sie konnte später nur mühsam rekonstruieren, was dann geschehen war. Cippico hatte wohl abgewartet, bis sie in Karlsruhe angekommen waren, wo er offenbar Bekannte besaß. Mit deren Hilfe mußte er die in fortgeschrittenem Zersetzungsprozeß Befindliche zu einem Friedhof geschafft haben, um sie dort in einer ungeweihten Ecke zu begraben. Ob er ihr in diesem Moment größter Schwäche die Erinnerung geraubt hatte, oder ob dies auf die Schwere ihrer Verletzungen zurückzuführen war, konnte sie später nicht sagen. Sie erinnerte sich nicht an den Grund ihrer Reise. Cippico war nicht auffindbar gewesen. Sie hatte ihn für immer verloren.

Dilara war, von einem unguten Gefühl geplagt, auf dem schnellsten Wege nach London zurückgekehrt, wo sie ihr Haus in wüster Unordnung vorgefunden hatte. Irgendjemand hatte darin nach etwas gesucht und sich keine Mühe gegeben, dabei umsichtig zu Werke zu gehen. Dilara vermutete Antediluvian hinter dieser Verwüstung, doch dann hatte sie erfahren, daß der Nosferatu etwa zeitgleich mit ihr verschwunden war. Als seinen Statthalter hatte er einen uralten rumänischen Adeligen eingesetzt, den widerlichen Grafen Oorlog, der seitdem eine Schreckensherrschaft führte.

Dilara hatte ihr Haus erreicht, das sie seit diesen Ereignissen mit einer Reihe von Schutzmechanismen versehen hatte. Noch auf dem Weg zum Schlafzimmer entledigte sie sich ihrer Kleidung. Sie fühlte sich angesichts der neuen Bekanntschaft seltsam beschwingt, doch der Schatten der ungewissen Vergangenheit lastete schwer auf ihr.

In dieser Nacht wurde Dilara von einem besonderen Traum heimgesucht. Einem Traum von gewaltigen Strömen frischen Blutes, die sich über die Stufen einer gigantischen steinernen Pyramide ergossen. Die Schreie tausender Gequälter hallten durch die Nacht, die durch ein mächtiges Feuer auf der obersten Stufe des zyklopischen Bauwerkes unruhig erhellt wurde. Immer neue Opfer wurden über eine breite Treppe hinaufgetrieben, wo sie der sichere Tod erwartete. Sie alle waren nackt und mit groben Stricken aneinandergefesselt. Die Furcht war aus ihren Augen abzulesen.

Befand sie sich zu Beginn ihres Traumes noch am Fuß, so stand Dilara bald auf der Spitze der Pyramide in unmittelbarer Nähe der Flamme, die keine Hitze abgab, sondern ein kaltes

Licht verstrahlte. Dilara sah, mit welcher Geschicklichkeit die unmenschlichen Schlächter die scharfen Obsidianmesser führten und denen, die zu einem monolithischen Altar im Zentrum der obersten Ebene geführt wurden, die zuckenden Herzen herausschnitten, um das hervorsprudelnde Blut zu trinken. Der gesamte Traum färbte sich rot; rot das Blut, rot die verzerrten Gesichter der ekstatischen Priester, rot der Himmel über den Bergen, die den See wie ein natürlicher Schutzwall umgaben.

Dilara fühlte seltsamerweise kein Mitleid mit den Opfern. Vielmehr spürte sie, wie der Hunger in ihrem Inneren anwuchs, und sie *alles* gegeben hätte, um an dieser orgiastischen Opferfeier teilnehmen zu können.

Als ihre Begierde unerträglich wurde, erwachte sie schweißgebadet. Seit jeher hatte sie ihren Träumen eine besondere Bedeutung beigemessen. Oft waren sie als Vorboten einschneidender Ereignisse aufgetreten, und obwohl sie vermutete, daß die Unterhaltung mit Roger Gallet die Ursache dieses Traumes gewesen war, weigerte sich Dilara, ihn als Produkt ihrer Phantasie abzutun. Zu realistisch war er gewesen, wie etwas, das erst in der Zukunft geschehen würde.

Seit ihrem gemeinsamen Wochenende mit Roger Gallet, der am Tag nach dem Empfang im Hause Hurt noch unnahbarer als sonst, ja geradezu abweisend gewesen war, fühlte Janet Norton, daß sich etwas verändert hatte.

Sie war mit dem Zug nach Bury zurückgekehrt und hatte die Dienerschaft ihren Unmut spüren lassen. Am nächsten Tag hatte sie sich in die Stadt begeben und ein Vermögen für Reisekleidung ausgegeben. Seltsamerweise erinnerte sie sich kaum an den Abend bei den Hurts, und Roger hüllte sich in kaltes Schweigen. Aber sie wußte schon, wie sie ihn auf ihre Seite ziehen konnte. Sie bekam immer das, was sie wollte.

Auch an die Frau, mit der sich Roger am vergangenen Abend unterhalten hatte, fehlte ihr jede Erinnerung. Und als sie in der Nacht nach einem üppigen Abendessen, zu dem es Fasanenbrust, Roastbeef und Lachs gegeben hatte, von einer unbekannten Schönen träumte, deren Silhouette sich gegen das helle Geviert des Schlafzimmers abzeichnete, ahnte sie nicht, daß es sich um eben jene Frau handelte. Sie machte nicht die geringsten Anstalten, sich zu wehren – wozu auch? Es war ja nur ein Traum! – als die Gestalt an ihr Bett trat und sich mit glühendem Blick über sie beugte.

Am nächsten Morgen erwachte Janet mit einem Gefühl großer Mattheit. An ihrem Hals entdeckte sie bei der Morgentoilette zwei winzige, aber äußerst schmerzhafte punktförmige Male, die sie als Insektenstiche deutete.

Die Schwäche wich den ganzen Tag nicht von ihr, obwohl die Haushälterin, Mrs. Harris, ihr eine besonders kräftige Brühe gekocht und Janet einen ausgiebigen Mittagsschlaf gehalten hatte. Am Nachmittag sagte sie alle Verabredungen ab und begab sich früh zu Bett. Es war ein stürmischer Abend, und die Kerze auf ihrem Nachttisch flackerte nervös. Schließlich erlosch sie ganz, und Schatten woben ein dichtes Netz um die Schlafende, die denselben Traum wie in der Nacht zuvor hatte.

Als Mrs. Harris sie am darauffolgenden Morgen wecken wollte, fand sie Janet Norton bewußtlos und leichenblaß auf dem Bett liegend. Der Arzt der Familie, Dr. Johnson, diagnostizierte eine akute Anämie. Es gelang ihm, die junge Frau zu Bewußtsein zu bringen, doch sie konnte die Frage, ob sie während der letzten Tage starke Blutverluste infolge einer Verletzung erlitten habe, nicht beantworten.

Das Telegramm Roger Gallets erreichte Dilara einen Tag später, als sie erwartet hatte, fünf Tage vor dessen geplanter Abreise nach Mexiko. Obwohl sie den Inhalt erahnte, öffnete die Vampirin den Umschlag voller Neugierde mit einem ihrer langen, messerscharfen Fingernägel. Sie las: „verehrte miß demimondes – janet plötzlich erkrankt – würde mich freuen, wenn sie ihren platz einnehmen – abreise kommenden mittwoch – erbitte antwort baldigst – roger gallet.“

Dilara ließ sich mit ihrer Antwort zwei Tage Zeit und gab vor, eine Bedenkfrist benötigt zu haben. Dabei war ihr die Entscheidung nicht schwergefallen. Sie hatte sie ja schon am Tag nach dem Empfang gefaßt.

London, 2005

Durch die neuerliche Erinnerung war es Dilara, als wäre ein Stück altes Ich in sie zurückgekehrt. Etwas, das sie seltsam *stark* machte. Das weckte auch wieder ihren Kampfgeist, der schon zu lange brachgelegen hatte. Auch der Rückhalt der Cemeteries gab ihr ein Gefühl der Sicherheit, das sie kaum kannte. Sie konnte sich jedenfalls nicht daran erinnern, es jemals verspürt zu haben.

Die Widerständler hatten sie und Calvin bereitwillig in ihre Gemeinschaft aufgenommen. Besonders ihr Anführer hatte deutliches Interesse an der schönen Vampirin gezeigt.

Doch Dilara konnte Guardian nicht einordnen. *Noch* nicht.

Er gab sich freundschaftlich, offen, aber meist musterte er sie mit kalten Schlangenaugen. Dilara fragte sich, ob das nur an dem klaren Blau lag, das selbst in der Dunkelheit leuchtete, oder an seiner Seelenlosigkeit.

Wohl an beidem, dachte Dilara und nahm sich vor, möglichst bald mehr über den Vampir mit den halblangen blonden Haaren in Erfahrung zu bringen. Auch hier drängte die Zeit. Und sie hatte in zu vielen Belangen zu lange gezögert.

Aber plötzlich verspürte sie eine noch nie gekannte Energie in sich. Sie war immer schon umtriebig gewesen, doch mit einem Mal empfand sie ihre Kraft als zielgerichteter.

Calvin regte sich neben ihr.

Dilara schmiegte sich an ihn und legte ihren Kopf an seine Brust. „Mußtest du mir hinterherschleichen?“ fragte sie, aber es schwang kein strafender Unterton in ihrer Stimme mit.

„Hm.“ Calvin schien nicht sehr gesprächig zu sein. Oder er grübelte über irgend etwas nach.

„Worüber denkst du nach?“ Dilaras schlanke Rechte fuhr sanft über seinen Brustkorb.

„Über den Wiedergänger.“

„Ro... John?“

Calvin knurrte. „Ja, genau *den*!“

„Was ist mit ihm?“

„Er ist sicher nicht nur deiner schönen spitzen Zähne wegen hier aufgetaucht.“

Dilara kicherte. „Das weiß ich auch!“ Sie blickte Calvin unter halbgeschlossenen Augenlidern an. „Du wirst doch nicht immer noch eifersüchtig sein?“

Calvin gab einen undefinierbaren Laut von sich, der an das Schnaufen einer Dampflok erinnerte. „Pfff... nein, das bin ich keineswegs“, und war erstaunt, daß es der Wahrheit entsprach. Er war darüber hinausgewachsen.

Oder war er sich Dilaras schon zu sicher? Er verwarf die Frage sofort wieder. Dilaras konnte man sich *niemals* sicher sein.

„Warum ziehst du dann so ein Gesicht?“ fragte sie und strich mit den Fingerspitzen über seine gerunzelte Stirn.

„Es ist nicht gut, daß er sich in unserer Nähe herumtreibt...“ Er legte eine Pause ein. „Aber er ist auch Antediluvians schwache Stelle. Die wir zu nutzen wissen werden.“ Er setzte sich auf, schob Dilara sanft, aber bestimmt von sich und neigte den Kopf, so daß sein langes Haar, das er offen trug, über seine Schultern fiel und die Hälfte seines Gesichtes verbarg. „Er wird sozusagen unsere Eintrittskarte in Antediluvians Reich sein.“

„Könntest du freundlicherweise etwas deutlicher werden?“ entfuhr es Dilara unwillig, aber als sie Calvins trotzig gerunzelte Stirn sah, verzog sich ihr Mund zu einem versonnenen Lächeln.

„Wir müssen in die sprichwörtliche Höhle des Löwen, um an die Schattenchronik zu gelangen, richtig?“ fragte er herausfordernd.

Dilara nickte.

„Das können wir nicht einfach so, denn Antediluvian würde uns einen Empfang bereiten, der sich gewaschen hat, richtig?“ Calvin war eindeutig in kritischer Stimmung.

Dilara nickte erneut.

„Aber da er den Wiedergänger auf dich *angesetzt* hat, könnten wir aus der Not eine Tugend machen.“ Seine dunklen Augen blitzten Dilara an. „Geh auf sein Spielchen ein, gib vor, daß du wieder Gefallen an dem Wiedergänger gefunden hast, und horche ihn aus, damit wir einen günstigen Zeitpunkt für unseren Besuch in Antediluvians Reich abpassen können.“

Dilaras zweifelnder Gesichtsausdruck entlockte ihm ein Schmunzeln, das sein Gesicht noch jünger erschienen ließ, als Calvin ohnehin schon war.

Dilara seufzte. „Ich weiß nicht... Antediluvian kann unmöglich annehmen, daß ich so dumm bin, das nicht zu durchschauen und mich auf den Wiedergänger einzulassen..."

„Manchmal glaubt man genau das, was man glauben will."

Wie recht Calvin oft hatte!

Wenige Stunden später hatten sie sich im Schutze der Nacht durch das belebte London gequält. Letzteres war mehr als zutreffend, denn Dilara reagierte auf Menschenmassen immer ambivalenter. Mal vertrieben sie sie, mal zog es sie geradezu in die Nähe vieler Sterblicher. Sie roch förmlich die Blume deren Blutes, konnte sich kaum beherrschen, in aller Öffentlichkeit ihre Zähne in all das schwellende Fleisch zu schlagen, das an ihr vorbeieilte.

Als ginge sie an einem Buffet vorbei, auf dem stand: „Es ist angerichtet!"

Calvin, der ihr ungezügeltes Verlangen spürte, umschlang ihre Taille fester. „Beherrsche dich!" mahnte er. Ihm war ihre Unruhe nicht verborgen geblieben, das grüne Funkeln ihrer Augen und das Zittern ihrer Oberlippe, das ihre Gier verriet.

Dilara murmelte etwas Unverständliches vor sich hin, als sie vor einem Plakat zu stehen kamen, das eine Aztekenausstellung im British Museum ankündigte. Dilara stieß einen zischelnden Laut aus, der an eine Schlange erinnerte, als sie ihr Augenmerk auf den Text richtete. Dieser kündigte unter anderem eine Mumie an, die ebenfalls ausgestellt wurde. Als ihr

Blick auf den Namen des Mannes fiel, der sich für die Ausstellung verantwortlich zeichnete, wurde er starr, ganz so, als verfalle Dilara in eine Art Trance.

„Gallet!“ murmelte sie... und immer wieder: „Gallet... Gallet!“, als wäre der Name mit irgend etwas aus ihrer Erinnerung behaftet. Ihr Blick verschleierte sich, klärte sich wieder auf, verschleierte sich – im Wechsel.

Calvin ließ sie nicht aus den Augen. Er kannte das von ihr und wußte, daß sie sich *erinnerte.*

„Es hat etwas mit meinem Ursprung zu tun, Cal... und ich weiß nun, daß die Schattenchronik darüber Aufschluß gibt. Es gibt eine Verbindung zwischen dem hier und...“ Sie brach abrupt ab.

Dann wandte sie sich mit einer schnellen fließenden Bewegung ab und zog Calvin mit sich. Zurück auf den größten Friedhof Londons, unter dem nun ihre Zufluchtsstätte war.

Währenddessen sprach sie auf Calvin ein, der es gelernt hatte, sie in solchen Momenten nicht zu unterbrechen, weil er wußte, daß sie das als Ventil ihrer sich überschlagenden Gedanken benötigte. Und dessen Gefühl stark genug war, ihr dann nur ruhig zuzuhören, ohne ihr das zum Vorwurf zu machen.

Als sie mit dem Satz „Wir müssen diesen verfluchten Folianten endlich an uns bringen!“ endete, sah er sie ruhig an.

Nach einer Weile, als sie sichtlich entspannter geworden war, erwiderte er nur: „Du kennst den Weg. Dieser führt über den Wiedergänger.“

„Ist ja schon gut... ich mache es!“ zischte ihn Dilara an. „Ich würde so ziemlich alles machen, um endlich mehr über meine Herkunft zu erfahren.“ Ihre Miene bewölkte sich. „Und wenn sich dieser Wiedergänger schon an meine Fersen geheftet hat, muß ich ihn eh im Auge behalten. Er bedeutet doppelte Gefahr.“

„Doppelte Gefahr?“ Calvins Gesichtsausdruck war ein einziges Fragezeichen und uferte fast aus, als er Dilaras heftiges Nicken sah.

Doch sie schien nicht gewillt zu sein, ihm zu erklären, was sie meinte. Calvin schwieg jedoch beharrlich, er war es allmählich leid, ihr ständig „die Würmer aus der Nase“ zu ziehen und damit ihre Allüren noch zu unterstützen.

Dilara stutzte. Calvins Verhalten bemerkte sie sehr wohl, und es erstaunte sie. Eine neue Souveränität ging von ihm aus. Eine Souveränität, die ihr gefiel und sie ansprach.

Sie hatten mittlerweile den Brompton Cemetery erreicht und blieben im Schutze eines hohen Steinengels stehen.

„Doppelte Gefahr daher“, nahm Dilara den Faden des Gespräches wieder auf, „weil sein Freund Greg Lane sicher unsere Kreise stören wird. *Rodericks* Freund... und Polizist...“ Sie legte eine bedeutsame Pause ein. „Und als Gesetzeshüter wird Lane dem Verschwinden seines Freundes auf den Grund gehen.“

„Er dürfte keine Gefahr für uns werden.“ Calvin warf Dilara einen abschätzenden Blick zu. Warum beunruhigte sie ein gewöhnlicher Sterblicher plötzlich?

Sie schien seine Gedanken zu erraten und lachte dunkel und heiser. „Ganz gewiß nicht.“ Demonstrativ leckte sie sich mit der Zungenspitze über die scharfen Eckzähne und vollen Lippen, um zu zeigen, welche Verwendung sie im Falle des Falles für den Polizisten vorgesehen hatte. Ihr Gesichtsausdruck verdüsterte sich wieder. „Aber er könnte unsere Pläne vereiteln, an die Schattenchronik zu gelangen.“

„Das werden wir schon zu verhindern wissen!“ Wieder der bestimmende Ton.

Dilara warf Calvin einen erstaunten Blick zu und wirkte mit einem Mal wieder zögerlich.

„Weißt du, was ich glaube?“ fuhr er fort.

„Nein, aber du wirst es mir sicher gleich verraten.“ Dilara grinste spitzbübisch. „Notfalls foltere ich es aus dir heraus.“ Sie warf mit einem verführerischen Schwung ihre dichten lockigen Haare zurück. „Auf meine ganz spezielle Art und Weise.“

Calvin ging nicht auf ihren lasziven Plauderton ein. Wenn er einmal ernst und in sich verschlossen war oder über etwas nachgrübelte, drang auch sie nicht in ihn vor. „Ich glaube, du hast Angst, etwas über dich in diesem alten Folianten zu lesen, was dir nicht gefällt... was...“

„Was soll das schon groß sein?“ unterbrach sie ihn schroff. „Was soll mir noch passieren in diesem... *Leben*?“ Sie zögerte das letzte Wort bewußt heraus, ganz so, als stelle sie in Frage, daß sie überhaupt ein Leben führte.

Als Calvin sie ansah und sich ihre Blicke trafen, wußte er, daß er recht hatte mit seiner Vermutung. Aber er sprach sie nicht darauf an. Andere Dinge waren nun wichtiger als Lebensphilosophien. Viel dringender. Calvin fühlte sich immer unwohler in seiner Haut. Antediluvian war als Gegner nicht zu unterschätzen, aber auch ihre neue Zufluchtsstätte behagte Calvin nicht. Besonders das Oberhaupt der Gemeinschaft. Guardian war undurchschaubar und verfolgte seine ureigenen Ziele. Welche auch immer. Das alles löste in Calvin ein tiefes Unbehagen aus. Allmählich waren da zu viele unbekannte Größen und schwächten ihre ohnehin schon wackelige Position noch mehr. Auf der einen Seite ein uneinschätzbarer Gegner, auf der anderen ein undurchsichtiger Widerständler mit seiner Anhängerschaft.

Und der Schlüssel schien Dilara zu sein.

Alle Fäden liefen bei ihr zusammen, denn auch Guardian hatte sie allzu bereitwillig in seiner Unterwelt aufgenommen.

Immerhin war sie Antediluvians ehemaliges Mündel. Also mußte Guardian ein besonderes Interesse an Dilara haben.

Umso dringender war es nun, endlich Licht in das Dunkel ihrer Herkunft zu bringen.

„Aber sonst hättest du doch schon viel früher versucht, in den Besitz der Chronik zu kommen", sagte Calvin nachdenklich.

Dilara nickte. „Das stimmt", pflichtete sie ihm bei. „Aber woher sollen wir wissen, ob ich es nicht schon einmal versucht habe. Schließlich gibt es genug Dinge, an die ich mich nicht erinnern kann."

Dieses Mal war es Calvin, der nickte. „Das stimmt!" sagte er und sah sie lange schweigend an. Wie sie dastand. Schön und gefährlich zugleich.

Er wollte nach ihr greifen, doch ihre Erscheinung hatte sich von einer Sekunde auf die andere verändert. Wurde feinstofflicher. Calvins Hände faßten durch sie hindurch. Wie eine düstere Nebelgestalt floß sie blitzschnell von ihm fort.

„Hey, wo willst du schon wieder hin?" rief Calvin ihr hinterher.

„Ich habe entsetzlichen HUNGER!" rief der Schemen und war auch schon entschwunden.

Calvin schüttelte den Kopf. „Diese unmögliche Frau!" murmelte er. „Unberechenbar und tödlich wie ein jäher Regenschauer."

Der Wiedergänger streifte ruhelos durch die unterirdischen Katakomben der St. Paul's Cathedral, hinaus in das nächtliche London, dem Brompton Cemetery entgegen.

Längst trug er keinen Namen mehr. Längst hieß er überall nur noch „der Wiedergänger" und war beinahe froh darum, seit ihm bewußt geworden war, daß zwei Persönlichkeiten in ihm wetteiferten. Zwei, die sich anfangs bekämpft hatten, weil sie so verschieden waren, die dann aber, zum Schutz seiner Psyche, die zu zerbrechen drohte, eine Art Waffenstillstand geschlossen hatten.

Seither war er weder Roderick noch John, sondern nur noch der Wiedergänger.

Selbst Antediluvian war davon abgegangen, ihn John zu nennen, auch wenn das die wohl passendere Bezeichnung für ihn gewesen wäre, wenn er sich schon hätte entscheiden müssen. Seit die blutrünstige Seite in ihm immer mehr zugenommen hatte und ihm deutlich zeigte, daß er den Namen *Vampir von London* nicht zu Unrecht getragen hatte.

In seinem ersten Leben.

Und jene Unruhe, zu töten, Blut zu trinken, aber auch, sich zu vereinigen – bevorzugt mit Dilara – trieb ihn wieder unter das Mondlicht.

Aber nicht nur das.

„Bringe mir Dilara!" hatte Antediluvian von ihm gefordert. Mit einer Stimme, die keinen Widerspruch duldete.

Der Wiedergänger fragte sich längst nicht mehr, warum der Fürst der Nosferati die abtrünnige Vampirin nicht selbst in seine Gewalt brachte, was für ihn ein leichtes sein mußte. Daß er es nicht tat, mußte einen triftigen Grund haben, der den Wiedergänger zwar brennend interessierte – so wie *Dilara* ihn interessierte –, aber er hatte gelernt, daß man Antediluvian nicht ungestraft nach etwas fragte, wenn dieser einmal zu verstehen gegeben hatte, daß ein Thema tabu war.

Und Dilara war es.

Der Wiedergänger befand sich in einem Zwiespalt.

Wie sich keine der beiden Persönlichkeiten in ihm behaupten konnte, so schwankte er auch in seinem Gehorsam Antediluvian gegenüber. Der Roderick in ihm war immer noch Dilara verfallen. Mehr denn je. Doch die alte Seite in ihm fühlte sich Antediluvian verpflichtet.

Und er ahnte, daß es allein an Dilara lag, zu steuern, welche Oberhand gewinnen würde.

Seit Dilara Calvin von ihrem Erlebnis mit Gelophee erzählt hatte und ein weiterer Teil ihrer Erinnerungen zurückgekehrt war, hatte sie sich verändert. Ganz so, als wäre die in ihr schlummernde Kraft, die sie zwar immer verspürt hatte, in ihr erwacht. Sie konnte sie aber nicht zuordnen. *Noch* nicht.

Mit Calvin schlich sie sich durch das Dunkel der Nacht. Sie hätten sich schneller zur St. Paul's Cathedral begeben können, denn ihre Art kannte genug Mittel und Wege, sich fortzubewegen.

Aber sie hatte bewußt darauf verzichtet, um sich mit jedem Schritt, den sie vor den anderen setzte, mental auf das vorzubereiten, was sie und Calvin in der Abgeschiedenheit der Cemeteries-Welt ausgeheckt hatten.

Einem Teil des Planes gehorchend, hatte sich Dilara in den vergangenen Nächten mit dem Wiedergänger getroffen, hatte ihn mit ihren weiblichen Reizen umgarnt, aber auch ihrer wachsenden Fähigkeit, Macht über den Teil seines Ichs auszuüben, der ihr schon immer verfallen war. Mehr und mehr gab sie seiner Liebe zu ihr Nahrung, zog ihn geschickt in ihren Bann, ohne ihm wirklich zu gehören. Immer wieder entwand sie sich ihm, stellte ihm in Aussicht, sie eines Nachts zu besitzen. Und er verstrickte sich immer mehr in ihrem Locken und in seinem eigenen Sehnen.

Bald kam er Dilara wie ein unterwürfiges Hündchen vor, das ihr am liebsten die Füße geleckt hätte. Und nicht nur das, dachte sie abfällig, spürte Ekel vor ihm in sich aufsteigen.

Doch nun war der Zeitpunkt gekommen, nun hatte sie ihn soweit, ihm die höchsten Wonnen in Aussicht gestellt, indem sie versprach, Calvin mitzubringen, damit er ihrem Liebesspiel beiwohne... wenn... ja, wenn der Wiedergänger, den sie zu dem Zwecke wieder schmeichelnd Roderick nannte, um nur diese Seite in ihm anzusprechen, sie in Antediluvians Reich bringen würde...

Und ihre Rechnung war aufgegangen.

Nun war es endlich soweit.

In dieser Nacht kam es darauf an, ob sie eine wertvolle Waffe in ihrem Kampf gegen Antediluvian (zurück?)erlangen würde: Hinweise auf ihre Herkunft.

Dilaras Schritte beschleunigten sich. Ihre Füße berührten kaum noch den Boden.

Ebenso Calvins.

Er war sichtlich aufgekratzt. Die stille Gefahr, auf die sie sich zubewegten, löste Adrenalinschübe in seinem Körper aus. Dilara betrachtete ihn von der Seite. Er trug das lange Haar zu einem strengen Zopf, was sehr häufig vorkam. Neu war der Dreitagebart, der ihm zugegebenermaßen gut stand.

Calvin spürte ihren Blick, und wie immer schickte er ein anregendes Kribbeln über seine Haut. „Kein Wunder, daß dir der Wiedergänger erlegen ist. Allein dieser Blick...“, stieß er hervor.

Dilara lachte nervös. „Du übertreibst... wie immer!“

Mit jedem Meter, den sie sich der mächtigen Kathedrale näherten, wuchs die innere Unruhe in ihnen, bis sie endlich das Portal erreichten, in dem Gotteshaus verschwanden und an der verabredeten Stelle den Schatten des Wiedergängers erblickten.

Dilara ließ augenblicklich Calvins Hand aus ihrer gleiten und schob ihn von sich.

„Roderick!“ Ihre Stimme klang sahnig.

So sahnig, daß sich Calvin beherrschen mußte, nicht doch Anflüge von Eifersucht zu verspüren. Stell dich nicht so an, befahl er sich insgeheim, es ist doch dein *wunderbarer* Plan gewesen!

Als er sah, wie Dilara den Wiedergänger umarmte, ihn küßte und sich an ihn preßte, wäre er am liebsten dazwischengefahren. Calvin schloß die Augen. Ruhe, mahnte er sich, Ruhe... es ist nur eine *Rolle*.

Er öffnete die Augen und zuckte zusammen, als er sah, wie die Rechte des Wiedergängers ihren Rücken hinabglitt und auf ihrem runden, festen Gesäß ruhen blieb.

Calvin konnte sich ein leises, aber scharfes: „Sollen wir hier Wurzeln schlagen?“ nicht verkneifen, rettete sich jedoch mit dem Satz: „Man wird uns noch entdecken!“

Dilara nickte dem Wiedergänger zu. „Er hat recht. Wir müssen hinunter, Liebster.“

Calvin hätte sie am liebsten eigenhändig in strömenden Regen gestellt, so zuckersüß war sie zu dem Blödmann. Anders konnte man ihn nicht bezeichnen. Einer Frau wie ihr derart auf den Leim zu gehen.

Und du, fragte er sich, gehst du es ihr nicht auch?

Was weißt du schon groß von ihr?

Er wischte die Fragen beiseite. Schließlich würde er einiges mehr über sie erfahren, wenn sie in dieser Nacht erfolgreich waren.

Mit einer knappen Kopfbewegung deutete der Wiedergänger in die Richtung, in die sie ihm folgen sollten.

Dilara klebte ohnehin wie ein Saugnapf an ihm, was Calvin immer noch mißbilligende Blicke entlockte. Und genau die schienen den Wiedergänger zu bestärken, daß er Dilaras Gunst gewonnen hatte. Er fing sichtlich Feuer, was sie mit geschickten – wie zufälligen – Berührungen zu schüren wußte.

So flossen sie in Antediluvians dunkles Reich, das sie totenstill empfing. Ganz so, als wären sie die einzigen, die es jemals betreten hatten. Doch sie wußten, daß das ein Trugschluß war.

Der Wiedergänger steuerte sie zielsicher durch die Dunkelwelt, während sein Mund und seine Hände gleichermaßen an Dilara hafteten.

Calvin mußte immer mehr Beherrschung aufbringen, um nicht aus der Rolle zu fallen. Im wahrsten Sinne des Wortes, bis er begriff, daß Dilara genau das bezweckte. Sie kannte sein hitziges Naturell, wußte, daß er sich in gewissen Situationen nicht unter Kontrolle hatte. Und genau das benötigte sie, um den Wiedergänger immer mehr auf ihre Fährte zu bringen, ihn immer tiefer in ihrem Netz zu verstricken.

Calvin achtete kaum auf den Weg, hatte nur Augen für das Paar, dem er folgte. Auch wenn eine innere Alarmglocke in ihm schlug, gerade hier besonders wachsam zu sein. Er wußte nicht, woher er die Erkenntnis nahm, aber sie war plötzlich in ihm. Die Erkenntnis, daß Dilaras Bestimmung noch lange nicht erfüllt war und ihr somit nichts geschehen konnte und würde. An sich dachte er dabei nicht. Er war unwichtig, zumal sich seine Gedanken eh wieder verschleierten, als er im Dunkeln die Umrisse eines steinernen Altares erblickte, auf den Dilara und der Wiedergänger in inniger Umarmung sanken. Es kam ihm vor, als wäre es nur Sekunden später, als sich ihre nackten Körper über das Gestein des Opfertisches wälzten.

„Komm her, Cal... komm her...“, hörte er Dilaras flüsterndes Seufzen. „Komm näher zu uns!“

Er schwankte. Eine Seite in ihm war erregt, die andere hätte den Wiedergänger am liebsten von ihr gefegt. Der wiederum war bar jeglichen Gedankens, schien der Welt völlig entrückt und endlich am Ziel seiner Wünsche. Calvin nahm er nicht mehr wahr.

„Roderick!" hörte Calvin Dilara flüstern und ballte die Hände zu Fäusten. „Sag mir, wo die Schattenchronik ist... du wirst es nicht bereuen, Liebster!"

Das *Liebster* fraß sich wie Säure in Calvin, weil es dem Tonfall so sehr glich, den er so oft an seinem Ohr gehört hatte. Wie sollte er künftig noch unterscheiden, ob... da hörte er den Wiedergänger stöhnen: „In dem Pyramidenschrein hinter dem Altar... ich..."

Dilara sah Calvin an, ihre grünen Augen leuchteten im Dunkel wie zwei Signalfeuer: *Hol sie, Cal!* schickte sie telepathisch in sein Hirn, dann zog sie den Wiedergänger an sich, küßte ihn... und... Calvin drehte sich in Windeseile herum, um sich den Rest zu ersparen.

Wie ein dunkler Schatten flog er an das pyramidenartige Gebilde heran, das hinter dem Altar in einer Nische stand. Es war eine wunderbare Arbeit. Besonders ein Detail erregte Calvins Aufmerksamkeit, es war eine Wand... genaugenommen eine *Schädel*wand. Weiße Totenschädel auf blutrotem Gestein. Einer der Schädel unterschied sich in der Größe und stand hervor. Instinktiv drückte Calvin darauf, drehte daran herum... und ein knirschendes Geräusch erklang.

Die Schädelwand fuhr zur Seite und legte den kleinen Innenraum des Schreins frei.

Calvin streckte beinahe andächtig die Hand aus.

Nach der Schattenchronik.

„Es ging zu leicht, Cal... es ging viel zu leicht“, flüsterte Dilara und preßte den alten, schweren Folianten an sich. „Es ist ja geradezu so, als habe mir Antediluvian die Chronik in die Hand gespielt.“

„Oder eine andere Macht“, ließ Calvin, der ahnte, daß es nun eventuell bald noch mehr unbekannte Größen geben würde, düster vernehmen. Er dachte daran, wie er vor dem Pyramidenschrein gestanden und die Schattenchronik herausgezogen hatte. Als ihn plötzlich Dilaras Arme umfangen hatten. Wie sie ihn und die Chronik an sich gedrückt hatte und sich ihr Gesicht auf erschreckende Weise verändert und sie sich mit ihm und dem Folianten einfach in Luft aufgelöst hatte.

Mitten in London, in einer verlassenen Gegend, hatten sie wieder Gestalt angenommen, und ehe Calvin den Mund öffnen konnte, um die Fragen loszuwerden, die ihm auf den Lippen brannten, hatte ihn Dilara mit sich gezogen.

Sie konnte nicht widerstehen, schob Calvin in eine dunkle Ecke der einsamen Gasse, setzte sich einfach auf die Treppenstufen eines dunklen Einganges und drückte Calvin neben sich...

und schlug die ersten Seiten der Schattenchronik auf...

„Blut, viele Menschen sehen darin den Ort für den Sitz der Seele des Menschen. Die Dinge, die sich in den dunkelsten Stunden meines Lebens fügten, sind dazu geeignet, diese Theorie zu unterstützen. Seit sieben Nächten schreibe und zeichne ich diese Chronik der Schatten. Ich schreibe sie mit meinem eigenen Blut, und meine Haut ist das einzige Palimpsest, würdig, sie zu tragen.

Ich habe eine schwere Schuld auf mich geladen. Vielleicht ist es nur gerecht, daß ich diese Qual erdulden mußte, die mit dem nächsten Untergang der Sonne ihr Ende finden wird.

Das letzte der sieben Kapitel ist geschrieben, und der, der sie mir diktiert hat, wird heute nacht zurückkehren.

Er ist der Wanderer ohne Schatten, der Anfang und Ende der Zeit bereist hat.

Er war der erste, und er wird der letzte sein.

Er ist der mit dem Mal, der keine Erlösung findet.

Der mit dem Namen Kain."

Dilara schlug den Folianten wieder zu.

„Glaubst du an diesen Quatsch?" fragte Calvin. „Das ist doch absurd. Totale Phantasterei!"

„Na jaaaaaa", sagte Dilara gedehnt. „Sieh es mal so, Cal… hättest du vor, sagen wir mal, fünf Jahren, geglaubt, daß es Vampire gibt?"

Aztlan
(Aztlan)

Aztlan, 1569

Es hatte seit der Geburt viel Gerede im Dorf gegeben. Das Kind mit der Haut von der Farbe des Mondes werde Unglück bringen. Weiß sei die Farbe des Todes. Ein Bote war zum Tempel der Coyolxa, der Göttin des Mondes, aufgebrochen und nicht zurückgekehrt. Man hatte Mutter und Kind in einer Hütte am äußersten Rand des Dorfes untergebracht, in der für gewöhnlich die von bösen Geistern Besessenen versorgt wurden. So hoffte man, das Unheil von der Gemeinschaft fernzuhalten. Leider erwies sich diese Hoffnung als haltlos.

Es dauerte neun Tage, bis sich ein mächtiger Schatten über das Dorf senkte und schwarze Schwingen von der Struktur mottenzerfressenen Tuches die Luft peitschten. Er landete nicht wie erwartet auf dem Dorfplatz, sondern auf der vom See abgewandten Seite in einem Hain dichter Dornbüsche, wo er menschliche Gestalt annahm. Zielstrebig näherte sich diese der einsamen Hütte, die wie verlassen unter gewitterschwerem Abenddämmer dalag.

Die Mutter hielt ihr Kind eng an sich gepreßt und versuchte, es ruhigzuhalten, doch das Kleine wimmerte, als ob es den Schatten der Bedrohung, der auf die Hütte gefallen war, erfühlen könne. Immer noch flehte die Mutter zu den Geistern, das Unheil möge an ihnen vorübergehen, da hörte sie Schritte vor der Türöffnung, und das Zwielicht in der Hütte verdunkelte sich vollends.

„Hab keine Angst“, sagte der Mann, der im Schatten stand. Seine Stimme war dunkel, kehlig und schmeichelnd. „Ich bin nicht gekommen, um es zu töten. Im Gegenteil, ich möchte es retten. Die Priester Coyolxas sind auf dem Weg hierher. Sie kommen, um das Kind zu ihrer Göttin zu bringen. Sie werden viele töten und dein Kind zum Tempel des Mondes bringen. Du hast davon gehört."

Die Frau nickte, obwohl sie nicht wußte, ob der Mann ihre Bewegung sehen konnte. Von ihm selbst erkannte sie nur einen Schemen. Wenn er den Kopf drehte, von dem langes schwarzes Haar – zu schweren Zöpfen geflochten – herabhing, konnte sie seine ausgeprägten Gesichtszüge erahnen, volle, beinahe wulstige Lippen, eine breite Nase, große Augen, in denen ein kaltes Feuer brannte.

„Wenn sie dein Kind in ihre Gewalt bringen und für ihre Zwecke einsetzen, wird das Zeitalter des Sonnengottes enden. Ich würde es auf der Stelle töten, wenn ich das könnte." Er schwieg, als schiene er abzuwägen, ob er die Gefahr auf sich nehmen sollte. Die Prophezeiung jedoch sprach eine eindeutige Sprache. „Gib es mir!"

Noch einmal preßte die Mutter das Stoffbündel, in das sie ihr Kind gehüllt hatte, an ihre Brust. Sie wußte, daß sie keine Wahl hatte. Wenn der Fremde gegangen war, würde sie ihre wenigen Habseligkeiten zusammenpacken und in die Berge fliehen, um den Priestern Coyolxas zu entkommen.

Sie gab dem Mann das Bündel, aus dem erneut ein leises Wimmern drang.

Wortlos nahm es der Schatten entgegen, drehte sich um und ging. Wenige Augenblicke später erfüllte ein mächtiges Rauschen die Luft, und die Frau konnte nicht sagen, ob es allein der Wind war, der sich über dem See erhob.

Das Gewitter war nicht mehr fern.

London, 2005, Aztekenausstellung im British Museum

Dilaras Haltung wurde eine Spur stolzer und aufrechter, als sie mit Calvin an ihrer Seite das British Museum betrat. Man hatte ihr die innere Anspannung schon angemerkt, als sie in die Great Russell Street eingebogen waren und auf das Museum zuschritten, das mit über sechzig Millionen Besuchern zu Londons größten Attraktionen gehörte. Zu recht, wie Dilara fand, denn es hielt immer eine beeindruckende Sammlung von Artefakten aus Historie und Kunst aus der prähistorischen Zeit bis in die Gegenwart bereit. Fast nirgends wurde Wissen so anschaulich und umfangreich dargeboten. Besonders löblich war, daß auch noch der Eintritt frei war und sich das Museum von Spenden finanzierte.

Für den Besucher galt ein stilles Gebot, das Dilaras Minimalismus entgegenkam: Man durfte nicht den Fehler begehen, sich alles ansehen zu wollen. Zu viele Details würden sonst nicht wahrgenommen.

Doch sie und Calvin waren ohnehin nur aus einem ganz bestimmten Grund hier!

Dilara hatte an diesem Tag ihre grünen, zunehmend lichtempfindlichen Augen hinter einer dunklen Brille verborgen. Mißmutig schaute sie in den Himmel. Es war Sonntagmittag, kurz nach zwölf. Das Museum hatte erst vor einigen Minuten seine Pforten geöffnet. Und somit die Ausstellung, der Dilara so entgegenfieberte. Calvin konnte ihre Unruhe nur bedingt nachempfinden. Sie hatte ihm zwar erklärt, daß der Name Gallet etwas in ihr berührt hatte, aber sie mußte sich eingestehen, daß dies nicht der einzige Grund war.

Dilaras Fuß stockte den Bruchteil einer Sekunde lang, für das normale Auge nicht wahrnehmbar, aber für Calvin deutlich spürbar.

„Auf einmal zögerlich?“ flüsterte er ihr zu, was unnötig und auch unsinnig war, denn um sie herum herrschten aufgeregtes Getuschel und Fachsimpeleien, die einen gewissen Geräuschpegel erzeugten, der Calvins Flüstern verschluckte.

Dilara reagierte nicht. Was aber eher auf die Unruhe, die sie immer mehr befiel, zurückzuführen war.

Die Ausstellung, die den geheimnisvollen Titel *Versunkenes Aztlan, die Urheimat der Azteken* trug, befand sich in einem besonders geraumigen Saal. Dilara strebte geradewegs und ohne die ständigen Exponate des Museums zu beachten in diese Richtung. Im Laufe ihres langen Lebens war sie unzählige Male hier gewesen.

Doch diese Ausstellung war etwas ganz Besonderes. Sie zeigte Fundstücke, die erst im vergangenen Jahr in den schwer zugänglichen Bergen des mexikanischen Hochlandes entdeckt worden waren. Sebastian Gallet, der Archäologe, der die Expedition geleitet hatte, wurde auf einer Schautafel vorgestellt. Er hatte sich auf Tagebuchaufzeichnungen seines Großvaters gestützt, der im neunzehnten Jahrhundert, von der fixen Idee besessen, das mythische Aztlan zu entdecken, die Kordilleren bereist hatte, jedoch offenbar kurz vor dem Ziel gescheitert war. Dank moderner Satellitenaufnahmen hatten die Forscher eine Talsenke ausfindig gemacht, die einst von einem gewaltigen See ausgefüllt gewesen sein mußte. Dieser war inzwischen zum Sumpf eingetrocknet, in dem man, beinahe gänzlich versunken, die Überreste einer antiken Stadt gefunden hatte.

Dilara und Calvin schritten an den Glasvitrinen vorbei. Blieben hier und da stehen und betrachteten staunend die Auslagen. Der Veranstalter hatte Erstaunliches zusammengetragen. Angefangen bei bemalten Tonscherben über Opfermesser aus Obsidian bis hin zu sogenannten Adlerschalen, die man von den Azteken aus Tenochtitlan und Tetzcoco kannte. Sie hatten dazu gedient, die bei den Massenopferungen herausgeschnittenen Herzen der Opfer aufzufangen.

Dilara wurde von einer ständig zunehmenden, fieberhaften Unruhe erfüllt. Sie ergriff Calvins Hand und umklammerte sie, während sie mit raschen Schritten weitergingen.

Dem aufsehenerregendsten Exponat hatte man einen eigenen Raum gewidmet. Es handelte sich um einen Sarkophag aus schwarzem Stein, in dem man eine mumifizierte Gestalt gefunden hatte, die der Wissenschaft viele Rätsel aufgab. Er befand sich unter einer riesigen Glocke aus Glas und war somit vor Feuchtigkeit und Temperaturschwankungen geschützt.

Dilaras Schritt stockte. So abrupt, als habe sie eine unsichtbare Faust festgehalten. Die schöne Vampirin blieb wie festgeschweißt vor dem Sarkophag stehen.

Die Wissenschaftler hatten den mit Sonnensymbolen und Blitzen reich verzierten Sargdeckel halb geöffnet gelassen, so daß die Besucher einen Blick auf die schaurige Gestalt werfen konnten, die darin ruhte.

Es wäre zuviel gesagt gewesen, hätte man von einer Mumie gesprochen. Das offenbar unter der Einwirkung großer Hitze zusammengeschrumpfte Ding hatte nur noch entfernt Ähnlichkeit mit einem Menschen. Das Museum tat ein übriges, um die Phantasie der Besucher zu entfachen. An den Wänden hingen schaurig echte Röntgenbilder, welche die Gestalt aufgrund ihres Knochenbaus als weiblich identifizierten.

Königin des Mondes, wisperte es in Dilara, die heftig zusammenzuckte.

Calvin sah sie erstaunt an. „Was ist los?“ fragte er heiser, von einem unerklärlichen Nervenkitzel befallen.

Dilara antwortete nicht. Sondern starrte wie hypnotisiert auf den Steinsarg. Irgend etwas ging davon aus, auch Calvin vermochte es kaum, seinen Blick davon abzuwenden.

Leider war das Fundstück nicht vollständig. Wie eine Informationstafel erklärte, die den steinernen Behälter als Sarg einer bedeutenden Persönlichkeit auswies, fehlte im oberen Bereich des Deckels ein annähernd rundes Bruchstück von etwa zwanzig Zentimetern Durchmesser.

Dilaras Körper wurde von einem Zittern befallen. Schweiß perlte auf ihrer Stirn, und ihr Atem ging stoßweise. „Was ist los?“ fragte Calvin erneut und jetzt eindeutig besorgt, weil ihm nicht verborgen blieb, welche Wirkung der Sarkophag auf seine Gefährtin hatte.

„Laß uns gehen“, sagte Dilara plötzlich, zerrte an Calvins Arm und verließ mit ihm fluchtartig das Museum.

Mexiko, November 1891

Roger Gallet strahlte, als er in den Salon des *Hotel Azteca* trat. Dilara hatte an einem der kleinen Tische in der Mitte des Saales, dessen Kristallüster und Ledertapeten von vergangenem Reichtum kündeten, Platz genommen. Die junge Frau paßte mit ihrer zeitlosen Schönheit perfekt in dieses Ambiente. Gallet mußte sich eingestehen, daß er sie begehrte. Obwohl auf beiden Seiten, das glaubte er deutlich gespürt zu haben, der Wunsch nach körperlicher Nähe vorhanden war, hatte sich zwischen ihm und Miß Demimondes, die er nun Dilara nannte, aber immer noch mit dem förmlichen „Sie“ anredete, lediglich ein tiefes Vertrauensverhältnis entwickelt. Zwischen ihnen stand eine Mauer aus gegenseitigem Respekt.

Nach Janet Nortons unerwartetem Ausfall war Roger Gallet spontan von der verrückten Idee beseelt gewesen, Dilara auf diese Reise mitzunehmen. Er hatte nicht mit ihrer Zusage gerechnet, aber insgeheim doch darauf gehofft. Die unbekannte Schöne schien sich für die Geschichte der Azteken zu interessieren, und ein adäquater Ersatz für Janet war sie allemal. Doch Roger hatte den Eindruck, als habe er das überzeugendste Argument, das für Dilaras Mitkommen sprach, vergessen. Es war wie ein zwingender Gedanke gewesen, der fortwährend „Nimm sie mit nach Mexiko!" geflüstert hatte.

Hatte es etwas mit Vitali Dunanes Schreiben zu tun, das ihn kurz vor der Abreise erreicht hatte? Roger Gallet erinnerte sich nicht. Der Reeder hatte ihm lediglich eine erfolgreiche Expedition gewünscht und nähere Instruktionen für das weitere Vorgehen in Mexiko-Stadt gegeben. Hier sollten sie zwei einheimische Führer treffen, die sie auf ihrem weiteren Weg begleiten würden.

Dean Spencer, Ian De Vries und Vernon Holmes, drei junge Studenten, die mit ihnen zusammen die Fahrt auf der *Lemuria* gemacht hatten, würden hingegen in Mexiko-Stadt bleiben, um dort für das Institut an einer Ausgrabung teilzunehmen. Wenn sich Dunanes Spur nach Aztlan als Irrweg herausstellen sollte, würde Roger Gallet ebenfalls bei dieser Ausgrabung mitarbeiten und anschließend einige Fundstücke nach London überführen, wo sie im Britischen Museum eingelagert werden sollten.

Dem Anthropologen ging Dilaras Verhalten während der Schiffsreise durch den Kopf. Sie hatte schon vorher gestanden, daß sie leicht seekrank wurde und die meiste Zeit der Reise in ihrer Kabine verbringen wollte, doch als sie in Plymouth an Bord des Ozeandampfers gegangen waren, hatte Roger Gallet von ihrem Gesicht eine tief begründete Abscheu vor der See abgelesen.

Die ganze Fahrt über hatte sie die Vorhänge vor ihrem Fenster geschlossen gehalten, hatte sich die Mahlzeiten in ihre Kabine bringen lassen und lediglich abends, wenn sich Roger Gallet und seine Studenten zum Dinner trafen und die See unter nachtschwarzem Himmel nur zu erahnen war, am gesellschaftlichen Leben auf dem Schiff teilgenommen.

Für Gallet war die Reise wie im Flug vergangen. Auf dem Schiff war für ihn ein Paket hinterlegt gewesen, in dem sich Fotografien einer Handschrift aus dem Jahre 1567 befanden. Es handelte sich um Auszüge eines in lateinischer Sprache verfaßten Tagebuches mit einer Reihe von recht detaillierten Skizzen. Die Echtheit der Dokumente war kaum zu bezweifeln, das Material von überzeugender Authentizität. Durch einen Zufall wollte der Verfasser auf einen versteckten Zugang nach Aztlan gestoßen sein. Dieser, so hieß es, läge in den Westlichen Kordilleren in einer Höhe von über 4000 Metern. Das bedeutete, daß die Expedition von Tollan aus südwestlich durch unwegsames, bergiges Gebiet führen würde.

Auf der Zugfahrt durch den fruchtbaren Küstensaum und die flachen Steppen des Golfes von Mexiko hinauf zur Mesa Central, dem Hochland, in dem in einer weitläufigen Senke die Hauptstadt lag, hatte sich Dilaras Stimmung merklich aufgehellt. Das mochte auch an der jungenhaften Ausgelassenheit der drei Studenten liegen, die der attraktiven Frau ganz offen um die Wette den Hof gemacht hatten, bis Roger Gallet dem nicht ohne Eifersucht Einhalt geboten hatte.

Die drei betraten soeben von anderer Seite kommend – sie hatten sich an der Bar ihre ersten Cervezas genehmigt – den Salon. Sie winkten herüber und erreichten vor Roger Gallet den Tisch.

Dilara begrüßte sie und wandte sich dann dem Anthropologen zu. „Guten Morgen, Roger, ich hoffe, Sie haben nicht die ganze Nacht über Ihren Akten gebrütet?"

Sein gequälter Gesichtsausdruck deutete darauf hin, daß sie mit ihrer Vermutung nicht vollkommen daneben lag. „Ich bin immer noch fasziniert von dieser Handschrift“, gestand er. Die Studenten warfen einander belustigte Blicke zu. Sie kannten ihren Professor gut genug, um zu wissen, mit welcher Besessenheit er sich einer Sache, die ihn interessierte, zuwenden konnte. „Sie ist der Fund, auf den man sein Leben lang wartet. Ich frage mich, wo dieser Dunane sie…“

Roger Gallet wurde unterbrochen, als der Hotelkellner vier Tassen aromatisch duftenden Kaffees brachte.

„Ah, das tut gut!“ stellte Vernon Holmes fest. Der schmächtige, rothaarige Engländer hatte sich während der Fahrt als der erwachsenste der drei Studenten erwiesen. „Ja, Sie haben recht, Professor. Es ist schon eine merkwürdige Sache, aber zu verlockend, um der Spur nicht nachzugehen. Wir wären zu gerne mit dabei, wenn Sie sich auf die Suche nach dem versunkenen Aztlan machen…“

„… und unter Bergen sonnengebleichter Skelette unermeßliche Reichtümer entdecken“, fügte Dean Spencer hinzu, der wie Roger Gallet leichte Tropenkleidung trug und lässig eine Sonnenbrille ins lockige schwarze Haar gesteckt hatte. „Ja, wir lassen Sie nur ungern alleine ziehen. Entschuldigen Sie, natürlich sind Sie nicht alleine, Sie haben ja Miß Demimondes an Ihrer Seite.“

„Und unsere Führer, auf die ich sehr gespannt bin. Hoffentlich sind sie wirklich so erfahren, wie Mr. Dunane in seinem Brief schrieb.“

„Señor Gallet, ich muß Sie leider stören.“ Der Hotelkellner näherte sich ihnen erneut. Ihm folgten zwei Männer, die unübersehbar mexikanischer Abstammung waren. „Diese beiden Herren wünschen Sie zu sprechen.“

Einer der beiden, ein hagerer, hochgewachsener Mann mit

fast schwarzen Augen und dunklem, mit Pomade gebändigtem Haar, trat an ihren Tisch. Lächelnd reichte er zuerst Dilara die Hand: „Señorita, ich freue mich sehr, Sie kennenzulernen!“ Und dann, an Roger Gallet und die Studenten gewandt: „Mein Name ist Fernando Rodriguez, und dies ist mein Cousin Carlos Gomez.“

Nun war auch der andere zur Stelle. Er war das genaue Gegenteil: gedrungene Statur, ein rundes, freundliches Gesicht, das zur Hälfte von einem buschigen Schnurrbart verdeckt wurde.

„Señorita, Señores…“

„Bitte nehmen Sie doch Platz, meine Herren!“ forderte Roger Gallet die beiden Männer auf. Dean Spencer und Vernon Holmes rückten vom Nebentisch zwei zusätzliche Stühle heran.

Es entwickelte sich eine angeregte Unterhaltung, die sich bis zum gemeinsamen Mittagessen im Hotel hinzog. Roger Gallet und Dilara erfuhren im Verlaufe dieses Gesprächs, daß es in den Hochlagen der Westlichen Kordilleren noch etliche weiße Flecken auf der Landkarte gebe, da viele Gipfel weit über 4000 Meter hinausragten, schwierig zu besteigen und ständig von Wolken umhüllt seien.

Sie rechneten jedoch nicht damit, so hoch in die Berge hinauf zu müssen, um die Ruinen Aztlans zu erreichen, denn es war unwahrscheinlich, daß dort oben vor so langer Zeit eine Stadt errichtet und versorgt worden war.

Rodriguez und Gomez entpuppten sich als Skeptiker.

„Señor Dunane mag einen Traum haben“, sagte Carlos Gomez und häufte Bohnenpüree auf seinen Teller, auf dem sich bereits bedenkliche Mengen von gegrillten Tomaten, Kaktusfrüchten, Fleisch und Maisbrot befanden. „Und er bezahlt uns dafür, daß wir Ihnen helfen, ihn wahr werden zu lassen. Aber ich glaube nicht, daß wir noch etwas finden. Steine vielleicht, pero – nada más!“

Für den Weg nach Tollan, das heute Tula hieß, und in die Berge hatten die beiden Mexikaner sechs Maultiere besorgt, die das verläßlichste Transportmittel in dieser Gegend darstellten. Roger Gallet hatte Dilara schon auf der *Lemuria* darauf aufmerksam gemacht, daß es unter keinen Umständen möglich sein würde, ihren schweren Koffer mitzunehmen. Dieser war im Hotel deponiert worden, und die junge Frau war mit einer erstaunlich leichten Reisetasche erschienen.

Der Abschied von De Vries, Spencer und Holmes war kurz, aber herzlich ausgefallen. Man hatte sich gegenseitig Glück und ein baldiges Wiedersehen gewünscht, und De Vries hatte Dilara zum Abschied galant die Hand geküßt.

Mexiko-Stadt war in diesen Tagen bereits im Begriff, eine aufstrebende Großstadt zu werden, mit allen positiven und negativen Erscheinungen, die das mit sich brachte. Dilara hatte die Nacht genutzt, um ihren Hunger zu stillen. Zwei Tote mehr würden in den ärmlichen Randvierteln der Stadt nicht auffallen. Durch die alltägliche Gewalt auf den Straßen kamen so viele Menschen um, daß die Polizei längst kapituliert hatte. Dilara fühlte noch den Geschmack des Mestizenblutes ihres letzten Opfers im Mund. Der Mann war jung gewesen, ein Kind beinahe noch. In ihrer Umarmung war er für einen kurzen Augenblick ekstatischen Glückes gestorben. Vermutlich hätte er sowieso keine Zukunft gehabt.

Roger Gallet, der auf seinem Maultier ritt, als hätte er zeitlebens nichts anderes getan, war voller Zuversicht und Tatendrang. Er hatte Dilara schon auf dem Schiff mit Fakten über die aztekische Kultur überhäuft. Auch jetzt fachsimpelte er, bis Fernando Gomez ihn darauf aufmerksam machte, daß die Señorita womöglich doch mehr an höchst lebendigen mexikanischen Señores interessiert sein könnte, als an längst zu Staub zerfallenen. Diese Bemerkung hätte der Dilara, die sie einst gewesen war, zweifelsfrei die Schamesröte ins Gesicht getrieben.

Roger Gallet schenkte dem Mexikaner dafür einen strafenden Blick.

Er hatte den Eindruck, daß sie mit den Maultieren viel zu langsam voran kamen. Mexiko-Stadt und Tula waren durch eine staubige Piste miteinander verbunden. Eine Postkutsche benötigte für die Strecke zwei Tage.

Sie waren sogar noch einen Tag länger unterwegs, übernachteten in Herbergen am Rande der Straße. Nachdem sie Tula hinter sich gelassen hatten und auf einem nur zu erahnenden Pfad durch das kakteenbestandene Buschland zu Füßen der Kordilleren ritten, erschienen ihnen diese Herbergen wie ein unerreichbarer Luxus.

Als sie nach drei Tagen die Berge erreichten, verkündete Carlos Gomez, daß der angenehme Abschnitt ihrer Reise nun hinter ihnen läge und sie sich auf Beschwerlichkeiten einzustellen hätten. Roger Gallet betrachtete Dilara, als wolle er sagen: *Dies ist die letzte Gelegenheit, umzukehren. Einer der beiden Mexikaner könnte Sie begleiten*, doch diese Worte blieben unausgesprochen.

Dilara hätte das Angebot ohnehin auf keinen Fall akzeptiert.

Für sie war diese Reise viel weniger anstrengend, als Roger Gallet glaubte. Der Anthropologe hatte immer wieder Versuche unternommen, in Gesprächen mehr über die junge Frau zu erfahren, doch das Ergebnis seiner Befragungen blieb dürftig. Dilara hatte ihm das Bild einer selbstbewußten und emanzipierten Frau aus wohlhabendem Hause vermittelt. Das erklärte auch, warum sie seinen Vorschlag, ihn nach Mexiko zu begleiten, ohne größeres Zögern angenommen hatte. Außer ihrem Interesse an den Azteken und vielleicht an Roger Gallet gab es noch eine dritte treibende Kraft, die ihr selbst nicht unbedingt bewußt zu sein schien. Roger hatte sie beobachtet, auch nachts, wenngleich unfreiwillig. Seitdem sie Tula hinter sich gelassen hatten, hatte sein Schlafzelt meist neben dem ihren gestanden. Bei aller Diskretion, die er walten ließ, war es doch nicht zu überhören, wie sie im Schlaf sprach. Und er bemerkte einige Dinge, die er sich nicht erklären konnte, und die ihn deshalb beunruhigten.

Dann aber forderte der zermürbende Aufstieg im Gebirge all ihre Kraft, und jeder hatte mit sich selbst soviel zu tun, daß keine Zeit mehr blieb, sich über den anderen Gedanken zu machen.

Sie folgten nun den Skizzen und Beschreibungen, die ihnen Vitali Dunane hatte zukommen lassen, und die sich bis auf wenige Details als sehr verläßlich erwiesen.

Nachdem sie zwei Nächte in ihre Wolldecken gehüllt unter freiem Himmel verbracht hatten, weil sich in dem zerklüfteten Gebirge kein Platz fand, an dem sie ihre Zelte hätten aufschlagen können, erreichten sie eine Hochebene und fanden die Reste einer ehemaligen Missionsstation. Eine merkwürdig bedrückende Atmosphäre lastete auf dem Ort, dessen Bewohner, wie sie bald herausfanden, Opfer eines gräßlichen Verbrechens geworden waren, von dem noch die Stellung ihrer bleichen Gerippe und die Verwüstung innerhalb der einfachen Zellen und Unterrichtsräume kündeten, in denen die Söhne der Azteken einst Lesen und Schreiben gelernt hatten.

Auch diese Station war auf der Karte verzeichnet, die Roger Gallet stets wie einen wertvollen Schatz bei sich trug. Er schlug vor, trotz der hier vorgefallenen Bluttat unter dem Dach der Mission zu lagern. Seltsamerweise regte sich in Dilara der größte Widerstand gegen diese Vorstellung. Gallet jedoch bestand darauf, den Schutz der Gebäude für wenigstens eine Nacht in Anspruch zu nehmen, denn der Karte zufolge stand der Gruppe am nächsten Tag der Aufstieg über ein steiles Geröllfeld zu einer fast senkrechten Felswand bevor.

Obwohl der Überfall auf die Missionsstation weit über hundert Jahre zurückliegen mußte, beschlossen die Männer, abwechselnd wach zu bleiben, damit sie nicht im Schlaf überrascht würden. Dilara wurde von dieser Regel ausgenommen. Sie unterhielt sich bis zum Einbruch der Dunkelheit mit Roger Gallet über dessen Erwartungen und legte sich dann auf ihrem provisorischen Bett in dem kleinen Unterrichtsraum zur Ruhe, der am besten vor dem frischen Wind geschützt war, der in dieser Höhe beinahe unablässig blies.

In der Mitte der Nacht schreckte sie aus einem Alptraum auf, der ihr in all seiner Absurdität klar in Erinnerung blieb. Antediluvian sprach darin zu ihr, doch sie hatte ihn nicht verstehen können. Sie hatte jedoch das Empfinden, daß es nicht darauf ankam, sondern daß er sich nur bei ihr in Erinnerung rufen wollte, denn beinahe hatte sie den Fürsten der Nosferati vergessen.

Sie glaubte, sein Gesicht noch vor sich zu sehen, als sie schon aufgewacht war, doch das Bild des zunehmenden Mondes, der durch das zerstörte Dach ihrer Unterkunft fiel, löschte es allmählich aus.

Fernando Rodriguez zauberte am nächsten Morgen über einem Feuer aus verwittertem Holz ein Frühstück mit gebratenen Würstchen, Bohnen und dünnen Maisfladen, das die drei Männer gierig verschlangen. Dilaras Hunger konnte mit derlei Speise nicht vollends gestillt werden. Zum Glück führte Roger Gallet die Stumpfheit ihrer Haare und die Mattheit der sonst strahlenden Augen auf die Strapazen der letzten Tage zurück. Dilara wußte, daß sie sich nicht viel länger würde bezähmen können. Spätestens in der übernächsten Nacht mußte sie Gomez oder Rodriguez zur Ader lassen.

Der Aufstieg über das Geröllfeld war für Mensch und Maultier gleichermaßen eine Qual. Sie benötigten dafür einen halben Tag. Als sie mittags unterhalb der Steilwand rasteten, sahen sie tief unter sich die Mission.

Über ihnen kreiste ein riesiger Schatten.

„Águila, Señorita!“ grinste Gomez und deutete mit seinen kurzgeratenen Armen den Flügelschlag des Tieres an.

„Ein Adler! Wie hoch mögen wir sein?“ fragte Roger Gallet.

Rodriguez zuckte mit den Schultern: „Dreieinhalb, viertausend Meter? Schwer zu sagen, Señor. Wir werden hier nicht einmal Futter für die Maultiere finden.“

„Wenn ich diese Karte richtig verstehe, sind wir unserem Ziel bereits sehr nahe. Seht hier… wir befinden uns an der Flanke dieses Berges und folgen der Moräne bis zum Gletschertal, das uns vom nächsten Gipfel trennt. Diese Schlucht nutzen wir, um weiter an Höhe zu gewinnen. Dort oben, ziemlich am Ende, scheint ein Fluß den Fels zu durchbrechen. Er muß so etwas wie eine Klamm geschaffen haben. Sie durchschneidet in dieser Höhe das bereits sehr schlanke Gebirgsprofil in seiner ganzen Breite. Unser unbekannter Geograph hat diesen Weg gestrichelt eingezeichnet. Am Ende der unterbrochenen Linie steht nur noch ein Wort: *Aztlan.*“

Der Weg, der auf Roger Gallets Skizze recht gerade und eben und gut begehbar ausgesehen hatte, entpuppte sich in der Realität als ein Herumklettern zwischen mannshohen Felsblöcken und ein langsames Vorankommen in Schutt und Geröll.

Die Expeditionsgruppe lagerte zur Nacht am unteren Ausgang der Gletscherschlucht. Einen Gletscher gab es hier nicht, aber obwohl auf der Karte der lateinische Begriff für *Eis* gestanden hatte, war Roger Gallet sicher, daß sie sich auf dem richtigen Weg befanden.

Am nächsten Morgen begann der Aufstieg. Sie folgten einem schmalen Bach. Carlos Gomez fühlte sich müde und abgespannt. Er führte dies darauf zurück, daß er schlecht geschlafen hatte.

Sie benötigten den ganzen Tag für den Aufstieg durch die Schlucht. Die Luft war dünn, und die Männer atmeten schwer. An Reiten war schon seit langem nicht mehr zu denken.

Abends standen sie vor dem Durchbruch, den der Bach durch den Fels gegraben hatte. Der Anblick war imposant. Eine Art natürlicher Saumpfad führte am Bett des Baches entlang, der zeitweise zwischen glattpoliertem Fels und Kies versickerte. Die Felswände reichten so weit hinauf, daß sie sich in der Höhe wieder zu vereinigen schienen. Ein lautes Rauschen drang aus der Klamm heraus, an deren Eingang sich ein kleiner Teich kristallklaren Wassers gebildet hatte. Sogar eine alpine Vegetation hatte sich hier ansiedeln können.

Die Männer tränkten die Maultiere und ließen sie weiden. Dies war, so überlegten sie gemeinsam, vermutlich der am besten geeignete Platz, die Tiere zurückzulassen, die sie unmöglich mit durch die enge Schlucht nehmen konnten. Niemand glaubte, daß ihnen hier Gefahr drohte.

Dann richteten sie das Lager für die Nacht. Alle waren gespannt. Die Stunde der Wahrheit nahte.

Als sie am nächsten Tag gleich bei Sonnenaufgang aufbrachen, trug jeder, auch Dilara, einen schweren Rucksack. Sie hatten alles, was nicht dringend benötigt wurde, bei den Maultieren zurückgelassen.

Auch Rodriguez fühlte sich nun schwach und ausgelaugt. Dilara bemühte sich nach Kräften, seinen fragenden Blicken auszuweichen. Ihre größte Sorge galt dem Wasser, das von den Wänden der Schlucht tropfte und lief.

Ging doch von ihm die größte Gefahr für sie aus.

Sie kamen zügig voran. Von Zeit zu Zeit war Steinschlag zu vernehmen, doch immer weit entfernt. Der Weg, den sie gingen, schien vor langer Zeit häufig genutzt worden zu sein.

Roger Gallet frohlockte. Alles wies darauf hin, daß die Entdeckung des mythischen Aztlan bevorstand. Er hoffte, daß beim Exodus seiner Bewohner, die dann später Tenochtitlan gegründet hatten, nicht die ganze Stadt geschleift worden war. Doch selbst in diesem Fall gab es noch genug zu entdecken! So oder so wollte er sich nicht allzu lange dort aufhalten. Er benötigte wissenschaftliche Hilfe. Als erstes würde er seine drei Studenten anfordern. Darüber hinaus brauchte er Zeichner, Fotografen und Ausgrabungsexperten, und er überlegte, wie die Schätze am besten zu transportieren seien, die er zu finden hoffte.

„Señor, da vorne… Licht!“ Fernando Rodriguez, der vor

einiger Zeit die Führung übernommen hatte, war stehengeblieben, damit Roger Gallet, der hinter ihm ging, aufschließen konnte.

„Sie haben recht, Carlos. Wir haben das Ende der Schlucht erreicht!“

Sie beschleunigten ihre Schritte, der klaffenden Öffnung entgegen, hinter der sich ein weiter Talkessel erstrecken mußte, denn ihr Blick fiel auf nichts als eine ferne Bergkette am Horizont.

Als Gallet und Rodriguez gleichzeitig ins Freie traten und sich auf einer breiten Felsgalerie wiederfanden, schwiegen sie ehrfurchtsvoll. Dilara und Gomez, der den Schluß der Gruppe bildete, erreichten nun ebenfalls das Ende der Klamm, und ihnen schwindelte angesichts des Anblickes, der sich ihnen bot.

„Aztlan“, murmelte Roger Gallet. Er konnte seinen Blick nicht abwenden. Tief unter ihnen im Talkessel erstreckte sich ein gewaltiger See, dessen Oberfläche wie Quecksilber schimmerte. „Wir haben es gefunden!“

Dilara, die ebenso wie die beiden Mexikaner auf die Insel inmitten des von einem breiten Streifen Urwaldes umgebenen Sees starrte, spürte, daß er recht hatte, aber in einer Art und Weise, die ihr höchstes Unbehagen bereitete.

Sie waren hierhergekommen, um die Ruinen einer antiken Stadt zu finden, die vor Jahrhunderten von ihren Bewohnern verlassen worden war. Doch Aztlan war nicht verlassen. Unter ihnen lag eine Stadt in der Blüte ihres Lebens. Boote trieben auf dem See, Menschen drängten sich in den Straßen zwischen flachen Hütten und steinernen Prachtbauten, und im Zentrum der Stadt, auf einer gigantischen Pyramide aus schwarzem Stein, loderte ein Feuer.

Dilara schwindelte, als sie an den Traum in jener Nacht nach dem Empfang im Hause Hurt dachte. Der Traum, in dem sie neben jenem Feuer auf der Pyramide gestanden hatte. Plötzlich fühlte sie, daß sie dem, was sie zu dieser Reise veranlaßt hatte, sehr nahegekommen war. Und dann hörte sie, wie Roger Gallet etwas sagte.

„Das muß ich mir aus der Nähe ansehen!"

„Das kann nicht Ihr Ernst sein!" Dilara gab sich keine Mühe, ihre Entrüstung zu unterdrücken.

„Natürlich ist es mein Ernst. Was denken *Sie* denn? Daß wir unser Ziel erreichen und ich dann sage: Okay, schön, wir haben's gefunden, machen wir uns auf den Heimweg. Das ist die Chance meines Lebens!"

„Wäre es nicht besser, wir würden Verstärkung holen?" Carlos Gomez zwirbelte nervös seinen Schnurrbart.

„Señor Gallet", schaltete sich Rodriguez in den Streit ein. „Wir können nicht davon ausgehen, daß wir dort unten willkommen sind. Diese Menschen leben wahrscheinlich seit Jahrhunderten vollkommen von der Außenwelt abgeschlossen. Was glauben Sie, wie sie auf uns reagieren werden?"

„Hören Sie, das ist mir egal! Ich bin Anthropologe, und wir haben hier ein verdammt lebendiges Stück menschlicher Entwicklungsgeschichte vor uns. Aber niemand wird mir glauben, wenn wir nicht handfeste Beweise mitbringen. Verstehen Sie mich denn nicht? Wenn Sie mich nicht begleiten, gehe ich alleine!"

„Mein Gott, Roger!" Dilara sah ein, daß er nicht von seinem Plan, die Stadt im Alleingang zu erkunden, abzubringen war. „Sie sind verdammt stur, aber wir werden Sie auf keinen

Fall alleine in Ihr Unglück laufen lassen. Sie brauchen jemanden, der auf Sie aufpaßt!"

„Ach, jemanden wie Sie, was?" giftete der Forscher zurück. Doch dann milderte sich sein Blick, und er fügte entschuldigend hinzu: „Es tut mir leid, aber ich *muß* mir diese Stadt ansehen, wenigstens aus einer gewissen Entfernung. Zum Beispiel vom Seeufer aus! Wir nähern uns der Stadt im Schutz der Dämmerung, sammeln Eindrücke und verschwinden morgen früh wieder. Wären Sie damit einverstanden?"

Rodriguez und Gomez nickten zögerlich. Ihnen war anzusehen, daß sie am liebsten auf der Stelle kehrtgemacht hätten. Sie hatten ihren Teil des Vertrages erfüllt und die beiden Europäer sicher durchs Gebirge gebracht.

Dilara seufzte lautstark. „Mehr werden wir Ihnen wohl nicht abringen können, *Professor*", sagte sie mit einem sarkastischen Unterton. Wenn sie aber tief in ihr Innerstes hineinhorchte, so mußte sie gestehen, daß ihre Ablehnung und Vorsicht auf ein anderes, ihr fremdes Gefühl trafen. Ja, im Innersten *sehnte* sie sich danach, diesen Ort aufzusuchen.

Rodriguez entdeckte den Weg, der ins Tal führte, als erster. Es war ein schmaler, zugewucherter Pfad, auf dem keine zwei Mann nebeneinander gehen konnten. Schweigend und mit gemischten Gefühlen setzten sie sich in Gang.

Die Vegetationsgrenze reichte in diesem Kessel bis in erstaunliche Höhen. Roger Gallet mutmaßte, daß sie sich in einem Vulkankrater von immenser Größe befanden, der über ein eigenes Mikroklima verfügte. Tatsächlich fühlten alle, daß die Temperatur zugenommen hatte und weiter anstieg, als sie den Berghang hinabkletterten und sich dabei der Stadt näherten. Noch immer waren sie zu weit entfernt, um Einzelheiten erkennen zu können. Doch das, was sie sahen, bestätigte die Vermutung, daß sie tatsächlich das sagenhafte Aztlan entdeckt hatten.

Das Gefühl einer unbestimmten Bedrohung nahm zu, als See und Stadt aus ihrem Blickfeld verschwanden und sie von mehr als mannshohen Büschen und Palmen umgeben waren. Nicht sehen zu können, wieviel Abstand noch zwischen ihnen und der Stadt war, machte allen außer Gallet zu schaffen. Er schien überhaupt keine Gefahr zu fürchten.

Als es Abend wurde und die Sonne im Westen hinter den zerklüfteten Gipfeln versank, drang aus der Richtung des Sees ein grausig dumpfer Ton herüber, der gleichzeitig Gong und Trommelschlag war und eine namenlose Furcht auslöste. Bald darauf setzte ein tiefes, rhythmisches Trommeln wie von mannsgroßen Pauken ein, und selbst Roger Gallet blieb nun stehen.

Doch es war zu spät.

Viel zu spät.

Sie waren längst nicht mehr unentdeckt geblieben, und ihre Beobachter waren sehr, sehr nah. Dilara nahm sie mit ihren besonderen Sinnen als erste wahr, aber noch bevor sie eine Warnung hatte ausstoßen können, machten auch Roger Gallet und die beiden Mexikaner die Gesichter im Dickicht beiderseits des Pfades aus. Gesichter, die mit weißen und schwarzen Streifen getarnt waren. So nah, daß man sie mit ausgestrecktem Arm hätte berühren können!

Der Schreck lähmte die Gruppe augenblicklich. Die Bedrohung war geradezu greifbar. Daß sie nicht sofort angegriffen wurden, war das Schlimmste. Dilara überlegte, ob sie ihre speziellen Fähigkeiten einsetzen sollte, doch sie beschloß, diesen Trumpf nicht zu früh auszuspielen. Im Grunde genommen fühlte sie beinahe Erleichterung. Das Sehnen in ihrer Brust war mit jedem Schritt mächtiger geworden.

„Langsam weitergehen“, flüsterte Roger Gallet den anderen zu. „Einfach so tun, als ob nichts wäre! Auf diese Weise gewinnen wir Zeit. Vielleicht hat einer von uns eine Idee, wie wir aus dieser Situation herauskommen.“

So zu tun, als ob nichts wäre, fiel nicht leicht angesichts der schrecklich starrenden Gesichter und der immer lauter werdenden Trommeln, in die sich nun vereinzelt Schreie mischten, die wie *Todes*schreie klangen.

Roger Gallet schien die Hoffnung nicht aufzugeben, daß sich das Problem auf diplomatischem Wege lösen ließe. Plötzlich blieb er stehen, so daß Gomez, der direkt hinter ihm ging, ihn beinahe umgelaufen hätte.

Ein Mann war ihnen in den Weg getreten.

Dilara erschrak. Im Zwielicht hatte sie einen kurzen Moment lang geglaubt, es handele sich um Antediluvian! Er hatte dieselbe entsetzlich vorgewölbte Stirn, die flache Nase mit den gewaltigen Nasenflügeln und die wulstigen Lippen des Nosferatu. Doch er war viel jünger.

„Itzchuatl!“ sagte er bestimmend. „Natzchual potlo topico tlacotlama ay Aztlan tlacteccatl!“

Aber Dilara hörte: „Stehenbleiben! Tlacotlama, der Kriegsherr von Aztlan, gebietet euch Einhalt!“

„Nahuatl“, raunte Roger Gallet ihnen zu. „Ein sehr alter Dialekt. Ich verstehe das meiste von dem, was gesprochen wird.“

Gomez und Rodriguez hingegen schienen dieser Sprache völlig ratlos gegenüberzustehen.

Und Dilara war vollkommen verwirrt. Wie konnte sie, die sich nicht erinnerte, jemals Nahuatl gehört zu haben, die Worte des Kriegers verstehen?

„Iztiche!“ – „Folgt mir!“ sagte der Mann, doch dann fügte

er rasch hinzu: „Tinchan, huacan cichl tepec te nopallan!" – „Nicht diese beiden. Führt sie zu den anderen", und er deutete auf Gomez und Rodriguez.

Der hagere Mexikaner schrie in Panik auf und hatte plötzlich einen Revolver in der Hand. Er feuerte einmal in die Luft, dann noch einmal, ohne die erhoffte Wirkung. Dann schoß er gezielt auf den ihm am nächsten stehenden Azteken. Dieser fiel mit einem beeindruckend großen Loch in der Brust zu Boden. Blut brach stoßweise daraus hervor. Die Azteken gerieten in wilden Aufruhr. Rodriguez und Gomez verschwanden in wenigen Sekunden in einem Knäuel bronzefarbener Leiber. Noch zweimal konnte Rodriguez einen Schuß abgeben, offenbar jedoch, ohne jemanden schwerer zu verletzen. Dann erstickte die Gegenwehr der Mexikaner.

Allmählich konnte Dilara die Zahl der Gegner genauer einschätzen. Es waren über hundert Männer.

Der Anführer gab ein Zeichen zum Abmarsch. Lautlos setzte sich der Zug mit den Gefangenen, die nun getrennt waren, in Bewegung.

„Ein Xochiyayotl", sagte Roger Gallet. „Wir sind in einen sogenannten *Blumenkrieg* geraten. Es ist faszinierend! Dabei handelt es sich um eine Mischung aus Sport und Kriegsspiel, dessen Ziel es ist, möglichst viele Opfer…"

„Opfer?" fiel Dilara ihm aufgebracht ins Wort.

„Oh, ich denke nicht, daß wir in Gefahr sind. Also, ich meine, wenigstens Sie und ich nicht. Wegen unserer Hautfarbe, die den Azteken fremd sein dürfte. Um Gomez und Rodriguez mache ich mir allerdings Sorgen."

Gallet erhielt einen Stoß mit dem stumpfen Ende eines Speeres. „Nopochtla!" knurrte der Krieger.

Es ging rasch vorwärts; wenn sich Dilara nicht täuschte, in Richtung der Stadt auf dem See.

Nachdem sie in zügigem Tempo etwa eine Stunde lang marschiert waren, ohne ein Wort zu sagen, kamen sie näher an das sumpfige Seeufer heran, an dem die Bewohner Aztlans Gärten angelegt hatten. Auf langen, schmalen Parzellen, die durch Gräben entwässert wurden, bauten sie Mais, Bohnen und Kürbisse an.

Das dumpfe Trommeln erfüllte die Luft nun mit beinah unerträglicher Lautstärke. Es kam von der Mitte des Sees, der in der Dunkelheit nur noch zu erahnen war.

Die Krieger zündeten Fackeln an. Das flackernde Licht warf bizarre Schatten auf ihre bemalten Gesichter und ließ sie noch furchterregender erscheinen. Dilara bewunderte, mit welch naivem Gleichmut Roger Gallet all das aufnahm. Sie selbst erwartete das Schlimmste. Wenn auch nur ein Bruchteil dessen wahr war, was Gallet ihr über die Azteken berichtet hatte, dann stand ihnen nichts Gutes bevor.

Die Marschkolonne war am See angelangt. Träge schwappten die Wellen ans Ufer. Träge… und für Dilara *tödlich.* Sie atmete auf, als eine ebenfalls von Fackeln beleuchtete Holzbrücke sichtbar wurde, die Aztlan mit dem Seeufer verband. Diese war auf Pflöcken erbaut und mußte gut einen Kilometer lang sein.

Am Ende der durch die Fackeln gebildeten Linie befand sich das Feuer, das die Gruppe am Nachmittag bereits bemerkt hatte. Es sandte einen kalten Schein über die gesamte Stadt, die die Insel vollkommen ausfüllte und vermutlich noch weit darüber hinausgewachsen war. Die Bauten am äußeren Rand standen auf Stelzen. Sie waren aus Holz errichtet und mit Schilf gedeckt. Je näher man dem Stadtzentrum kam, in dem die gigantische Pyramide stand, desto massiver und auch höher wurden sie.

Die Brücke erzitterte unter dem Rhythmus der Trommeln

und den Tritten der Krieger. Dilara und Gallet wurden in einem Strom ölglänzender Leiber mitgerissen. Von Rodriguez und Gomez war nichts zu sehen. Gallet vermutete, daß sie am Schluß des Zuges mit weiteren Gefangenen geführt wurden.

Am Ende der Brücke warteten Menschen, die sie jubelnd in Empfang nahmen. Tlacotlama ließ jedoch nicht anhalten, sondern führte seine Männer über eine breite Straße, dann eine Nebengasse zu einem hoch aufragenden Gebäude aus schwarzem Stein. Hier ließ er haltmachen und gab heisere, kehlige Befehle, die weder Dilara noch Gallet zur Gänze verstanden. Sie wurden von sechs Kriegern durch den finsteren Bau geführt und schließlich in zwei enge, fensterlose Zellen gesteckt, deren einzige Einrichtung aus einem Haufen Schilfstroh bestand, der ihnen wohl als Bettstatt dienen sollte.

Roger Gallets Blicke, als er und Dilara getrennt wurden, sprachen Bände.

Endlich sah der Anthropologe ein, welch schrecklichen Fehler er gemacht hatte, als er darauf bestanden hatte, sich der Stadt zu nähern.

Der einzige Vorteil, den ihre Unterbringung hatte, war die Tatsache, daß über den Gang hinweg eine Verständigung durch die vergitterten Türfenster hindurch möglich war.

„Dilara?“ Roger Gallet hatte gewartet, bis die Schritte ihrer Wächter verklungen waren. „Dilara, können Sie mich hören? Mein Gott, es tut mir so leid. Ich habe uns in diese Situation gebracht. Ich… mein Forschergeist...“ Er verstummte. Seine Stimme klang gebrochen.

Dilara war unschlüssig, wie sie ihm antworten sollte. Es half nichts, sich im nachhinein Vorwürfe zu machen.

„Roger, wie geht es Ihnen?“ rief sie. „Hören Sie, wir werden einen Ausweg aus dieser mißlichen Situation finden. Dessen bin ich ganz sicher.“

Sie hörte den Anthropologen schwer atmen. Dann sagte er: „Ich wünschte, ich könnte Ihren Optimismus teilen. Wie konnte ich nur so ein Narr sein? Alles, was ich über die Azteken wußte, hätte mich warnen müssen. Wissen Sie, irgendwie hatte ich Angst, wir würden alles zerstören, wenn wir mit einer größeren Expedition zurückkämen. Das war dumm von mir. Wir hätten ganz offiziell Kontakt zu den Vertretern Aztlans aufnehmen können. Diese Möglichkeit habe ich uns verbaut. Wer weiß, ob wir jemals hier herauskommen…“

„Roger, ich muß Ihnen etwas gestehen. Diese Sprache, die die Azteken sprechen…“

„Nahuatl, ein sehr alter Dialekt, er unterscheidet sich recht stark von dem heute gebräuchlichen.“

„Ich verstehe ihn.“

„Wie meinen Sie das? Sie *verstehen* Nahuatl?“ Aus Gallets Stimme war deutlich die Verwirrung herauszuhören.

„Ich verstehe es nicht nur, ich denke, ich könnte es auch problemlos sprechen. Es ist, als sei es der Dialekt meine Muttersprache. Vielleicht hängt es damit zusammen, daß ich eine Waise bin. Ich weiß nicht, wer meine wirklichen Eltern sind und woher ich komme.“

Roger Gallet schwieg.

„Wissen Sie… als Sie auf dem Empfang der Hurts über die Azteken sprachen, löste das in mir irgend etwas aus. Ich glaube, ich wäre besser nicht mit hierhergekommen.“

„Dilara, ich… halt, da ist jemand auf dem Gang. Still!“

Schritte kamen rasch näher, verharrten kurz und entfernten sich dann wieder.

„Wir sprechen morgen weiter“, flüsterte Gallet. „Wir werden ja hoffentlich die Möglichkeit erhalten, uns zu verteidigen. Ich frage mich nur, was aus unseren mexikanischen Freunden geworden ist.“

Am nächsten Morgen wurden sie unsanft durch das Öffnen ihrer Zellentüren geweckt. Ein Wächter stellte ihnen unter großer Vorsicht je eine Tonschale mit Wasser und gekochtem, zerstoßenem Mais an die Tür. Er betrachtete Dilara mit einer Mischung aus Bewunderung und Furcht. Für sie wäre es leicht gewesen, diese Chance zur Flucht zu nutzen, doch irgend etwas hielt sie davon ab.

Die Zeit bis zum Mittag verging sehr schleppend. Das wenige Licht, das vom Gang hereinfiel, reichte aus, um erkennen zu lassen, daß an den Wänden des Gefängnisses, vermutlich auch im Stroh, etliche grünschillernde Käfer von beachtlicher Länge saßen.

Dilara und Roger sprachen wenig. Es gab außer weiteren Mutmaßungen nicht viel, was sie einander mitzuteilen gehabt hätten. Beide hatten trotz der Umstände gut geschlafen, was auf die Anstrengungen der vergangenen Tage zurückzuführen war.

Gegen Mittag entstand Lärm auf dem Korridor. Dilara hörte, wie zuerst Roger Gallets Tür aufgeschlossen wurde, dann öffnete sich die ihrer eigenen Zelle. Acht der leicht bekleideten Krieger, inzwischen ohne die furchteinflößende Bemalung, betrachteten sie mit finsteren, neugierigen Blicken. Ein neunter, der einen Schmuck aus Quetzalfedern im Haar trug, sagte zu Dilara auf Nahuatl: „Komm! Unser Herr möchte Euch sehen!“

Roger Gallet machte einen nur wenig erholten Eindruck. Seine Begeisterung für den historischen Boden, auf dem sie sich bewegten, schien der Sorge um Dilara, die beiden Mexikaner und sich selbst gewichen zu sein. Er stand unter größter Anspannung.

Sie wurden aus dem Gefängnis hinaus auf die Straße geführt, die von mehrstöckigen, wenn auch architektonisch anspruchslosen Bauten gesäumt wurde. Es herrschte reger Betrieb. Lastenträger mit Tongefäßen voller Mais, Gewürzen und getrockneten Bohnen, Handwerker, Kaufleute und spielende Kinder bevölkerten die Straße. Wo immer der Gefangenenzug vorbeikam, blieben die Menschen stehen und betrachteten die hellhäutigen Menschen neugierig, teilweise sogar furchtsam.

Über der Stadt hingen dicke graue Wolken. Die Sonne ließ sich nur erahnen. Die Stimmung war bedrückend, aber die Menschen schienen das gar nicht wahrzunehmen.

Von jedem Punkt der Stadt aus war das Feuer auf der obersten Stufe der Pyramide zu sehen, deren Höhe Dilara auf mindestens fünfzig Meter schätzte. Das Bauwerk war in neun Stufen gegliedert, die durch eine einzige breite Treppe miteinander verbunden wurden. Zum Bau der Pyramide hatte man jenes vulkanische Gestein verwendet, das im Inneren des Talkessels gefunden wurde. Dilara fragte sich, ob jemals einer der Bewohner des Tales versucht hatte, durch die Felsschlucht ins Gebirge zu entkommen. Was hielt sie davon ab, es zu versuchen? Sie vermutete religiöse Gründe hinter diesem Rätsel. Bis ins Mittelalter hatte man ja auch in Europa geglaubt, die Erde sei eine Scheibe, und wenn man nur weit genug segelte, fiele man über ihren Rand.

Sie kamen nun vom Quartier der Kaufleute und Händler in ein anderes, das sich als eine Art Regierungsviertel herausstellte. Seine Bauten waren ausschließlich aus Stein und teilweise mit Ornamenten in bunten Farben versehen.

Vor einem prachtvollen Gebäude am Ende der Straße machten sie halt. Es überragte die anderen weit an Höhe, obschon es offensichtlich nur ein einziges Stockwerk hatte. Dies war die Halle, in der Tozcuech, der sogenannte Tla'toani, Fürst von Aztlan, zusammen mit seinen Beamten, Priestern und Kriegern Gericht hielt.

Die Gefangenen wurden durch einen breiten Durchgang ins Innere des Gebäudes geführt, in dem ein bedrückendes Zwielicht herrschte. Erst nach und nach konnten sie die aufwendigen Verzierungen der mit Muschelmosaiken, gefärbtem Leder und bunten Federn geschmückten Wände erkennen. Und nach und nach tauchten aus dem Dunkel würdevolle und ernste Gesichter auf.

Einige der Anwesenden trugen groteske Masken, und Dilara ahnte, daß es sich um die höchsten Priester der Gottheiten handelte, als deren irdische Verkörperungen sie zeitlebens verehrt wurden. Roger Gallet erklärte, den Tumult nutzend, den ihr Auftauchen hervorgerufen hatte: „Sehen Sie den links neben dem Fürsten? Das ist Tlaloc, der Gott des Regens."

Der Mann trug eine wahrhaft furchteinflößende Maske mit einer brillenartigen Umrandung der Augen. Anstelle eines Mundes besaß sie lediglich eine fransig ausgebildete Oberlippe.

„Für die Opfer, die man ihm bringt, hat man sich etwas ganz Besonderes ausgedacht. Um den lebenswichtigen Regen zu erbitten, sperrt man auf den nahegelegenen Berggipfeln, um die sich die meisten Wolken sammeln, kleine Kinder in Käfigen ein und bringt sie zum Weinen, indem man sie verhungern läßt. Ihre Tränen setzt man Regentropfen gleich. Nett, oder?" Roger Gallet wirkte äußerst grimmig. „Aber der daneben ist auch ein freundlicher Zeitgenosse…"

„Er hat eine Maske auf."

„Nun ja, nicht direkt. Sie können es in diesem Licht schlecht erkennen, aber das, was er da trägt, ist nicht seine eigene Haut." Gallet schwieg. Es war, als müsse er erst die richtigen Worte finden. Noch immer füllte sich der Saal mit Kriegern und öffentlichen Würdenträgern, die sich vom einfachen Volk durch ihre Kleidung und ihren Schmuck unterschieden. Gallet fuhr flüsternd fort: „Er verkörpert Xipe Totec, den Fruchtbarkeitsgott, zu dessen Ehren die Opfer aufgeschnitten und gehäutet werden. Sie sollen auf diese Weise keimende Saatkörner verkörpern. Damit nicht genug… der Priester fettet seinen Körper ein und trägt die Haut etwa einen Monat lang wie ein Kleid."

Dilara schwieg. Als sie sich auf die Priester konzentriert hatte, hatte etwas anderes ihre Aufmerksamkeit gefesselt, etwas, das sie in höchste Alarmbereitschaft versetzte und zugleich erregte. Sie spürte die Ausstrahlung etlicher Angehöriger ihrer eigenen Art.

Wenn sie sich nicht täuschte, waren die Priester der Azteken *Vampire*.

Carlos Gomez und Fernando Rodriguez wußten, daß sie unverzeihliche Fehler begangen hatten. Die Azteken hatten ihnen ihre Waffen entwunden und ihre Kleidung untersucht. Roger Gallet und die ihn begleitende Señorita waren weitergeschleppt worden, ohne daß die beiden Mexikaner deren Weg hatten verfolgen können. Sie waren nun vollkommen auf sich selbst gestellt. Das Schlimmste war, daß sie sich nicht verständlich machen und auch nicht verstehen konnten, was um sie herum gesprochen wurde.

Der Zug setzte sich in Bewegung, und die zwei, die das Tempo nicht mehr ganz mithalten konnten, wurden immer wieder mit raschen, schmerzhaften Speerhieben zur Eile getrieben.

Nach einiger Zeit stießen weitere Krieger, vom Seeufer kommend, zu der Gruppe. Sie führten verängstigte Männer, Frauen und sogar Kinder mit sich.

Die beiden Mexikaner wurden zu diesen Menschen hinübergedrängt, und gemeinsam ging es weiter in Richtung des großen Feuers über dem See. Beinahe automatisch marschierten alle im Rhythmus der schweren Trommeln, deren dumpfe Klänge weit über den See hallten.

Sie erreichten eine Brücke, die hinüber zur Stadt führte. Verzweifelt hielt Gomez Ausschau nach Gallet und Dilara, doch die waren immer noch nicht zu entdecken.

Es ging weiter an das andere Ufer und in die Stadt, in der ein großes Fest gefeiert zu werden schien. Die Freude und Ausgelassenheit der zum Teil bunt bemalten Menschen, die aus Tonschalen einen offenbar berauschenden Trunk zu sich nahmen, stand in krassem Gegensatz zu der Angst, die von den Gefangenen ausging, obwohl auch ihnen von den Feiernden Getränke gereicht wurden. Es war eine groteske Szenerie wie aus einem Drogentraum: der zwingende Rhythmus der Trommeln, das Gelächter und Geschrei in einer fremden, unverständlichen Sprache, die schwitzenden Leiber der größtenteils nackten Menschen, die schwüle Luft in den Gassen der Stadt…

Auf einem Platz vor der gewaltigen Pyramide im Zentrum

der Stadt machte der Zug, von den Umstehenden bejubelt, halt. Die Gefangenen klammerten sich aneinander und umarmten sich, als wollten sie voneinander Abschied nehmen. Gomez und Rodriguez fühlten sich vollkommen abseits all dessen, doch ihre Bewacher hatten sie nicht vergessen. Durch Gesten und mit weiteren Speerhieben gaben sie den Mexikanern zu verstehen, daß diese sich ihrer Kleidung entledigen sollten. Den beiden Männern blieb keine andere Wahl, auch wenn sie sich ihrer Nacktheit schämten und noch verletzlicher als zuvor vorkamen.

Kaum hatten sie sich ausgezogen, näherten sich ihnen junge Frauen, die begannen, ihre Körper mit Streifen in roter und weißer Farbe zu versehen. Diese Schminke war zäh und tranig. Doch erneut war es zwecklos, sich zu wehren.

Bald fanden sich die Mexikaner in einer Gruppe ebenfalls bemalter Menschen wieder. Sie wurden zu einer breiten Treppe gebracht, die hinauf bis auf die oberste Plattform der Pyramide reichte. Kalt glomm dort oben die teuflische Glut, die die Szenerie mit flackerndem Licht erhellte. Neben dem Geruch der widerlichen Farbe, die sie auf der Haut trugen, lag noch ein weiterer, metallischer in der Luft – wie von rostigem Eisen.

Gomez stellte fest, daß die Pyramide vor Nässe glänzte, obwohl der Boden doch im Rest der Stadt trocken und staubig gewesen war, und als sie das obere Ende der Treppe erreichten und einem Mann mit einer entsetzlichen, archaischen Maske gegenüberstanden, der in einer Hand eine Schale von der Form eines Adlers und in der anderen ein Messer aus schwarzem Obsidian hielt, wußten sie, daß sie Roger Gallet und Dilara Demimondes nicht wiedersehen würden.

Roger Gallet hatte nichts von Dilaras Entdeckung mitbekommen. Unbeirrt fuhr er in seiner Schilderung fort: „Daneben Toci, die Mutter der Götter. Sie wird durch eine Priesterin vertreten. Ihre Maske hat eine deutlich weibliche Form. Allerdings ist sie nicht weniger grausam. Auch die Frauen, die ihr geopfert werden, werden gehäutet. Und gleich daneben Huehueteotl, der Feuergott. Sie ahnen, was man mit seinen Opfern anstellt? Mich wundert, daß die Hohepriester des Tonatiuh, dem mächtigsten aller Götter…“

Gallet erhielt einen unsanften Stoß in den Rücken. Der Fürst der Azteken, der bis dahin auf einem üppig verzierten Stuhl gesessen hatte, war aufgestanden und hatte die Arme erhoben.

„Mein Volk“, begann er seine an die Versammelten gerichtete Rede. „Die uns überlieferten Prophezeiungen versprechen uns, daß eines Tages, wenn sich unser Zeitalter dem Ende zuneigt, der weißhäutige Quetzalcoatl von seiner langen Fahrt aus dem Osten zurückkehren wird. Jahrhundertelang haben wir auf die Ankunft dieses Gottes gewartet. In der vergangenen Nacht überbrachte mir ein Bote unseres Kriegsherrn Tlacotlama die Nachricht, es seien zwei hellhäutige Gefangene in Begleitung zweier Waldleute am östlichen Ufer des Sees aufgegriffen worden. Ich, Tozcuech, habe beschlossen, sie durch unsere Priester prüfen zu lassen. Wenn sie selber Götter sind, werden sie es herausfinden. Wenn nicht, werden wir sie zu Ehren der Götter opfern.“

Es kam Bewegung in die Menschenmenge in dem Saal, als sich einige Priester zum Thron Tozcuechs vordrängten, um vorzubringen, aus welchen Gründen die Gefangenen ihnen und nicht anderen Tempeln zugesprochen werden müßten.

Unter ihnen befand sich ein weiterer Hohepriester, der erst später den Saal betreten hatte, und dessen Maske aus silbernem Blech getrieben war. Sie stellte ein von Klauen flankiertes Gesicht dar, aus dessen aufgerissenem Maul die Zunge wie ein Messer geformt nach unten stach. Dilara spürte eine Aura großer Macht. Etwas an dieser Ausstrahlung erschien ihr seltsam bekannt, und diese Tatsache verwirrte sie. Nur eines wußte sie ganz sicher: Dieser Mann war ein sehr alter und machtvoller Vampir!

„Der Hohepriester des Tonatiuh!“ flüsterte Gallet, dessen Gesicht bleich und von einem Anflug von Schrecken gezeichnet war. „Diesem Gott zu Ehren werden furchtbare Blutopfer gebracht…“

Dieser Erklärung hatte es nicht bedurft. Dilara hatte es bereits geahnt. Der Geruch von Blut umgab den Mann wie ein schweres Parfüm. Er hatte Tozcuech hinter vorgehaltener Hand etwas ins Ohr geflüstert, und dieser nickte daraufhin.

Der Aztekenfürst klatschte in die Hände und verlangte Ruhe. Augenblicklich verstummten alle Gespräche, die bis dahin geführt worden waren.

„Versammelte Edle Aztlans! Unvaale Tidin, der höchste Priester unseres Herrn und obersten Gottes, des allmächtigen Tonatiuh, hat die Frau für seinen Tempel beansprucht. Wir beugen uns seinem Wunsch.“

Inwuietum cor nostrum, donec requiescat in te
(Unruhig ist unser Herz, bis es ruht in dir)

London, 2005

„Mick... würdest du bitte die außerordentliche Güte besitzen, mich fünf Minuten in Ruhe zu lassen. Du bist von dieser fixen Idee ja geradezu besessen."

Greg Lane seufzte übertrieben laut. Sein neuer Kollege war zwar ein erfolgreicher Cop, aber er konnte ziemlich nervend sein und erwies sich auch ansonsten als ein eher *schräger* Vogel. Er sprengte in Nullkommanichts alle Klischees eines Polizeibeamten. Ohne große Anstrengung. Allein seine Optik ließ mehr als zu wünschen übrig, die er aber immer grinsend mit seinen „Undercover-Einsätzen" begründete und entschuldigte. Doch in Greg war längst schon der Verdacht aufgekeimt, daß Mick nichts anderes hatte als diese Düsterkluft, wie er die schwarzen Klamotten des Kollegen immer stirnrunzelnd nannte, die aber Mick zugegebenermaßen etwas Verwegenes verliehen. Seine rasiermesserkurzgeschnittenen schwarzen Haare unterstrichen das noch.

Ohne Zweifel war Mick ein Revoluzzer. Er legte sich mit Gott und der Welt an, somit auch mit seinen Vorgesetzten – ohne dabei erkennen zu lassen, ob ihn der Wind, der ihm dadurch entgegenblies, beeindruckte. Betrachtete man seine lässige Haltung, dann wohl eher nicht.

Greg grinste breit.

Das machte Mick wiederum besonders sympathisch. Zumindest für Greg, der sich auch zu den Widerspruchsgeistern der Elitetruppe der Polizei, zu denen sie gehörten, zählte. Aber gegen Mick war selbst er ein Waisenknabe, denn sein neuer Partner hielt sich an keine Regel, handelte klaren Anweisungen bewußt zuwider und folgte nur seinem ureigenen Kopf.

Greg fragte sich, wie es der junge Polizist immer wieder schaffte, an den zahlreichen Dienstaufsichtsbeschwerden, die ihn eigentlich hätten ereilen müssen, vorbeizukommen.

Entweder hatte er verdammtes Glück – an das Greg generell nicht glaubte–, oder er war ein Protegé von höchster Ebene – was wahrscheinlicher war.

Das brachte eine Vermutung nahe, die sich jedem wachen Polizeibeamten geradezu aufdrängen mußte: war Mick ein Spitzel? Ein Maulwurf, der undichte Stellen in der Einheit auskundschaften sollte?

Schon allein aus dem Grund beschloß Greg Lane, den jungen Polizisten im Auge zu behalten, auch wenn er sich im selben Moment eingestand, daß Micks verführerisches Äußeres ebenso schwer wog. Er war schon eine Augenweide.

Greg Lane musterte seinen neuen Partner, von dem er noch nicht sehr viel erfahren hatte. Mick war ein mehr als erfreulicher Anblick für einen Homosexuellen. Ganz nach Gregs Geschmack. Jung, durchtrainiert, ohne zu muskulös zu sein, und in mehr als einem Punkt geheimnisvoll, was seine Ausstrahlung noch erhöhte. Er erinnerte an Keanu Reeves in Matrix.

Besonders seine Augen hatten etwas Anziehendes und waren mehr als ungewöhnlich.

Sie leuchteten wie flüssige Bronze.

Darauf angesprochen, stieß Mick sein kehliges Lachen aus. „Das ist bloß ein genetischer Defekt“, erwiderte er beiläufig.

„Ein höchst attraktiver“, entschlüpfte es Greg unbedacht, und er hätte sich am liebsten die Zunge abgebissen.

Doch Mick warf den Kopf in den Nacken und lachte schallend. Es dauerte eine Weile, bis er sich wieder beruhigt hatte. „No chance, Greg... no chance... ich stehe auf die holden Weiblichkeiten.“

Er deutete mit beiden Händen eine 90-60-90-Figur an.

Oho, dachte Greg, Weiblichkeiten... gleich Plural. Aber anders hatte er es von Mick auch nicht erwartet. Ein ungestümer, freiheitsliebender Geist wie er legte sich sicher nie fest.

Nicht nur in dem Punkt sollte er den jungen Cop gewaltig unterschätzen.

Der Wiedergänger war zornig.

Auf Antediluvian, Dilara und vor allem sich selbst.

Dilara, dachte er wütend. Wie konnte er sich nur so zum Spielball ihrer Launen und offensichtlichen Ziele machen lassen? Wie konnte er nur Vorschub leisten, daß sie die alte Chronik, die Antediluvian sonst wie einen kostbaren Schatz hütete, an sich brachte? Auf welche Art und Weise, war dem Wiedergänger immer noch nicht bewußt. Ein Aspekt davon aber umso mehr: Antediluvian hatte ihm befohlen, Dilara in die Katakomben zu bringen, und dann nichts dagegen unternommen, daß sie die Chronik an sich nahm. Und so stellte er sich – ohne es zu ahnen – die gleiche Frage wie Dilara: Warum hatte sich der Nosferatufürst so zurückgehalten? Nein, warum hatte er es geradezu herbeigeführt, daß die Schattenchronik in Dilaras Besitz überging?

Weil er etwas im Schilde führt, schoß es dem Wiedergänger durch den Kopf; und dich kleinen Wicht wird er sicher nicht einweihen, war sein zweiter, weniger erbaulicher Gedanke. Der dritte barg die Erkenntnis, daß er sich von allen verraten und zu keinem mehr zugehörig fühlte.

Der Wiedergänger fühlte sich entwurzelter denn je.

Und grade aus dem Grund forderte sein angekratztes Ego seinen Tribut: es trieb ihn aus den Katakomben der St. Paul's

Cathedral hinaus in den Hyde Park. Auf der Suche nach einem Opfer, dem er seine Macht beweisen konnte.

Seine – wenn auch flüchtige – Macht über Leben und Tod.

Dilara wog den schweren Folianten nachdenklich in ihren Händen. Noch immer weckte die Schattenchronik zwiespältige Gefühle in ihr. Auch wenn sie durch das Dokument jetzt schon eine erste Bestätigung darüber hatte, daß ihr Gefühl, ein anderes – ein *altes* – Ich schlummere in ihr, zutreffend war. Ein Ich, dessen Ursprung offensichtlich viel länger zurücklag, als es Dilara jemals vermutet hatte. Soviel hatte ihr die Chronik zwar offenbart. Aber in anderem war der Inhalt des uralten Werkes unklar und für Dilara und Calvin unverständlich.

Dilara stieß einen unwilligen Laut aus. Es mißfiel ihr, daß sie nicht in dem Maße weiterkam, ihre Erinnerungslücken zu füllen, wie sie erhofft hatte.

Wenngleich durch die Ausstellung wieder einiges in ihr aufgeflackert war.

Ein Schatten fiel von hinten über sie und die aufgeschlagenen Seiten.

Dilara fuhr jäh herum, eine schnippische Bemerkung auf den Lippen, weil sie Calvin hinter sich wähnte, der sich hin und wieder spaßeshalber an sie heranschlich und genau wußte, wie sehr sie das haßte.

Aber es war nicht ihr Gefährte, den sie unwillig ansah, sondern Guardian, der sie mit seinen blauen Augen ernst taxierte. Sein Blick wanderte von ihr zu dem alten Folianten auf ihrem Schoß.

„Beschwörst du wieder die Vergangenheit herauf?“ fragte

er in seiner ruhigen Art, die Dilara immer ein flüchtiges Gefühl von Sicherheit vermittelte.

„Ich versuche es zumindest!“

„Ich würde dir gerne Gesellschaft dabei leisten.“

Dilara klopfte einladend mit der Handfläche auf die Seite des Bettes neben sich. Guardian setzte sich ohne ein weiteres Wort und sah Dilara eine Weile schweigend an. Wie sich ihr Kopf senkte und ihr Blick über die Seiten schweifte, die sie aufgeschlagen hatte.

„Bitte lies laut“, bat er leise, aber nicht weniger nachdrücklich.

Dilara warf ihm einen raschen, erstaunten Seitenblick zu, kam seiner Bitte aber ohne Protest nach.

Was ihr nicht ähnlich sah.

„Ich habe etwas über Antediluvian gefunden!“ begann sie zögernd. „Hier steht, daß sein Name nichts anderes besagt, als daß er ‚ante diluvium’, also *vor der Großen Sintflut* geschaffen wurde. Leider ist die Chronik alles andere als eindeutig. Um ehrlich zu sein, ergibt das für mich alles keinen Sinn.“ Sie seufzte enttäuscht. Wie lange hatte sie dem Folianten eine Bedeutung beigemessen. Wie groß war ihre Hoffnung gewesen, darin Aufschluß über ihre Herkunft zu erhalten. Und nun sah sie sich getäuscht.

Sie wandte sich wieder der Stelle zu, die sie Guardian vorlesen wollte.

„Die Lebensdauer der biblischen Alten begründet sich auf eine Ordnung des Blutes. Was unsere heutigen Gelehrten mit Mühe und Not entdecken, wußten die Alten betreffs gewisser hermetischer Wissenschaften seit Jahrhunderten. Bei Plato ist das erste Wesen eine Emanation des demiurgischen Denkergeistes. Wir alle sind nur Spiegelbilder menschlicher Arche-

typen, die im vorangehenden Dezimillenium durch jene geheimnisvollen Mächte wiedergeschaffen worden waren, die das Geschick unserer Welt lenken. Was war, wird wieder sein, gestern, heute und morgen...“

Nachdem Dilara verstummt war, blieb es eine Weile still in dem Raum. Guardian starrte wortlos vor sich hin. Irgend etwas von dem Vorgelesenen schien ihn zu irritieren oder zu verunsichern. Wenngleich er auf der anderen Seite den Eindruck vermittelte, als ob ihm Dilara nichts neues erzählt hätte.

Das Schweigen zwischen ihnen rief ein ungutes Gefühl in ihr wach, das sie nicht näher bezeichnen konnte.

„Wer bist du, Guardian?“ fragte sie plötzlich leise und keine Spur herausfordernd, wie es sonst ihre Art war. Nein, eher zögerlich, dachte sie doch noch über den Sinn dieser Stelle der Chronik nach.

„Wie meinst du das?“ fragte er ausweichend.

„Du weißt sehr viel mehr über mich, als ich über dich.“ Sie sah ihn abschätzend an. „Genaugenommen weiß ich *gar nichts* über dich.“

Seine hellen Augen musterten sie.

Wieder fragte sich Dilara, ob sie nur durch die stechende Farbe so kalt wirkten, und schalt sich eine Närrin. Gefühllosigkeit war bei ihrer Art nichts Außergewöhnliches, eher die Norm. Vielleicht wirkte es bei Guardian nur so verwirrend, weil seine ruhige, warme Stimme im krassen Gegensatz zu dem kalten Eisblau seiner Augen stand.

„Du wirst alles über mich erfahren... wenn es an der Zeit ist.“

Dilara sprang so abrupt auf, daß die Schattenchronik von ihren Knien glitt und mit einem dumpfen Knall zu Boden fiel. „Wundervoll!“ stieß sie hervor. „Ich erfahre alles, *wenn es an der Zeit ist*!“ Sie wirbelte herum. „Über mich... über dich... über

Calvin... ich bin es leid! Muß ich noch einmal vierhundert Jahre älter werden, bis ich alles erfahre, was für mich wichtig ist?“

Zorn stieg in ihr auf. Zorn auf sich selbst, aber auch die Wesen, die sie umgaben, denen sie eine Art Vertrauen entgegenbrachte. Soweit sie überhaupt dazu in der Lage war oder es zuließ.

Wie immer, wenn sie einen ihrer Wutausbrüche hatte, die jäh wie ein Sturm aufbrandeten, aber auch ebenso rasch wieder verebben konnten, steigerte sich dadurch die Unruhe, die Teil ihrer Persönlichkeit war. Die Unruhe ihres Herzes, das immer unregelmäßiger in ihr schlug, weil es nicht mehr in sich ruhte – weil es nicht mehr wußte, wem es angehörte.

Dilara mußte hinaus. Das Verlangen zu töten wurde übermächtig in ihr. Sie wollte Blut... sehen, schmecken, riechen... *sehr viel* Blut.

Bevor Guardian, der eine Handbewegung machte, als wolle er sie zurückhalten, sie erreichte, war sie auch schon verschwunden... und nur wenige Sekunden später wuchs sie als Schatten neben einem steinernen Engel wie aus dem Erdboden.

Sie bedachte das Grabmonument mit einem verächtlichen Blick und warf sich dann plötzlich herum, durchstreifte ruhelos den Friedhof. Überfraut von dieser Gier nach Blut, aber auch nach Töten um des Tötens willen. Es diente längst nicht mehr nur der Lebenserhaltung, es war auch eine Form der Machtausübung, die sie immer mehr genoß, die immer mehr zur Selbstverständlichkeit wurde. Als stünden sie ihr zu – diese Opfergaben... dieses Opfer*blut*.

Dilara wurde auf ein junges Pärchen aufmerksam, das engumschlungen auf einer Bank vor dem dicken Stamm eines der riesigen Bäume saß, die diesem Friedhof neben den vielen Grabsteinen und Monumenten zu eigen waren.

Dilaras Blick schweifte über die Steinkreuze, die sich teilweise stark verwittert zur Seite neigten, die sarkophagähnlichen Ruhestätten, die glatten Marmorplatten und kleinen Mausoleen mit ihren Säulen. Dazwischen Marmorengel, kniend im Gebet versunken oder die gefalteten Hände zum Himmel erhoben.

Dilara stieß ein Zischen aus, das all ihre Verachtung für die steinernen Himmelsboten zum Ausdruck brachte.

Dann wandte sie ihre Aufmerksamkeit wieder dem sich leidenschaftlich küssenden Paar zu. Wie ein Windhauch stand sie neben ihnen; ehe die beiden sie wahrnahmen oder sich voneinander lösen konnten, hatte Dilara den Jungen, der auf der Schwelle zum Manne stand, zu sich emporgerissen und ihm ihre Zähne in den Hals gegraben, bevor der Überrumpelte auch nur einen Laut von sich geben konnte. Immer wieder verbiß sie sich in seinem Fleisch, so daß das Blut in Fontänen aus seinem Hals schoß. Das Mädchen stieß einen erstickten Schrei aus, der in ein entsetztes Gurgeln mündete. Es schien von einem Menschen zu stammen, der auf der Schwelle des Wahnsinns stand; diese hatte die junge Frau in dem Moment überschritten, als Dilara zum wiederholten Male ihre Zähne in den Hals ihres Freundes trieb.

Er versuchte, sich zu wehren, hatte aber kräftemäßig der Vampirin nichts entgegenzusetzen. Hinzu kam, daß er augenscheinlich unter Schock stand.

Dilara riß auch das Mädchen mit einem Ruck an sich, ohne jedoch den Jungen, der sich nur noch mit kraftlosen Bewegungen zu widersetzen versuchte, loszulassen. Sie registrierte mit Genugtuung die Blicke, die sich die beiden Liebenden zuwarfen. Das stille Entsetzen darin und die Hoffnungslosigkeit angesichts des nahenden Todes, der ihnen sicher war.

Die rechte Hand des Mädchens suchte die Linke des Jungen und klammerte sich daran fest. Als sich Dilaras Zähne auch in ihrem Hals verbissen, zuckte sie nur leicht zusammen, als habe sie sich bereits in ihr Los ergeben. Als wolle sie ihrem Freund bereitwillig folgen. Ihre fehlende Gegenwehr machte die Vampirin wütend. Das war es nicht, wonach es Dilara gelüstete. Um dieser Wut ein Ventil zu geben, fiel sie wie in Raserei abwechselnd über den mittlerweile regungslosen Körper des Jungen und dann wieder über das kaum vernehmbar wimmernde Mädchen her... Außerstande, sich zu beruhigen, ließ Dilara erst dann von den beiden Leichnamen ab, als diese schließlich schlaff auf die Bank und von dort zu Boden glitten.

Die Finger immer noch ineinander verschränkt – im Tod vereint.

Tage später saßen Calvin und Dilara wieder eng aneinandergepreßt auf dem Bett in ihrer Kammer und blätterten in der Schattenchronik.

„Hier steht etwas über die Azteken.“ Dilara tippte aufgeregt auf die aufgeschlagene Seite.

„Zeig mal!“ Calvin nahm die Chronik an sich und las schweigend.

Was sind schon die Menschenopfer der Azteken gegen die Ströme menschlichen Blutes, die im Namen des wahren Glaubens vergossen wurden. „Ihr seid Götter“, sagt die archaische Phraseologie des Codex Nazaräus, „ihr seid Tempel, jeder einzelne von euch!“ Analog zu den fünf Sonnen der Azteken kennen die Hindus vier Zeitalter: das goldene, das von der

Unschuld des Menschen gezeichnet war, gefolgt von einem silbernen, in dem die Menschheit die Macht des Feuers entdeckte. Im bronzenen erfuhr der Mensch Zweifel, er wurde unrein. Wir aber befinden uns im eisernen Zeitalter, das Dunkelheit, Elend und Sorge bedeutet. Sechs Dinge sind es, die der Herr haßt: den hochmütigen Blick, die falsche Zunge, Hände, die unschuldig Blut vergießen, ein Herz, das Tücke enthält, falsches Zeugnis und Zwiespalt unter Brüdern. Haben wir nicht das Wort des Heiligen, daß die Hölle im Mittelpunkt der Erde ist? Moses befiehlt in Exodus XII,22 seinem Volk, die Türpfosten und Schwellen mit Blut zu kennzeichnen, um sich vor Gottes Wut zu schützen. Was aber ist gemeint, wenn Jesus sagt: „Trinket, dies ist mein Blut!“?

„Du meine Güte, was für ein wirres Gerede. Das ergibt doch keinen Sinn!“ schimpfte Calvin, dem es schwerfiel, sich auf den Text zu konzentrieren. „Wo willst du denn in diesem Schinken dein Bild gesehen haben?“

„Es war eine Federzeichnung“, erwiderte Dilara gereizt. „Warte mal, das war irgendwo weiter hinten.“

Sie blätterte hektisch vor. Die beiden sahen Diagramme mit feinen Linien und mystischen Zeichen... und Unmengen handschriftlicher Texte.

„Bist du sicher, daß da überhaupt…?“

„Ja!“ Dilara blätterte wieder einige Seiten zurück. „Da!“

Calvin verschlug es die Sprache. Die Zeichnung war verblüffend ähnlich. Eine Fotografie hätte nicht eindeutiger sein können. „Potzblitz!“ entfuhr es ihm. „Das kann in der Tat kein Zufall sein. Laß uns sehen, ob wir im Text eine dazu passende Stelle finden…“ Calvins Zeigefinger fuhr über das brüchige Pergament. „Verflucht, dieses *Küchenlatein*! Mal sehen... hier... schau mal!“

„Das Chaos der Alten, Zoroasters heiliges Feuer oder das Antusbyrum der Parsen, das Hermesfeuer, der Blitz der Kybele, die brennende Fackel Apollos, die Feuerflamme auf Plutos Helm, Mosis brennender Busch, das Siderallicht der Rosenkreuzer, die fünfgliedrigen Feuerzungen…"

Calvin verzog das Gesicht. „Hölle noch mal... geht das jetzt so weiter?" Sein Zeigefinger verharrte für eine Weile und fuhr dann weiter über die Seite, stoppte schließlich wieder. „Halt, hier steht etwas!" rief er aufgeregt. „Schau nur!"

Dilara beugte sich über den alten Folianten und glaubte ihren Augen nicht zu trauen:

„Di-La-Rah, nata in sigillo lunae… die im Zeichen des Mondes Geborene… ist überliefert, daß sich dereinst auf Beschluß der Ältesten zwei von ihnen im Feuer opferten, um als Sonne und Mond jeden Tag aufs Neue wiedergeboren zu werden… der unterbrochene Kreislauf des Blutes… Di-La-Rah, die zwischen den Welten, an der Scheide von Saeculum zu Saeculum… wie ein Stern, der in unermeßlicher Entfernung erscheint… das Gebilde der Menschheit aus vordiluvianischen Zeiten… wie oben, so unten. Das, was gewesen ist, wird wiederkehren. Wie im Himmel, so auf…"

Die restlichen Worte waren nicht mehr lesbar. Es sah so aus, als habe jemand den Text absichtlich verwischt.

„Deshalb war es so einfach, an die Chronik zu gelangen. Sie nützt uns nichts", entfuhr es Dilara enttäuscht.

Greg Lane erinnerte sich noch daran, wie sich Mick vorgestellt hatte.

„Mick Miller, das Miller kannste aber sofort wieder vergessen."

Da war das erste Mal in Greg aufgeflackert, daß dieser Name nicht stimmte. Bei Miller und Smith horchte Greg Lane schon von Amts wegen auf. Kollege hin, Kollege her. Auch wenn er sich fragte, wie es Mick dann bis in die Spezialeinheit geschafft hatte, der Greg mittlerweile angehörte.

Wieder lag da der Gedanke nahe, daß der junge Cop von höchster Stelle „eingeschleust" worden war. Wann immer Greg Informationen über seinen neuen Partner einholen wollte, rannte er gegen eine Mauer des Schweigens. Auch das stützte seine Theorie, daß irgend etwas mit Mick nicht stimmte.

Holzauge sei wachsam, mahnte sich Greg, auch wenn du das Bürschchen nicht von deiner Bettkante stoßen würdest. Aber irgend etwas ist an dem Schönling nicht koscher.

Denn da war noch ein Punkt, der Greg Lane sofort aufgefallen war, und der ihm mißfiel. Er war sicherlich selbst nicht zimperlich, aber die Brutalität, mit der Mick oft bei ihren Einsätzen vorging, war erschreckend, selbst für einen kampferprobten Mann wie Greg.

Mick quittierte Gregs verbal geäußerte Mißbilligung mit einer wegwerfenden Handbewegung und der laxen Erwiderung: „Wir sind hier nicht in einem Häkelverein. Wer etwas erreichen will, besonders in der Verbrechensbekämpfung, muß Feuer mit Feuer bekämpfen. Viele verstehen nur diese Sprache. Du weißt, das Gesetz des Dschungels: Nur der Stärkere überlebt!" Er zog seine Waffe, hielt sie Greg entgegen und machte leise: „Buff!"

„Sehr witzig!" preßte dieser hervor und fand das keineswegs lustig. Ein Partner, der allzu gerne herumballerte, stärkte nicht gerade sein Vertrauen in ihn. Und Gregs Sicherheitsgefühl erst recht nicht. Besonders, wenn er Mick im Rücken hatte! Zu schnell konnte er da selbst in das Schußfeld geraten.

Wenngleich ihm in dem Moment bewußt wurde, daß Mick selten bis nie die Waffe zog. Ganz so, als habe er das nicht nötig.

„Können wir mal wieder auf das zurückkommen, was ich angesprochen habe?“ fragte Mick herausfordernd in Gregs Gedanken hinein – beide Hände tief in den Taschen seines langen schwarzen Mantels vergraben. „Oder willst du mich noch Stunden anstarren?“ Er stand vor dem Schreibtisch seines älteren Kollegen, stützte nun beide Hände auf die Platte und beugte sich über sie, Greg entgegen. „Oder denkst du grade über meine Schandtaten nach? Wenn ich deinen Gesichtsausdruck so sehe, gruselt es mich ja geradezu“, feixte er, wartete aber Gregs Antwort nicht ab, sondern wandte sich halb um und warf einen flüchtigen Blick aus dem geöffneten Fenster. Die Dämmerung war über London und den Feierabendverkehr, der sich wie eine Karosserielawine durch die belebte Innenstadt bewegte, hereingebrochen.

Greg wurde wieder einmal gewahr, daß Mick wie immer – je mehr sich der Abend näherte – zur Höchstform auflief. Ein nachtaktives Bürschchen, schoß es ihm durch den Kopf, wer weiß, was der so alles treibt. Dann besann er sich auf die abenteuerliche These, die Mick im Zusammenhang mit ihrem aktuellen Fall aufgeworfen hatte.

Dabei ging es um die Morde, die in den letzten Monaten in London, bevorzugt im Hyde Park, verübt worden waren. *Brutale* Morde. Meist sexueller Natur – bis auf den an Evaline Clayton, der eindeutig einen rituellen Charakter hatte.

Diese Morde alleine reichten schon aus, um eine SOKO ins

Leben zu rufen, aber für Greg kam erschwerend hinzu, daß sein bester Freund Roderick Herrington dringend der Taten verdächtigt wurde, weil er in der Nähe des Hyde Parks lebte und Evaline Clayton seine ehemalige Geliebte war. Hinzu kam, daß Roderick wie vom Erdboden verschluckt war, was Gregs Vorgesetzten allzu bereitwillig ins Bild paßte. Der Polizeipräsident pochte auf eine schnelle Aufklärung der Mordfälle, weil ihm die Presse, aber auch einflußreiche Politiker im Nacken saßen.

Die Zeit drängte.

Auch Greg Lane wollte den Fall endlich abschließen, vor allem aber hoffte er, seinen Freund Roderick wiederzufinden. Möglichst lebend.

Auch wenn diese Möglichkeit mehr als unwahrscheinlich war.

Daher griff Greg nach jedem Strohhalm, folgte jedem noch so dürftigen oder abwegigen Hinweis.

Aber Micks Theorie war zu ungeheuerlich, zu phantastisch, so daß sich Greg noch dagegen sträubte. Wenngleich der Mord an Evaline die Wahrscheinlichkeit untermauerte oder zumindest die Notwendigkeit, auch dieser Möglichkeit nachzugehen.

„Du meinst also, daß eine Gruppe von Satanisten ihr Unwesen in der Gegend des Hyde Parks treibt?"

„Sowas Ähnliches", wich Mick einer direkten Antwort aus.

„Großartig... so stelle ich mir eine fruchtbare Zusammenarbeit vor", stieß Greg mißmutig hervor. „Erst wirfst du eine abenteuerliche These in den Raum, und wenn ich näher darauf eingehen will, weichst du aus. Das hat so keinen Wert und ist verschwendete Zeit."

„Himmel, bist du ein Erbsenzähler!" Mick rollte theatralisch mit den Augen. „Laß mir doch etwas Zeit, es dir zu erklären, vor allem, meine Gedanken zu sortieren und in die richtigen Worte zu fassen." Er seufzte übertrieben laut. „Zumal man sich bei dir jedes Wort hundertmal überlegen muß, weil du alles analysierst – und auch noch zu allem Überfluß nach deinem Gutdünken." Er verzog das Gesicht. „Und dann gegen mich verwendest! Egal, ob es zutrifft oder nicht. Weißt du, was nervend an dir ist? Daß du immer schon eine vorgefertigte Meinung hast. Wie es wirklich ist, interessiert dich nicht wirklich, weil du zu allem Überfluß auch noch der Meinung bist, daß du immer recht hast. Und wenn ich dann etwas richtigstellen will, posaunst du heraus, daß ich mich aus der Affäre ziehen will... so ein Bullshit."

Mick fluchte, daß selbst Greg, der kein Klosterschüler war, blaß wurde und sich fragte, ob er wirklich so war. Das wäre ja furchtbar, dachte er, und weil die Wahrscheinlichkeit nahelag, drückte er sich insgeheim vor der Antwort.

Guardian blickte sich zum wiederholten Male um, als wolle er sichergehen, daß ihm niemand folgte. Dabei befand er sich bereits in dem Bereich der Katakomben, zu dem nur er Zutritt hatte. Den Cemeteries war er verwehrt, und sie gehorchten diesem Gebot strikt, kannten sie doch die drastischen Strafen, die bei Zuwiderhandlung erfolgten. Bei Dilara und Calvin war sich Guardian nicht sicher, ob sie sich daran hielten. Und gerade sie wollte er von diesem Ort fernhalten.

Noch.

Es war noch zu früh!

Sie war noch nicht soweit.

Guardian floß wie ein gräulicher Schemen durch die unterirdische Welt, die sich noch viel weiter als der überirdische Friedhof erstreckte. Doch das wußten die wenigsten Cemeteries. Nur eine Handvoll engster Vertrauter hatte Guardian eingeweiht. Diejenigen, die wie er dieser Mission folgten.

Guardian näherte sich dem „Rituellen Bezirk“, seinem eigentlichen Reich.

Hier war alles eine Spur düsterer und fremdartiger.

Der Ort war das Relikt einer vergangenen Zeit. Nur noch wenige lebten hier. Aber sie alle waren von großer Weisheit und erheblichem Wissen. Und von der Kraft, die Guardian benötigte, um das durchzuführen, wozu er ausgesandt worden war. Die nur sie ihm geben konnten, weil die Magie der Götter in ihnen wohnte.

Wenn Guardian hierhin kam, war es für ihn immer wie eine Heimkehr.

Und so war es im Grunde auch.

Er war einer von ihnen.

Seit sehr langer Zeit.

Doch gerade diese schien nun schneller zur Neige zu gehen, als er gedacht hatte. Antediluvian war stark, stärker, als Guardian zu Anfang seiner Mission gedacht hatte; er hatte mehr als einmal demonstriert, daß er sich auf seinem Weg zur absoluten Macht über alle Wesen der Finsternis nicht aufhalten ließ und sich aller ihm verfügbaren Mittel und Wesen zu bedienen vermochte.

So fühlte sich Guardian immer noch nicht wohl in Dilaras Gegenwart. Er wußte viel mehr über sie, als sie ahnte, dennoch durfte er die Tatsache nicht außer acht lassen, daß sie Antediluvians ehemaliges Mündel war. Alleine das forderte Guardians Mißtrauen, das er nicht vollends abgelegt hatte.

Auch ihren Gefährten konnte er nicht zuordnen. Calvin gehörte einem geheimen Orden an, das zeigte das Amulett, das er um den Hals trug, deutlich. Guardian hatte auch eine Ahnung, welcher Loge es zuzuordnen war. Aus dem Grund war er zu dem Schluß gekommen, daß Dilaras Zusammentreffen mit Calvin nicht so zufällig gewesen war, wie sie es dargestellt und wohl auch empfunden hatte. Er wunderte sich jedoch, daß die schöne Vampirin, die er sonst als äußerst kritisch und zweifelnd kennengelernt hatte, bisher nicht verbissener nachgehakt hatte, was es mit der Verbindung, der Calvin anzugehören schien, auf sich hatte.

Er konnte sich ihre zögerliche Haltung nur mit den tiefen Gefühlen, die sie offensichtlich für den jungen, langhaarigen Vampir empfand, erklären. Auch wenn Guardian das nicht nachvollziehen konnte, waren ihm selbst doch Gefühle völlig fremd, ja geradezu verhaßt.

„Wenn eines für unsere Art TÖDLICH ist, sind das Gefühle“, murmelte er vor sich hin. Er schloß die Augen, blickte in sich hinein, beschwor ein Bild aus früheren Zeiten vor sein geistiges Auge. Er sah eine schöne dunkelhaarige Frau mit straff zurückgekämmtem Haar und blutigen Mundwinkeln, in einen prachtvollen schwarzen Umhang gehüllt, in stolzer Haltung vor einer Wand aus weißen Totenschädeln auf blutrotem Grund stehen. Von dem hellen, klaren Licht des vollen Mondes beschienen – ihre Anhänger zu Füßen.

„Es wird Zeit, daß du dich besinnst, Mondgöttin!“ flüsterte er und setzte seinen Weg in den Heiligen Bezirk fort.

Calvin nahm sich vor, den *Burschen*, wie er Guardian immer nannte, wenn er mit Dilara alleine war, im Auge zu behalten.

„Der führt doch irgend etwas im Schilde“, murmelte er.

„*Wer* führt *was* im Schilde?“ Dilara sah ihn durchdringend an.

„Guardian, dieser Geheimniskrämer.“

Dilara lachte amüsiert auf. „Wer ist das nicht?“ Sie blickte Calvin mit funkelnden Augen an und beugte ihr Gesicht nah zu seinem herab. „Auch du hast mir noch längst nicht alles über dich erzählt, mein Lieber!“

„Das stimmt“, gestand Calvin freimütig. „Aber hast du mich denn gefragt?“

Sie versetzte ihm einen übermütigen Stoß in die Seite. „Oooooh ja, sogar mehr als einmal.“ Spielerisch tippte sie auf das Amulett, das er nie ablegte. „Danach zum Beispiel. Aber da bist du mir immer ausgewichen. Denke nicht, das wäre mir entgangen, auch wenn ich kein Thema daraus gemacht habe.“

Er tat es auch dieses Mal! Wich ihr aus.

„Es war bisher nicht der rechte Zeitpunkt. Wir haben Wichtigeres zu tun... das weißt du!“

Dilara seufzte. „Ja, das haben wir... auch wenn ich mehr...“, sie tippte erneut auf das Amulett, „... darüber erfahren möchte. Und nicht erst, wenn ich fünfhundert Jahre alt bin.“

„Das wirst du.“ Calvin wirkte wieder verschlossen wie eine Austernschale. „Doch nun konzentrieren wir uns erst einmal wieder auf deinen *Freund*.“

„*Wenn* er es tatsächlich ist, ist er auch deiner. Schließlich hat er uns beide hier aufgenommen...“

„... Einzig und allein, weil *du* es wolltest. Lieber hätte er dich alleine hier.“ Calvin hatte wieder den trotzigen Unterton in der Stimme, den sie an ihm liebte. „Irgend etwas führt der Kerl im Schilde!“ betonte er noch einmal und sah Dilara streng an. „Und bevor du ihn jetzt wieder in Schutz nimmst... diesen engelsgleichen Vampir... sollten wir ins Auge fassen, mehr über den Knaben in Erfahrung zu bringen.“

„Engelsgleichen Vampir... haha... DER war gut, Cal.“ Dilara amüsierte sich köstlich. „Das ist schon ein Widerspruch in sich.“

„Ich habe schon viel widersprüchlichere Dinge gesehen und erlebt.“

Wenn Calvin in einer derartigen Stimmung war, konnte sie sagen, was sie wollte, nichts hatte vor ihm Bestand. Dann war es sinnlos, mit ihm zu diskutieren, das war Dilara klar. Doch er sprach ohnehin schon weiter, ohne darauf zu warten, ob sie etwas erwidern würde.

„Und jetzt werden wir dem Bürschchen mal auf den Fersen bleiben.“ Calvin sah sie ernst an. „Kommt du nun mit oder nicht?“

„Natürlich! Die Frage erübrigt sich ja wohl!“ Da war wieder etwas in ihrer Haltung, das anders war. Etwas Hoheitsvolles, das er bisher nur ansatzweise an ihr wahrgenommen hatte.

„Dann laß uns hier keine Wurzeln schlagen, sondern endlich losgehen“, drängelte Calvin.

„Wenn du mir sagst, wohin, gerne!“

„Hm, wenn ich das wüßte... Der Kerl schleicht immer in dieselbe Richtung...“

„Du scheinst ihn ja genau beobachtet zu haben.“

Calvin grinste breit. „Und ob!“

„Was jetzt von Vorteil sein könnte“, mutmaßte Dilara und lächelte dann verschmitzt. „Wenn du schon so neugierig bist...“

„Weitsichtig“, berichtigte Calvin. „Schließlich wollen wir ja nicht in unser Verderben rennen!“

Dilaras Lächeln vertiefte sich. „Also gut, also gut... Wenn du schon so weitsichtig bist, können wir uns das ja jetzt zunutze machen. Folgen wir unserem undurchsichtigen Gastgeber. Ich gestehe ein, daß auch ich darauf brenne, mehr über ihn zu erfahren.“

„Na bitte!" brummelte Calvin und klang wieder einmal sehr zufrieden.

„Was hast du da?" Mick deutete auf die dicke Mappe, die vor Greg Lane auf dem Schreibtisch lag.

Der Angesprochene blickte gedankenversunken zu ihm auf. Einmal mehr hatte er sich gefragt, was in den letzten Monaten in Roderick Herrington vorgegangen sein mochte, und ob er noch am Leben und für die Morde im und rund um den Hyde Park verantwortlich war. Die letzte Vermutung lag nahe, auch wenn sich alles in Greg Lane dagegen sträubte, weil es so gar nichts mit dem Roderick zu tun hatte, den er gekannt hatte. Aber er war zu sehr Polizist – aus Fleisch und Blut –, als daß er die Augen davor hätte verschließen können, wie sehr sich sein Freund vor seinem Verschwinden verändert hatte. Nachdem er diese Frau in der Galerie des Apsley Houses gesehen hatte. Die Frau, die ein perfektes Ebenbild einer der Portraitierten dort war. Was Greg Lane aber noch erheblich größeres Kopfzerbrechen bereitete, war die Tatsache, daß er höchstpersönlich es gewesen war, der herausgefunden hatte, daß Roderick Herringtons Herkunft mehr als fraglich war, und alles, was auf seinen möglichen Ursprung hinwies, schien noch abenteuerlicher.

Gab es so etwas?

Wiedergänger?

Wenn ja, war Roderick einer?

„Soll ich wieder gehen?"

Micks herausfordernde Frage holte Greg endgültig aus seinen finsteren Gedankengängen heraus. Er zuckte zusammen und musterte Mick, der in lümmelnder Haltung ihm gegenüber Platz genommen hatte. Er saß so gut wie nie aufrecht, sondern flegelte sich stets herum, anders konnte man es nicht bezeichnen. Aber Greg fühlte sich nicht dazu berufen, Mick Benehmen beizubringen, dafür war es augenscheinlich eh zu spät.

Greg seufzte und schob die Mappe in die Mitte des Schreibtisches.

„Schau selbst!" forderte er seinen jungen Partner auf.

Mick zog die rechte Augenbraue so weit hoch, bis sie ein steiles Dreieck bildete. „Sehr gesprächig bist du heute aber nicht."

Ist das ein Wunder, dachte Greg griesgrämig, wenn der beste Freund entweder tot oder ein brutaler Mörder ist? Es geht ja nicht spurlos an einem vorbei, wenn man einen Freund verliert. Aber das konnte ein junger Kerl wie Mick nicht verstehen, dessen war sich Greg sicher.

Mick öffnete halbherzig das Dossier... und stieß einen Pfiff aus, als er die Fotos sah. Bilder von übel zugerichteten Leichen. Dazwischen das Portrait eines Mannes von äußerst gepflegtem Erscheinungsbild. Das sind die Schlimmsten, dachte Mick verächtlich. Er haßte Bigotterie und das, was sie alles unter dem Deckmäntelchen der Gutbürgerlichkeit trieb.

Er betrachtete die restlichen Fotos...

... und stieß den nächsten Pfiff aus.

Dieses Mal eine Spur lauter, schriller und eindeutig begeisterter.

„Wow! Wer ist denn das? Das ist ja eine scharfe Braut!" Er betrachtete die Frau mit den katzengrünen Augen und den schweren schwarzen Locken ausgiebig.

„Das ist eine lange Geschichte." Greg sah sein Gegenüber nachdenklich an.

„Ich habe Zeit!“ Mick nahm eine noch bequemere Stellung ein, indem er sich noch weiter auf dem Stuhl zurücklehnte.

Fehlt nur noch, daß er seine Füße auf meinen Schreibtisch legt, dachte Greg und kam sich im selben Augenblick ungeheuer spießig vor.

„Also gut, irgendwann mußt du ja eh alles erfahren... jetzt, wo du mein neuer Partner bist“, sagte er... und begann zu erzählen...

Dilara folgte Calvin eine Weile, ohne etwas zu sagen.

Weder sie noch er waren zu einem Gespräch aufgelegt, und es tat auch nicht not. Manchmal war es heilsam, zu schweigen. Zumal sie sich einem Ort der Stille näherten. Die Luft wurde staubiger und stickig. Und die Dunkelheit nahm zu, was Dilara begrüßte. Denn diese schenkte ihr Energie, und sie fühlte sich „lebendiger“.

Auch Calvin wirkte sichtlich präsent. Mehr noch, als er es ohnehin schon war. Doch Dilara konnte nicht so recht zuordnen, woher er diese Stärke ableitete. Seit Tagen hatte er sich immer häufiger von ihr zurückgezogen, und oftmals, wenn er gedankenversunken dasaß, hielt er das Amulett umklammert, das er um seinen Hals trug, bewegte tonlos die Lippen, als bete er oder hielte Zwiesprache mit einer Gottheit.

In diesen Momenten war ihr Calvin fremd. Und es machte ihr angst, weil es auch etwas von der Nähe zwischen ihnen raubte. Und eben diese Nähe benötigte sie. Weil sie eine Art Lebensenergie für sie war, die wie eine Flamme in ihr züngelte und ständig Nahrung brauchte. Seelennahrung, die nur er ihr schenken konnte.

Warum zog er sich von ihr zurück?

Und warum bezog er sie nicht mit ein?

Dilara besann sich darauf, daß es ihm oftmals ebenso mit ihr ging.

Sie richtete ihre Aufmerksamkeit wieder auf seine vor ihr her eilende Gestalt.

Calvin erweckte den Eindruck, als folge er einem Instinkt, den sie zuvor noch nicht an ihm wahrgenommen hatte. Zielstrebig und selbstsicher bewegte er sich vor ihr. Wie so häufig in letzter Zeit fragte sich Dilara, wieviel sie von dem wahren Calvin kannte. Ihre Blicke brannten kleine Löcher in seinen schlanken Rücken. Sonst spürte er dies immer, wie ihm keine Gefühlsregung von Dilara verborgen blieb, aber in dieser Nacht reagierte er nicht darauf. Ihr Blick wanderte sein langes Haar entlang, das immer noch erotisierend auf sie wirkte. Am liebsten hätte sie die Hand ausgestreckt und es berührt, aber Calvin beschleunigte sein Tempo. Er wirkte plötzlich so, als habe er es besonders eilig, als würde ihn etwas magisch anziehen.

Auch in Dilara erwuchs das Gefühl.

Es trieb sie voran.

Mehr noch... es lag etwas in der Luft...

Sie schnupperte... roch die Note geronnenen Blutes... wie sie es kannte... von den Blutopfern.

Es war nah... sehr nah... und machte sie unruhig... fiebrig... erregt.... gierig... wie ein Tier, das seine Beute wittert und sich ihr langsam nähert.

Ihr unruhiges Herz schlug heftig.

Dilara sog die modrige Luft, die sie umgab, tief ein. Sie zeugte davon, daß sie auf dem richtigen Weg waren.

Und sie waren nicht mehr allein.

Dilara spürte andere Wesenheiten. Alte... junge... vergangene... gegenwärtige... Sie waren nicht greifbar, umschwärmten sie körperlos. Waren ebenso unruhig wie sie.

Das alte Ich bäumte sich in ihr auf.

Königin des Mondes, wisperte die Stimme in ihr. Sie wurde Dilara immer vertrauter. War beinahe schon ein fester Bestandteil von ihr.

Da waren wieder die Bilder vor ihren Augen.

Die Pyramide... der volle Mond... die Opfer, ihrer Herzen beraubt... und Blut... viel Blut.

Dilara spürte ein Sehnen in sich, das unerträgliche Ausmaße annahm.

Sie wollte es in Worte kleiden, es Calvin vermitteln. Doch er drehte sich herum, sah sie an, und sie wußte, daß er nun wieder ihre Empfindungen teilte. Das telepathische Band schwang wieder zwischen ihnen. Calvin erfaßte Dilaras Hand und zog sie weiter mit sich fort. Durch eine Wand aus Nebelgestalten. Dilara hatte das Gefühl, als griffen sie nach ihr. Nicht fordernd oder feindselig, sondern spielerisch, beinahe zärtlich. Wie man eine lange vermißte Seele, die endlich heimkehrt, willkommen heißt und ihr in die richtige Richtung verhilft, ihr den rechten Weg weist. Dilara hielt Calvins Hand umklammert und ließ sich mit den Wesenheiten treiben, sich von ihnen forttragen...

Und dann sahen sie sie.

Die Pyramide.

Die Schädelwand.

Davor kniete in andächtiger Haltung eine hochgewachsene Gestalt mit blonden halblangen Haaren.

Guardian!

„Die Satanisten sollen also angeblich ihr Unwesen auf dem Brompton Cemetery treiben und für die Morde verantwortlich sein?“ Greg blickte Mick nachdenklich an und dachte: du in deiner Kluft könntest auch einer von ihnen sein. Der Gedanke brachte Argwohn mit sich. Konnte er diese Möglichkeit ausschließen?

Mick hatte sich bevorzugt für nächtliche Aktivitäten einsetzen lassen. So auch dafür, in diesem Fall nach Einbruch der Dunkelheit den Friedhof im Auge zu behalten.

Greg gab insgeheim zu, daß es ihm nicht sonderlich behagte, dort bei Nacht und Nebel durch die Gegend zu schleichen. Weniger aus Angst, die war ihm weitestgehend fremd. Mehr aus Furcht, was er dort entdecken würde. Etwa Roderick? Oder das, was noch von ihm übriggeblieben – oder das, was womöglich aus ihm geworden war?

Etwas zu vermuten, zu ahnen und es dann zu wissen, war ein wesentlicher Unterschied.

Es blieb nicht viel Zeit, um noch weiter zu hadern, denn Mick hatte es plötzlich sehr eilig. In Minutenschnelle saßen er und Greg in ihrem Fahrzeug, und Mick gab so heftig Gas, daß sein Partner einen Satz nach vorn machte. Bevor Greg protestieren konnte, schoß der Wagen schon mit quietschenden Reifen über die Straße. Mick fuhr eindeutig Bleifuß. Doch aus irgendeinem Grund gebot Greg nicht Einhalt. Ganz so, als gäbe es etwas längst Überfälliges zu erledigen. Und so war es auch, wenn er ehrlich zu sich selbst war. In den letzten Monaten war er bevorzugt den Spuren nachgegangen, die von Anfang an abwegig waren und schnell im Sande verliefen.

Aus Angst, das herauszufinden, was sich ihm von Anfang

an aufgedrängt hatte. Und das hatte nur mit einem zu tun: Roderick. Nein, mit zweien: Roderick und der mysteriösen Dilara.

Seit sie sich in Rodericks Leben gedrängt hatte, war alles in Bewegung und aus den Fugen geraten. Das Unheil hatte seinen sprichwörtlichen Lauf genommen. Greg Lane wiederum hatte es bisher mit eher mäßigem Erfolg zu verstehen gewußt, diese Tatsache zu ignorieren oder in den hintersten Schlupfwinkel seines Kopfes zu verbannen. Als könne er damit alles ungeschehen machen. Aber die Rechnung ging auf Dauer nicht auf. Man konnte dem Lauf der Dinge nicht entgehen.

Mick bremste abrupt.

Doch Greg war mittlerweile angeschnallt und wurde durch den Sicherheitsgurt in die Polster des Beifahrersitzes gepreßt.

Greg stieß einen unwilligen Laut aus. „Wenn ich noch häufiger mit dir fahre, sollte ich wohl meine Lebensversicherung erhöhen!" knurrte er.

Mick grinste breit. „Hast du denn überhaupt einen Begünstigten? Einen, der Tisch und Bett mit dir teilt?"

Es war das erste Mal, daß er einen Hauch von Interesse für das Privatleben seines Partners zeigte.

Greg schüttelte den Kopf. „Im Moment nicht. Ich bin seit einem Jahr wieder Single."

Wenn er erwartet hatte, daß Mick weitere Fragen stellte, so sah er sich getäuscht. Der junge Cop schien mit seinen Gedanken schon wieder ganz woanders zu sein.

Dann eben nicht, dachte Greg, das geht dich Grünschnabel ohnehin nichts an; er verließ nach seinem Partner das Auto und folgte Mick auf den Friedhof. Nachdem er einen raschen Blick gen Himmel gerichtet und nachdenklich das volle Rund des Mondes betrachtet hatte. Beseelt von der Frage, wer sich alles auf dem Brompton Cemetery herumtreiben würde.

Guardian spürte Dilaras und Calvins Anwesenheit in dem Moment, als sie hinter ihm verharrten. Sie waren ihm also doch gefolgt. Sein Gefühl hatte ihn nicht getrogen. Guardians Überraschung hielt sich daher in Grenzen. Auch sein Unwillen. Denn irgendwann hätte er sich Dilara – Calvin zählte für ihn nicht, er war nur ein lästiges Anhängsel der Vampirin – ohnehin offenbaren müssen.

Warum nicht jetzt?

„Es ist noch zu früh", flüsterte Guardian vor sich hin. Er hatte noch eine Rechnung offen – mit Antediluvian. Und genau da konnte Dilara eine entscheidende Rolle spielen. Wenn er es geschickt anstellte. Doch nun schien sie durch ihr Auftauchen seine Pläne, die nichts mit seiner Mission gemein hatten, zu durchkreuzen.

„Was murmelst du da?" fragte Calvin aufsässig.

Guardian warf ihm einen eisigen Blick zu. Die beiden Männer fochten ein stummes Blickduell aus, aus dem keiner als Sieger hervorging, weil sich Dilara einschaltete.

„Was hat das hier alles zu bedeuten, Guardian?" Sie wies auf die Wand, vor der er immer noch kniete.

Guardian erhob sich mit einer fließenden Bewegung und richtete sich zu voller Größe auf, wohl auch um Calvin, den er nun wieder überragte, seine Macht zu demonstrieren.

Doch Calvin hatte nur Augen für etwas anderes.

Er schob Dilara bestimmt zur Seite und trat an die Schädelwand heran, tastete sie beinahe andächtig ab. „Der Schrein", murmelte er. „Der Schrein in Antediluvians Reich hatte auch diese Schädelwand." Calvin drehte sich zu Guardian herum und legte all das Mißtrauen, das in ihm war, in seinen

Blick. Irgend etwas stimmt mit diesem Schönling nicht, dachte er.

„Ich möchte Dilaras Frage wiederholen: was hat das zu bedeuten?“

Mit Genugtuung registrierte er, wie sich Guardian wand, sich vor einer Antwort zu drücken anschickte, als mit Dilara eine Veränderung vor sich ging.

Wieder erhielten ihre Gesichtszüge einen älteren, gleichzeitig härteren, aber noch reizvolleren Ausdruck. Ihr Blick wurde starr, verlor sich irgendwo im Raum... und in der Zeit. Hochaufgerichtet drehte sie sich zu der Schädelwand herum, vor der Calvin immer noch stand. Sein Blick suchte den ihren, um Nähe zu ihr zu erzeugen, doch sie sah durch ihn hindurch. Er versuchte, telepathisch mit ihr Kontakt aufzunehmen, zog sich aber erschrocken vor dem Wirrwarr ihrer Gefühle und Visionen, die in ihr kämpften, zurück.

„El Templo Mayor.“ In Dilaras Stimme schwang erkennbar Sehnsucht. „El Templo Mayor“, wiederholte sie, und es klang wie eine Beschwörung.

Erst jetzt bemerkte Calvin, daß ihre ohnehin schon anregende Stimme noch dunkler und rauchiger geworden war. Und nicht nur mit ihr ging eine Veränderung vor sich, auch Guardian blieb nicht davon verschont. Er alterte wie im Zeitraffer in Sekundenschnelle, die Haut platzte auf, das Fleisch löste sich von seinem Schädel und Körper, und die Haare fielen ihm aus. Alles zerfiel augenblicklich zu Staub, der mit einem plötzlich an ihnen vorbeiziehenden Lufthauch fortgewirbelt wurde.

Calvin starrte Guardian oder das, was noch von ihm übrig war, an. Dessen Schädel glich nun jenen, aus denen die Mauer errichtet worden war.

„Der Große Tempel...“, erhob nun Dilara wieder die Stimme, die fest und befehlsgewohnt klang, „... fordert neue Opfer!"

Ein Tempel, der Opfer forderte? Calvin schüttelte den Kopf. So ein Unsinn, hätte er beinahe laut hervorgepreßt, Götter und Könige fordern Opfer, aber keine toten Steine! Aber er war viel zu beeindruckt und gefangen von der Szenerie, die sich vor ihm abspielte, um auch nur ein Wort hervorzubringen. Sein suchender, unsteter Blick glitt weiter über die Schädelwand, verlor sich, ebenso wie Dilaras Blick zuvor, im Raum... und er erstarrte. Die Wand gehörte zu einer Pyramide, die sich hoheitsvoll bis ins Nichts vor ihm erhob. Düster und gewaltig erinnerte sie ihn an manche Abbildung, die sie in der Aztekenausstellung gesehen hatten. Calvin konnte sich nicht erklären, warum, aber er dachte gerade in diesem Moment an den Glauben der Azteken, daß das Universum aus dem Kampf zwischen Licht und Dunkelheit entstanden war.

Licht und Dunkelheit, dachte Calvin, sie bestimmen auch unser Dasein.

Sonne und Mond – Licht und Dunkelheit...

Er brachte den Gedanken nicht zu Ende, weil plötzlich Bewegung um ihn herum entstand.

Vier Priester schritten würdevoll herbei. Sie führten einen jungen Mann mit langem, schwarzem Haar, der einen apathischen Eindruck machte, in ihrer Mitte.

Die Priester blieben in adäquatem Abstand vor Dilara stehen und verneigten knapp ihre Häupter. Eine Respektbekundung, die Calvin sonderbar anmutete, die Dilara aber huldvoll entgegennahm, und die sie ihm noch fremder machte.

Sie beachtete weder ihn noch Guardian, der jetzt auf das Opfer zuschritt.

Zuklapperte, wie Calvin hämisch dachte, denn seine langen, knochigen Beine hatten an Geschmeidigkeit verloren.

„Bringt mir sein Herz!“ befahl Dilara, und ihr Mund verzog sich zu einem grausamen Strich.

Das Opfer wurde – nackt, nur mit einem Lendentuch bekleidet und mit roten und weißen Längsstreifen bemalt – die stufenförmige Pyramide hinaufgeführt.

Dicht gefolgt von Guardians grotesker Knochengestalt.

Oben angekommen, hielten die Priester ihr Opfer an Armen und Beinen fest und streckten es auf einem Steinblock, der als Altar diente, aus. Der grobe Opferstein aus heiligem Vulkangestein maß einen halben Meter Höhe.

Warum wehrt sich der Kerl nicht?, durchzuckte es Calvin beim Anblick des ruhig daliegenden Mannes. Besonders, als Guardian ein Steinmesser aus seinem nun um seinen skelettierten Körper schlotternden Gewand zog und damit auf sein wehrloses Opfer zuschritt.

Der junge Mann stieß nun doch einen schrillen Schrei des Entsetzens aus.

Es sollte sein letzter sein.

Guardian führte geschickt einen schnellen Längsschnitt über die Brust durch und durchtrennte Brustbein und Rippen.

Als wenn er durch Butter führe, durchschoß es Calvin, als ob der Kerl das täglich machen würde. Eine Ahnung erwuchs in ihm, daß er mit seiner Vermutung nicht völlig falsch lag.

Guardian riß seinem zuckenden Opfer derweil das noch pulsierende Herz mit einem schnellen Ruck heraus und hielt es triumphierend mit beiden Händen in die Höhe, legte es dann in eine kunstvoll gearbeitete Adlerschale, ergriff diese mit beiden Händen und schritt die Stufen der Pyramide hinab. Die Priester hatten das Blut des Opfers in weiteren Schalen aufgefangen und tränkten damit die Götterstatuen, die um den Altar herum standen.

Calvin war außerstande, sich zu bewegen. Gebannt verfolgte er die blutige Zeremonie. Sein Blick schweifte zu Dilara, die fremd und schön vor ihm stand. Fünf junge Tempeldiener knieten zu ihren Füßen. Calvin hielt den Atem an. Nie hatte sie so faszinierend auf ihn gewirkt wie in diesem Moment. Er mußte an den Tag auf dem Portobello-Markt denken, als sie an seinen Buchstand getreten war und ihn gebeten hatte, ihr einen Band über die Blutopfer der Azteken zu besorgen.

Blutopfer, dachte Calvin versonnen...

... der Kreis begann sich zu schließen!

Das Geschehen hielt ihn weiter in seinem Bann. Calvins Blick richtete sich wieder auf die Pyramide.

Guardian hatte mittlerweile die Stufen hinter sich gelassen und blieb vor Dilara stehen.

Die Vampirin beugte sich triumphierend über die Schale, nahm das noch warme Herz in ihre Hände, entblößte mit einem schrillen Schrei ihre spitzen Zähne und biß in das Herz hinein... verspeiste es mit sichtlichem Genuß. Ohne Hast und mit einer Mischung aus Gier und Würde, die Calvin faszinierte. Das schillernde Grün ihrer leuchtenden Augen richtete sich dabei auf ihn.

Was er darin las, ließ ihn erschaudern.

Calvin stieß einen Laut des Entsetzens aus und ergriff mit beiden Händen das Amulett um seinen Hals, murmelte unverständliche Worte.

Und die Vision ließ ihn wieder frei.

„Na wundervoll“, brummte Greg wütend vor sich hin und bewegte sich in gebückter Haltung durch das blickdichte Gebüsch, das den Friedhof umgab. „Wo ist denn dieser unmögliche Kerl abgeblieben?“

Von Mick war seit einer Weile nichts mehr zu sehen. Von einer Sekunde auf die andere war er wie vom Erdboden verschluckt gewesen, als habe sich eines der Gräber geöffnet und ihn verschlungen. Was Greg nicht erstaunt hätte bei all den düsteren Geschichten, die sich um den Brompton Cemetery rankten. Dabei war der Friedhof, der 1840 von Benjamin Baud entworfen worden war, gar nicht so alt in dem Sinne, dennoch galt er als eine der wichtigsten Begräbnisstätten seiner Zeit. Greg war der zentralen breiten Straße gefolgt, die zu der achteckigen Kapelle mit bewachsenen Kolonnaden führte, hatte sich dann aber an einen ruhigeren Seitenweg gehalten. Doch er hatte die Kapelle im Auge behalten, weil Mick behauptet hatte, im direkten Umfeld wären die nächtlichen Aktivitäten der „Satanisten“ beobachtet worden. Woher genau er diese Information bezog, darüber hatte er sich, trotz Gregs gezielten Nachfragen, ausgeschwiegen. Was Greg noch stutziger und mißtrauischer seinem neuen Partner gegenüber machte. Irgend etwas stimmt mit dem Burschen wirklich nicht, dachte er verstimmt, aber dem werde ich auch noch auf den Grund gehen.

Sein Blick schweifte wieder zu der Kapelle und den – durch den Efeubewuchs – verwunschen wirkenden Kolonnaden. Greg dachte an die viktorianischen Katakomben, die sich unter der Westmauer des Friedhofes befanden.

Wer weiß, wer und was sich da unten alles herumtummelt, grübelte er, fühlte sich aber nicht berufen, dem nachzugehen. Was eigentlich nicht seinem Naturell entsprach, das sich aber durch den Fall seines verschwundenen Freundes und die mysteriösen Fakten rund um die Frau mit dem wundersamen Namen Dilara zu verändern schien. Greg war zögerlicher und nachdenklicher geworden. Seit Mick aufgetaucht war, erst recht, und Greg ahnte, daß das berechtigt war.

Gregs schweifender Blick blieb an den vielen verfallenden Grabsteinen hängen. Durch die Vielfalt der durch das Klima und den ständigen Regen größtenteils verwitterten Marmorfiguren und Kreuze vermittelte der Friedhof einen weitaus gespenstischeren Eindruck als manch anderer. Wenn das Mondlicht auf einen der Steinengel fiel und der Wind Blätterfontänen des Herbstlaubes um sie herum aufwirbelte, hatte man den flüchtigen Eindruck, der ein oder andere steinerne Himmelsbote würde sich bewegen oder sacht mit den Flügeln schlagen.

„So ein hanebüchener Unsinn!“ entfuhr es Greg lauter, als er beabsichtigte, und er schrak vor dem spröden Klang seiner Stimme, die seine Anspannung deutlich verriet, zusammen.

Was war nur mit ihm los?

Das ist eine gute Frage, dachte er grimmig und ahnte, daß ihm die Antwort nicht gefallen würde.

Ein Geräusch ließ ihn herumfahren. Mick, dachte er, sah sich aber getäuscht, von dem jungen Cop war immer noch nichts zu sehen. Er verfolgte wohl wieder eine Extratour und hatte sich ohne eine Erklärung davongeschlichen. „Soviel zum Thema *Partner!*“ entfuhr es Greg wütend, und er nahm sich vor, ein ernstes Wort mit Mick zu reden, wenn er wieder auftauchte. Dessen Eskapaden standen eindeutig einer guten Polizeiarbeit im Wege. Zumindest dem, was Greg darunter verstand. Und der war nicht gewillt, auf Dauer mit einem uneinschätzbaren Chaoten durch die Gegend zu laufen. Doch es war nicht die richtige Zeit und der rechte Ort, darüber nachzugrübeln.

Wieder knackte und raschelte es um ihn herum.

Ratten, versuchte sich Greg, der keine Abscheu gegen die

Nager hegte, zu beruhigen. Im Moment schienen sie ihm auch weitaus sympathischer als das, was ihm seine Phantasie als mögliche Geräuschquelle suggerierte.

Auf dem Friedhof wurde es plötzlich sehr „lebendig". Greg Lane sträubten sich im wahrsten Sinne des Wortes die Nackenhaare, als er die Gestalten erblickte, die sich mit einem Mal durch das nächtliche Dunkel bewegten. Teils verkrüppelte, teils nur schattenhaft erkennbare. Und alle wirkten wie nicht von dieser Welt.

„Also Satanisten treiben hier nicht ihr Unwesen, mein lieber Mick", murmelte Greg bärbeißig vor sich hin. „Soviel steht schon einmal fest."

Dann duckte er sich hinter einen hohen Grabstein, der ihm – efeuüberwachsen – Schutz bot, ohne ihm die Sicht auf das sonderbare Treiben zu nehmen. Auch das Mondlicht ermöglichte ihm, Dinge zu sehen, vor denen er lieber die Augen verschlossen hätte. Wesen bar jeglicher Naturgesetze, nach denen sich Gregs glasklarer Verstand immer gerichtet hatte, und die nun mehr als in Frage gestellt wurden.

Wer waren diese Gestalten, die teilweise nur nebulös durch die Nacht flossen?

Woher kamen sie?

Und vor allem, was bezweckten sie?

Wieder knackte und raschelte es hinter ihm. Greg wollte es sich schon ersparen, sich herumzudrehen, weil er erwartete, wieder nichts außer nächtlicher Schwärze zu erblicken.

Doch dieses Mal war es anders.

Er spürte die Gegenwart eines Wesens.

Mick?

Greg drehte sich mit einem schroffen Vorwurf auf den Lippen herum und erstarrte in seinen Bewegungen.

„Roderick!" stammelte er.

Guardians Knochengestalt hatte sich ebenso verflüchtigt wie der Rest der Vision, die Calvin als eine der nachhaltigsten aller, die ihn jemals heimgesucht hatten, erschien. Und das waren weitaus mehr, als er Dilara eingestanden hatte, weil er dann in Erklärungsnotstand geraten wäre.

Aber diese konnte er ihr nicht verschweigen. Sie war zu eng mit allem verknüpft, was Dilara ausmachte, was sie bisher gemeinsam erlebt hatten, und was auch wichtig für ihre Zukunft war.

Dilara schwieg eine Weile, dachte über das nach, was ihr Calvin erzählt hatte. Es fügte sich in alles ein, was sie in der Schattenchronik gelesen hatte, und an das sie sich seit dem Besuch der Aztekenausstellung erinnerte.

Daß Calvin diese Vision gehabt hatte, machte sie jedoch nachdenklich. Warum er?, fragte sie sich. *Sei auf der Hut vor ihm,* hetzte die Stimme in ihr, *er verbirgt etwas vor dir!*

Dilara ignorierte sie.

Nachdenklich musterten ihre katzenartigen Augen Calvin. In ihnen stand die Frage: Was verschweigst du mir alles?

Dann verschleierte sich ihr Blick und verlor sich in seinem. „Du weißt, was das bedeutet", murmelte sie.

Calvin nickte. „Guardian ist wohl einer der Vampire aus der Kammer unter der Großen Pyramide." Er warf Dilara einen kriegerischen Blick zu. „Fragt sich nur, auf wessen Seite der Bursche wirklich steht. Auf deiner oder Antediluvians."

„Das ist eine sehr gute Frage", pflichtete ihm Dilara bei. „Selbst wenn sich einer den Widerstand auf die Fahne geschrieben hat, heißt das noch lange nicht, daß es auch so ist."

Kluge Frau, dachte Calvin und beschloß ernsthaft, sich Guardian vorzunehmen und ihn zur Rede zu stellen.

Die Zeit des gegenseitigen Austaxierens war vorbei!

„Roderick!“ wiederholte Greg wie gelähmt. Die erste Freude, endlich wieder seinem Freund gegenüberzustehen, mehr noch, ihn unter den Lebenden zu wissen, war einer Erstarrung gewichen.

Die Gestalt vor ihm regte sich. Rein optisch glich sie dem Mann, der einmal Greg Lanes bester Freund gewesen war. Aber das unselige Funkeln in seinen Augen und die Aura des Todes, die ihn umgab, machten ihn zu einem Fremden.

Greg musterte sein Gegenüber.

Hohlwangig, abgemagert, mit fahler, ungesunder Hautfarbe, das Gesicht mit ungepflegten Bartstoppeln bedeckt, das Haar länger und zotteliger – alles in allem wirkte die Erscheinung TOT. Wenn nicht das Feuer, das gefährliche Funkeln seiner Augen gewesen wäre.

Greg Lane macht zwei Schritte auf seinen Freund zu.

„Komm mir nicht zu nahe, Greg!“ Der Wiedergänger machte eine abwehrende Handbewegung, die Greg tatsächlich mitten im Schritt stoppte.

„Roderick, was...“, hat das alles zu bedeuten, wollte er fragen, doch die heisere Stimme des Wiedergängers unterbrach ihn.

„Bleib stehen, Greg. Es ist besser für dich. Vergiß, daß du mich gesehen hast... wenn dir dein Leben lieb ist!“

Greg stieß einen undefinierbaren Laut aus. Die Drohung war so eindeutig, und sie paßte zu dem Gefühl, das ihn die ganze Zeit beschlichen hatte. Seit Roderick die Frau in der Galerie gesehen hatte, seit die Morde begannen, seit Roderick verschwunden und Mick aufgetaucht war. Alles schien irgendwie in einem Zusammenhang zu stehen.

Wieder ertönte ein Geräusch hinter ihm. Und er drehte sich abrupt herum. Nun sicher, daß es endlich Mick war, der wieder von seinem Streifzug auftauchte.

Aber es war ein Paar, das den Hauptweg entlangschritt.

Greg Lane glaubte seinen Augen nicht zu trauen. Da war sie. Die Frau von dem Portrait aus dem Apsley House. Die Frau, die Roderick so nachhaltig aus der Bahn geworfen hatte. Die vor über vierhundert Jahren den Tod am Galgen finden sollte und deren Leiche verschwunden und nie wieder gefunden worden war. Die Frau, die Greg Lane scherzhaft eine Vampirin genannt hatte.

Es gab sie.

Es gab sie tatsächlich.

Und sie sah sehr lebendig aus!

Natürlich, dachte er kopfschüttelnd. Natürlich gibt es sie. Und es wird eine völlig logische Erklärung dafür geben. Sie wird eine Nachfahrin jener Frau auf dem Portrait sein. Wie oft hatte er sich das schon eingeredet und seine innere Stimme, die dagegen protestierte, ignoriert. Schließlich war auch er in dem Glauben aufgewachsen, daß mit dem Tod alles endete.

Doch nun wurde ihm vor Augen geführt, wie absurd alle seine Überlegungen waren. Und wie wenig phantastisch.

Dilara kam mit einem jüngeren Mann an ihrer Seite, dessen Haar länger war als ihr eigenes, den Weg entlang, der auf das Gebüsch zuführte, hinter dem sich Greg verborgen hielt. Als sie an ihm vorbeischritt, lachte sie den Langhaarigen, der sie begleitete, an und entblößte dabei ihre spitzen Zähne, die bedrohlich im Mondlicht glänzten.

Greg schwankte und hielt sich an dem Grabstein fest. Er drehte sich halb herum, um nach Roderick zu sehen. Aber die Stelle, an der dieser gestanden hatte, war leer. Greg fragte sich allmählich, ob er einer Sinnestäuschung anheimgefallen war.

Als er sich wieder umwandte und einen weiteren Blick auf die lachende Vampirin wagte, die dem jungen Mann einen verführerischen Blick zuwarf, war er beinahe sicher, daß er phantasierte.

„Oh Mann, wo auch immer du dich grade herumtreibst, Mick, du hast das Beste verpaßt", murmelte Greg und hoffte, möglichst schnell aus diesem Traum zu erwachen.

Xochiyayotl
(Der Blumenkrieg)

Aztlan, 1569

„Schreibt Ihr schon wieder an Eurem Buch, Bruder Pedro?“

Der Franziskaner zuckte zusammen und schirmte das Manuskript, an dem er bis spät in die Nacht gearbeitet hatte, mit der Linken ab. Die Stimme, die ihn aus seiner Konzentration gerissen hatte, war zuletzt vor etwa drei Jahren an sein Ohr gedrungen, doch noch immer ließ die Erinnerung an diese erste Begegnung das Blut in seinen Adern gefrieren.

Damals hatten sie einen Tauschhandel abgeschlossen. Der Pater würde seine Glaubensbrüder von dem versteckten Gebirgstal fernhalten, und im Gegenzug schenkte ihm der Finstere die Unverletzlichkeit seiner Seele. Es war ein Pakt mit dem Teufel gewesen, und Pedro hatte zahlreiche schlaflose Nächte damit verbracht, zu ergründen, ob er den Fremden in der Hölle wiedertreffen würde. Denn daß dieser eine Kreatur des Hades gewesen war, daran zweifelte er keinen Augenblick.

War nun der Moment gekommen, da der Franziskaner es bereuen würde, den Konquistadoren den Weg durch die Grotten, die er zufällig entdeckt hatte, nicht gezeigt zu haben? Er hatte aus Angst um sein schwaches und unwürdiges Leben so gehandelt. Dieselbe Angst raubte ihm auch jetzt den Atem.

„Woher wißt Ihr…?“

„Glaubtet Ihr, ich würde mich alleine auf Euer Wort verlassen?“ antwortete der nächtliche Gast. „Ich habe mir erlaubt, Euch von Zeit zu Zeit einen Besuch abzustatten. Ohne daß Ihr es merktet, selbstverständlich. Nehmt es mir nicht zu übel. Es war angeborenes Mißtrauen, das mich dazu trieb. Doch Ihr könnt beruhigt sein. Eure Furcht hat Euch dazu angehalten, unseren Vertrag peinlichst genau zu achten. Selbst in Eurem Buch habt Ihr Eure Entdeckung verschwiegen."

„Ihr hattet mir versprochen, daß ich Euch niemals wiedersehen würde, wenn ich dafür sorgte, daß Ihr unentdeckt bliebet", wagte der Mönch ärgerlich aufzubegehren. Ihm mißfiel, daß der Fremde über seine Arbeit Bescheid wußte. Unvermittelt bemerkte er, daß dieser nicht alleine war. Er trug ein Bündel armseliger Lumpen auf dem Arm, in die ein Kind gehüllt war, ein Säugling noch.

„Dies ist der Grund meines Kommens. Ihr werdet mir helfen. Findet eine Frau, die sich um das Kind kümmert. Und dann, sobald sich eine Gelegenheit bietet, schickt es möglichst weit fort von hier!" Er legte das Bündel auf einer breiten, mit Kissen gepolsterten Holzbank ab.

„Ein Kind? Nicht Eures, vermute ich. Wie ist sein Name?"

Der Fremde beugte sich zu ihm herab und flüsterte etwas in sein Ohr. Dann richtete er sich zu seiner vollen Größe auf, drehte sich um und trat zur Tür.

„Ich werde Schwierigkeiten bekommen!" rief ihm der Franziskaner hinterher. „Welchen Lohn bietet Ihr mir diesmal?"

„Euer Leben", sagte sein nächtlicher Besucher kalt und verschmolz mit den Schatten. „Hofft, daß dies unsere letzte Begegnung war. Die nächste könnte für Euch weniger erfreulich enden."

Aztlan, November 1891

Unmittelbar nach dem Richterspruch Tozcuechs war Dilara von Priestern in orangeroten Gewändern ergriffen worden.

Unvaale trat nahe an sie heran, und sie sah seine blitzenden Augen hinter den Schlitzen seiner Maske, spürte seine machtvolle Aura und vernahm dann zum ersten Mal seine tiefe Stimme, die dumpf und drohend klang: „Dein Name, Weib!"

Dilara wand sich in den festen Griffen ihrer Bewacher, obwohl sie wußte, daß jeder Widerstand spätestens an diesem mächtigen Ältesten brechen würde.

„Nun gut, wenn du nicht willst..." Die Drohung war unüberhörbar. „Ich kenne ihn ohnehin. Er lautet Di-La-Rah!" Unvaale genoß sichtlich ihre Überraschung. „Ich habe euch letzte Nacht belauschen lassen."

Dilara atmete auf. Natürlich hatten sie sich auf Englisch unterhalten und gehofft, daß weder dieser Priester noch einer seiner Diener sie verstehen würde.

„Was geschieht mit meinem Begleiter?" entgegnete sie statt einer Antwort.

„Ich will sehen, was ich tun kann", sagte er, und dann, zu seinen Männern gewandt: „Bringt sie zum Tempel!"

Nachdem die Gruppe geteilt worden und das Schicksal der beiden Mexikaner ungewiß war, hatte sich die Vorstellung, auch er und Dilara könnten getrennt werden, für Roger Gallet als schlimmstmöglicher Fall dargestellt. Und nun war dieser eingetreten.

Roger hatte wenig Angst davor, daß die hübsche junge Frau nicht würde alleine auf sich aufpassen können, das Gegenteil hatte sie oft genug bewiesen.

Sie hatte ihm seit ihrer ersten Begegnung im Hause Hurt Rätsel aufgegeben: die unglaubliche Wirkung, die sie auf ihn ausgeübt hatte, ihre unerwartete Zusage, ihn auf seiner Expedition zu begleiten, ihre Fähigkeit, mit Belastungen umzugehen, und zuletzt die Tatsache, daß sie des Nahuatl mächtig war. Roger war sich der Gründe, die dazu geführt hatten, daß sie ihn begleitete, nie klar geworden. Er hatte gehofft, es sei auch ein gewisses Interesse an seiner Person mit im Spiel gewesen.

Und wie stand es um seine eigenen Gefühle? Sie waren widersprüchlich. Er hatte immer dann, wenn die Möglichkeit bestanden hatte, einander näherzukommen, das Gefühl gehabt, sie beide lebten in verschiedenen Welten, die sich nicht vereinbaren ließen. Auch Dilara hatte immer, wenn ihr Verhältnis vertraulicher zu werden begann, Distanz gesucht.

Und dann war da noch eine Reihe an sich unbedeutender Beobachtungen, die jedoch zusammen betrachtet einige Fragen aufwarfen.

Dilara hatte ihre Wasserflasche nach der Abreise aus Mexiko-Stadt nicht ein einziges Mal aufgefüllt, und Gallet war nicht entgangen, welche Furcht sie bei der Durchquerung der Gebirgsklamm gehabt hatte. An den Mahlzeiten hatte sich die junge Frau sehr zurückhaltend beteiligt. Sie hatte zwar gegessen, aber sehr mäßig. Ganz so, als würde sie sich dieser Form der Nahrung nur im äußersten Notfall bedienen. Und dann war da noch diese Schnittverletzung, die sich Gomez beim Bepacken der Maultiere eines Morgens zugezogen hatte. Da war sie wie gelähmt gewesen. Gelähmt vor Angst? Oder Faszination?

Roger Gallet wurde aus seinen Gedanken gerissen. Nachdem der Tonatiuhpriester offenbar Ansprüche auf Dilara geltend gemacht hatte, war im Saal Unruhe entstanden. Die restlichen Priester hatten augenscheinlich Angst, leer auszugehen, und stritten lautstark. Tozcuech hatte Mühe, die Versammelten zur Ruhe zu bringen. Endlich setzten sich seine Männer durch.

„Wir haben entschieden", tönte die Stimme des Herrschers laut, „daß der weiße Mann keiner hier anwesenden Gruppe zugesprochen wird."

Lautstarker Protest brandete auf. Einen Moment lang sah es aus, als würde es zum Ausbruch einer Revolte kommen.

„Er wird die Stadt verlassen und zum heiligen Berg Itzcatepetl, zum Tempel der Coyolxa gebracht."

Plötzlich herrschten Schweigen und eine Atmosphäre der Betretenheit. Die Göttin schien im Pantheon Aztlans eine besondere Position einzunehmen. Leider wußte Roger Gallet nichts über sie, außer der Tatsache, daß sie die Göttin des Mondes war.

„Ich habe meinen Einfluß geltend gemacht, aber der Tla'toani hat den weißen Mann den Priestern der Coyolxa übergeben, die eigentlich dich beansprucht hatten." Unvaale behielt auch im Tempel die Maske auf. Dieser Tempel befand sich im Inneren der großen Pyramide, zu der Dilara vom Palast aus auf verschlungenen Pfaden gebracht worden war, um möglichst wenig Aufsehen zu erregen. *El Templo Mayor*, hatten Gomez und Rodriguez bei ihrem Anblick gemurmelt. „Mehr konnte ich nicht erreichen. Aber meine Mittel sind noch nicht alle ausgeschöpft. Tonatiuhs Arm reicht weit!"

Sie gelangten in einen Raum, der mit Öllampen beleuchtet wurde. Seine Wände trugen eine intensive Orangefärbung. Es gab an einer Art Tisch Sitzmöglichkeiten für zwei Menschen. Unvaale, ein Priester und die Gefangene blieben alleine zurück.

Nach einer kurzen, im Flüsterton geführten Unterhaltung verließ auch der letzte Begleiter des Tonatiuh-Hohepriesters den Raum.

Ein Mann wie Unvaale brauchte keinen Schutz.

Nachdem er Dilara bedeutet hatte, Platz zu nehmen, setzte er selber sich ihr gegenüber. „Du bist anders als die, die dich begleitet haben“, stellte er fest. „Und sie wissen es nicht einmal.“

Dilara nickte.

„Was hat dich hierhergeführt?“

Der Priester sprach, als habe er ein aufrichtiges Interesse an ihren Belangen. Obwohl sein Äußeres und seine Ausstrahlung eher abschreckend wirkten, erweckte er den Eindruck, der Vampirin wohlgesonnen zu sein. Konnte sie ihm trauen? Hatte sie etwa der Zufall zu einem Verbündeten geführt?

Nein, sie beschloß, mißtrauisch zu bleiben.

„Ich komme aus einem fernen Land. Ein gewaltiger See liegt zwischen ihm und Aztlan. Dort leben viele weißhäutige Menschen, Millionen von ihnen.“ Sie sah, daß Gier in den Augen des Mannes aufflackerte. Millionen potentieller Blutopfer. Diese Vorstellung mußte ihm paradiesisch erscheinen. Oder war es etwas anderes? „Und solche wie du und ich.“

Nun wäre es eigentlich an dem Priester gewesen, erstaunt zu sein, doch er lachte nur hohl und schallend auf. „Unterschätze uns nicht. Ich werde dir etwas zeigen. Später!“

Der Vorhang, der die Kammer vor unerwünschten Blicken schützte, wurde beiseite geschoben. Der Priester, den Unvaale fortgeschickt hatte, kam herein. Er reichte dem Hohepriester ein zwischen zwei Holzdeckeln gefaltetes Leporello, das eine farbige Bilderhandschrift enthielt.

„Unser Kult beruht auf der Vorstellung, daß sich vor vielen

Menschenaltern Tonatiuh, der Gott des Sonnenfeuers, selbst geopfert hat, um die bis dahin dunkle und von grausamen Dämonen beherrschte Welt zu erleuchten. So begann die fünfte Sonne, das Zeitalter, in dem wir leben. Nur durch regelmäßige Blutopfer erhält Tonatiuh die Kraft, jeden Morgen zurückzukehren…" Unvaale ließ die Worte auf Dilara wirken. Das sinngemäße Ende des Satzes ergab sich von selbst. „Das glauben die Menschen. Weil wir es sie seit Jahrhunderten glauben machen. Der Beweis dafür, daß wir recht haben, liegt auf der Hand." Er deutete die Wanderung der Sonne an. „Die Wahrheit sieht etwas anders aus. Diese Opfer sind uns sehr willkommen. Und was Tonatiuh betrifft… niemand weiß mit Sicherheit, ob die Sage die Wahrheit spricht. Aber wenn es gelänge, Tonatiuh aus seinem ewigen Lauf zu befreien… ich brauche dir über unsere Natur und die Vorstellung ewiger Finsternis auf Erden nichts zu erzählen."

„Warum verrätst du mir das alles?" fragte Dilara mißtrauisch. Sie hatte das ungute Gefühl, daß Unvaale nicht ohne Hintergedanken so handelte, und sie fragte sich, welche Rolle ihr in seinen Plänen zugedacht wurde.

„Tozcuech hat eine Prophezeiung erwähnt… Es gibt eine ganze Reihe von Weissagungen, und manche sind nur den Priestern des Tonatiuh bekannt. Dieser Codex", er deutete auf das aufgeschlagene Dokument unter seiner Linken, „spricht von einer weißhäutigen Herrscherin des Mondes, die das Ende eines Zeitalters herbeiführen wird. Die Priester der Coyolxa und die *Göttin"* – er sprach dieses Wort betont abschätzig aus – „selbst deuten den Text, von dem sie eine Abschrift besitzen, zu ihren Gunsten, doch wir haben hinreichend Gründe, ihn anders aufzufassen."

„Ihr vermutet, ich könnte die Erwartete sein, aber daß ich nicht alleine kam, irritiert Euch."

„Das ist richtig. Und gleichzeitig paßt es in meine Pläne, in die ich dich später einweihen werde."

„Was ist aus den beiden Männern geworden, die Eure Hautfarbe haben, aber unsere Sprache sprechen?"

„Sie sind tot." Er studierte Dilaras Reaktion interessiert. „Geopfert, letzte Nacht, zusammen mit den anderen Gefangenen. Ihr Blut war köstlich. Es hatte einen interessanten Beigeschmack. Mir war, als sei ich nicht der erste, der davon trank…"

Unvaale erhob sich und führte Dilara tiefer in die Pyramide hinein, in eine Halle, in der sich ein steinerner Sarkophag befand. Dieser wurde von zwei mit Holzspeeren bewaffneten Priestern bewacht. Tag und Nacht, wie Unvaale erklärte.

„In diesem steinernen Grab harren die verbrannten Überreste Tonatiuhs ihrer Wiedererweckung", sagte er feierlich, und die Halle verstärkte seine Stimme auf schaurige Weise. „Die Zeit dafür ist nahe. Ich fühle es!" Er bedeutete Dilara mit einer hoheitsvollen Geste, ihm zu folgen. „Wir haben weniger als sieben Tage. Die Priester der Coyolxa werden die Niederlage, die sie heute erlitten haben, nicht auf sich beruhen lassen. Die Mondgöttin ist rachsüchtig, und sie wartet schon zu lange auf das Ende der Vorherrschaft Tonatiuhs."

Der Priester hatte Dilara aus dem Labyrinth der Pyramide herausgeführt und dabei einen verborgenen Ausgang genutzt, dessen Lage sich die Vampirin genauestens einprägte. Dann brachte er sie zu einer Hütte, die ausschließlich von Frauen bewohnt wurde, die die Anweisung hatten, Dilara zu bewachen und ihr zu dienen.

Man reichte ihr bequeme Kleidung und reinigte ihren geschundenen Körper mit pflegenden Ölen. Danach führte man ihr einen Jüngling zu, an dem sie sich stärken sollte. Er war ein schüchternes Geschöpf, unschuldig wie ein Reh, und er betrachtete Dilara mit großen Augen. Offenbar erwartete er, sie werde ihn töten. Nach kurzem Zögern siegte ihr Hunger, doch sie trank sehr vorsichtig und nicht mehr, als sie mußte.

Dann entließ sie den Knaben.

Sie schlief in dieser Nacht in der Kammer, die man ihr zuwies, auf einem bequemen Lager, doch der Gedanke, was in den vergangenen Stunden wohl Roger Gallet widerfahren sein mochte, ließ sie kaum zur Ruhe kommen.

Am nächsten Morgen erhielt sie Besuch von Unvaale, der ihre sichtbare Erholung mit Genugtuung zur Kenntnis nahm. Er bat sie, ihn auf einem Spaziergang durch die Gärten am Seeufer zu begleiten. Als sie ihn fragte, ob er wisse, was mit Roger Gallet geschehen sei, antwortete er ausweichend. Er gestand, daß seine Spione beobachtet hätten, wie der weiße Mann von einigen Coyolxapriestern zu einem Boot gebracht worden sei.

„Der Tempel der Mondgöttin befindet sich in den Bergen. Coyolxa haust dort in selbstgewähltem Exil. Sie ist nicht wie wir, denn sie ernährt sich vom Schmerz und vom Leid ihrer Opfer. Deren Schreie nennt sie einen *wunderbaren Gesang*, und wenn sie ihr Leben ausgehaucht haben, wirft sie sie fort, ohne ihr Blut getrunken zu haben. Dieser Tempel, Dilara, wird auch dein Ziel sein. Schon morgen wirst du aufbrechen. Coyolxa hat vor sehr langer Zeit etwas geraubt, das Tonatiuh gehört. Es ist der Sonnenstein, dem große Kraft innewohnt. Du wirst ihn erkennen, wenn du ihn siehst. Bringe ihn nach Aztlan und rette deinen Begleiter! Als Lohn versichere ich euch freien Abzug und Geleit.“

„Warum ich?“ fragte Dilara, die stehengeblieben war.

„Weil nur du gemäß der Prophezeiung dazu in der Lage bist. Wenn allerdings die alten Kodizes nicht die Wahrheit sagen… aber komm, ich möchte dir etwas zeigen!“

Und wieder führte er sie zur Pyramide. Sie benutzten jedoch einen anderen Weg. Tief unter das eindrucksvolle Bauwerk, über Rampen und Treppen. Dilara nahm erstaunt zur Kenntnis, daß der Untergrund der Stadt nicht sumpfig, sondern massiver Fels war.

„Hier unten“, flüsterte Unvaale, und das Feuer der Fackeln flackerte dämonisch auf dem Blech seiner silbernen Maske, „warten Hunderte von uns auf ihre Befreiung. Den größten Teil ihres Daseins verbringen sie schlafend, doch an den Opfertagen erwachen sie.“ Seine Gedanken schienen plötzlich abzuschweifen. „Ich habe nicht immer in dieser Stadt gelebt. Ich war einer von fünfzig, die einst ausgesandt wurden, den Ursprung unseres Volkes zu ergründen. Wir waren erfolgreich und fanden diesen paradiesischen Ort. Die hier lebten, hatten uns nichts entgegenzusetzen. Wir bedienten uns ihrer wie Schlachtvieh. Doch dann erkannten wir, daß wir das Gleichgewicht zerstörten. Die Menschen, Dilara, können ohne uns existieren, aber wir nicht ohne sie!“

Er öffnete eine Tür und wies Dilara den Weg in einen langen Gang, der sie an die Kallixtuskatakomben des alten Rom erinnerte. In den aus Fels gemeißelten Grabkammern ruhten in einer Art Tranceschlaf Hunderte von Vampiren. Unvaale hatte nicht übertrieben, was ihre Zahl betraf.

„Ruhe dich heute aus!“ sagte Unvaale mit einer Bestimmtheit, die keinen Widerspruch duldete. „Du wirst morgen sehr früh aufbrechen. Ich habe Tozcuech mitgeteilt, daß wir die Krieger erneut auf das Feld der Blumen hinausschicken müssen.“ Er bemerkte Dilaras fragenden Blick und fügte hinzu: „Wir brauchen mehr Gefangene… Blumen für die Götter, so nennen wir sie. In den Wirren, die unser Feldzug verursachen wird, bringen dich meine Krieger bis an die Stadtgrenze und darüber hinweg. Es gibt zwar viele Dinge, die du alleine besser bewältigen kannst, aber in diesem Fall solltest du die angebotene Hilfe annehmen."

Dilara verbrachte den Nachmittag damit, sich ihrer Position in der Strategie des Hohepriesters bewußt zu werden. Für sie stand fest, daß sie den Stein, den er zu besitzen begehrte, auf keinen Fall zu ihm zurückbringen würde, selbst wenn es ihr überhaupt gelänge, ihn zu finden. Doch vielleicht würde Unvaale ihr im Tausch dafür das Wissen um ihre Vergangenheit geben, das er zu besitzen schien. Denn bisher war er jedesmal, wenn sie ihn darauf angesprochen hatte, ausgewichen.

Im Morgengrauen schreckte Dilara aus dem Schlaf hoch, weil sie das Gefühl hatte, jemand habe sich ihrem Lager genähert. Sie hatte sich nicht geirrt. Zuerst glaubte sie, es sei Antediluvian, der sie noch immer in ihren Träumen verfolgte, ja, sie meinte sogar, das Rascheln seines schuppenbesetzten Gewandes zu hören und seine Stimme in ihren Gedanken, die sie zu beeinflussen suchte, doch dann zeichneten sich die Umrisse der Tonatiuhmaske ab, die mit Unvaale untrennbar verbunden schien.

„Ich habe noch etwas, das ich dir mit auf den Weg geben möchte, Tochter des Mondes“, sagte er. „Es ist die einzige wirksame Waffe, die ich gegen Coyolxa besitze, doch ich muß dich vor ihrem Gebrauch warnen. Sie ist nicht wählerisch in der Auslese derer, die sie vernichtet. Verwende sie nur, wenn du keinen anderen Ausweg weißt!“

Er überreichte ihr eine Kapsel aus Blei. Zwei Hälften aus dünnem Blech waren gegeneinander verschraubt. Sie hing an einer dünnen Schnur und fühlte sich kühl an. Was mochte sich darin befinden?

„Ihr werdet jetzt aufbrechen. Fünf meiner Priester stehen vor der Hütte bereit. Ihr werdet euch in die Krieger Tozcuechs einreihen, um sie beim ersten Zusammentreffen mit Feinden zu verlassen. Möge Tonatiuh euch mit seiner Macht schützen!“

Dank ihrer vampirischen Natur hatte Dilara keine Mühe, mit ihren Begleitern Schritt zu halten. Unter lauten Gesängen und in der Bemalung, die Dilara schon kennengelernt hatte, jagten sie am Seeufer entlang und kamen bald in unerschlossen wirkendes Gebiet. Die Vampirin hatte erfahren, daß rund um den See Dörfer angesiedelt waren, die gegenüber Aztlan zu Tributzahlungen verpflichtet waren. Ihnen galten die regelmäßig stattfindenden Kriegszüge, die sowohl Gefangene für die Opferungen brachten als auch die Vasallen der Stadt an ihre unterlegene Position erinnern sollten.

Beim ersten Feindkontakt am Abend des ersten Tages ließen sich die Priester zurückfallen und wichen in Richtung der Berge aus. In der Nacht gönnten sie sich lediglich vier Stunden Schlaf. Dann drangen sie weiter nach Norden vor, bis sie an den Beginn eines ausgetretenen Pfades gelangten und Dilara erklärten, dieser führe zum Tempel der Coyolxa.

Phantomen gleich tauchten sie dann im dichten Wald unter.

Auch ohne die beiderseits des Pfades auf lange Stangen aufgespießten Totenschädel hätte Dilara gewußt, daß sie sich dem Tempel der Coyolxa näherte. Die beinahe unmenschlichen Schreie hunderter gequälter Seelen hallten weit über den dichten Wald hinweg durch die Nacht. Dilara hoffte, daß Roger Gallet noch nicht darunter war.

Sie verschmolz mit den Schatten der Bäume, wurde selber zum Schatten und bahnte sich einen Weg durchs Unterholz. Das war zwar beschwerlich, und sie kam etwas langsamer voran, dafür war die Gefahr, von Wachen entdeckt zu werden, erheblich geringer, als wenn sie den Pfad benutzt hätte.

Außerdem begann es gerade leicht zu regnen, aber die dichtstehenden Bäume boten ihr Schutz. Sie lauschte mit ihren geschärften Vampirsinnen und strebte dem lauter werdenden Jammern, Stöhnen und Schreien entgegen. Zweige schlugen ihr ins Gesicht und hinterließen auf Armen und Beinen schmerzhafte Kratzer, die jedoch dank ihrer übermenschlichen Heilfähigkeiten nach kurzer Zeit wieder verschwunden waren.

Von Zeit zu Zeit warf sie einen Blick in den immer noch wolkenverhangenen Himmel, wo das bleiche Rund des Vollmondes zu erahnen war. Obwohl sie den Mond immer geliebt und sich von ihm angezogen gefühlt hatte, verspürte sie in dieser Nacht eine schicksalhafte Bedrohung.

War sie, Dilara, die man die Königin des Mondes nannte,

mehr als nur ein winziges Rädchen in einem universellen Spiel? Oder nahm sie sich selbst einfach zu ernst? Was würde sie im Tempel erwarten?

Dilara war einen Augenblick lang unaufmerksam gewesen. Sie zwang sich, sich auf ihr Ziel zu konzentrieren. Rechts von ihr, dort, wo sich der Weg durch den Wald schlängelte, raschelte etwas. Sie verharrte kurz und duckte sich tief in den Schatten eines Baumes.

Sie hatte sich nicht getäuscht. Etwas bewegte sich auf dem Pfad… sechs Männer, die aus der Richtung des Tempels kamen. Sie redeten laut, als müßten sie ihre Entdeckung nicht fürchten. Dilara dämmerte es, daß die Priester der Coyolxa tatsächlich vor Menschen keine Angst haben mußten. Die Wahrscheinlichkeit, daß jemand versuchen würde, den Tempel anzugreifen, war sehr gering. Allein die schrecklichen Mythen, die sich um ihn und die dort angesiedelte Priesterschaft rankten, hielten die Menschen fern von ihm.

Dilara verfluchte mehr als einmal, daß ihr andere, schnellere Wege wie etwa der durch die Luft verwehrt blieben. Sie hätte die Strecke zum Tempel binnen weniger Minuten zurücklegen können. Nun war sie schon die halbe Nacht unterwegs. „Zu gefährlich“, murmelte sie. „Ich muß davon ausgehen, daß ich nicht die einzige bin, die sich auf diese Weise bewegen kann.“

Die Stimmen waren verklungen, zu leise, als daß Dilara hätte verstehen können, worüber sie gesprochen hatten. Vorsichtig setzte sie ihren Weg fort, der nun zuerst leicht, dann steiler anstieg. Sie mußte am Fuße der nördlichen Wand des Talkessels angelangt sein und hatte einen Aufstieg von mindestens dreihundert Metern vor sich, wenn es stimmte, daß ihr Ziel auf einem der Gipfel lag, die den Aztlansee wie eine Krone umschlossen.

Dilara verspürte Hunger. Die bevorstehende Besteigung des Gipfels, die sichere Konfrontation mit den Dienern Coyolxas und weitere unwägbare Risiken würden ihre Kraftreserven aufbrauchen, doch es war kein Opfer in Sicht.

Dafür waren die Schreie, die schrill durch das Tal gellten, deutlich nähergekommen, und die Vampirin lokalisierte sie irgendwo hoch über sich. Zum Glück hatte es aufgehört zu regnen. Dilara sah, daß sich der Pfad die Bergflanke hinaufwand und schon bald das schützende Blätterdach des Waldes verließ, um, eng an kargen, wie verbrannt wirkenden Fels geschmiegt, steil in die Höhe zu klettern.

Der Vampirin schwindelte, als sie an den gefahrvollen Aufstieg dachte, der kaum unbemerkt würde vonstatten gehen können. Am oberen Ende des Weges erahnte sie eine massige Kontur, von der sie nicht sagen konnte, ob es mondbeschienener, natürlich gewachsener Fels oder ein Bauwerk sein mochte. Instinktiv umklammerte sie die bleierne Kapsel, die Unvaale ihr mitgegeben hatte. Was hatte er gesagt? Sie sei die letzte Waffe, die sie nur im äußersten Notfall einsetzen sollte. Mühsam folgte ihr Blick der unregelmäßigen Linie des Pfades, bis er auf etwas fiel, das Dilara beinahe laut hätte aufschreien lassen: ein Licht! Und da… noch eins, und… Winzige Lichtpunkte waren auf der gesamten Strecke verteilt, und als Dilara sie längere Zeit fixierte, wurde ihr bewußt, daß sie sich bewegten.

Dilara keuchte unter der Anstrengung des Aufstiegs. Der Boden war von Geröll und Schotter übersät, und immer, wenn die Vampirin zwei Schritte nach vorn machte, rutschte sie wieder einen zurück. Zweimal hatte sie ausweichen müssen, wenn Diener der Göttin ihr entgegenkamen. Inzwischen befand sich auch hinter ihr ein Lichtpunkt, der näher kam. „Soll er nur!“ knurrte Dilara grimmig und unterdrückte das Hungergefühl. Sie wußte, daß sie kein Aufsehen erregen durfte, wenn sie nicht den Vorteil des Überraschungsmoments verlieren wollte.

Auch wenn es ihr wie eine Ewigkeit erschien, dauerte der Aufstieg kaum mehr als zwei Stunden. Die Schreie der Verdammten klangen nun sehr nah, und als sich Dilara ein ausgesprochen steiles und schmales Wegstück um einen Felsgrat herumgeschleppt hatte, stockte ihr der Atem.

Die Bergspitze machte den Eindruck, als sei sie abgetragen worden. Auf ihren westlichen und nördlichen Seiten fiel sie fast senkrecht ins Tal ab. Zur östlichen und südlichen Seite war aus Gesteinsschutt ein Hang aufgeschüttet, wesentlich flacher als der, den Dilara gerade hinter sich gebracht hatte. Hier setzte sich der bis dahin schmale Pfad in Form einer breiten Rampe fort, und die Vampirin sah von dort bereits zwei Gruppen von Priestern, die mit Speeren und Netzen bewaffnet waren, auf sich zukommen. Wenn sie Glück hatte, war sie unbeobachtet geblieben, und die Waffen galten der menschlichen Beute, die sie im Tal zu fangen hofften.

Dilara tauchte in den tiefen Schatten zweier Felsblöcke, mit dem sie kaum sichtbar verschmolz. In solchen Fällen war es vorteilhaft, seine menschliche Existenz gegen eine andere einzutauschen.

Die Männer gingen stumm an ihr vorüber, ohne sie zu beachten. Es waren zwei Fünfergruppen gewesen. In einer lang auseinandergezogenen Reihe stiegen sie den Hang hinab, wobei ihre Fackeln genau anzeigten, wo sie sich befanden.

Jetzt erst konnte Dilara in Ruhe das ins Auge fassen, was sie so sehr erschüttert hatte.

Sie befand sich unmittelbar unterhalb des Tempels der Mondgöttin.

Er war von atemberaubender Schönheit. Trotz der schaurigen Geräuschkulisse, die Dilara wie eine gekonnte Umsetzung des Dante'schen Infernos erschien, trotz der Trostlosigkeit des Ortes und der schwierigen Aufgabe, die die Vampirin zu erfüllen hatte, wurde sie doch von der filigranen Ästhetik des Bauwerkes eingenommen, das im Licht des hinter Wolkenschleiern verborgenen Mondes hell wie Elfenbein schimmerte.

Es war ein Turm, ein in vier schräge Ebenen gegliederter Kegelstumpf, eine Pyramide auf kreisförmiger Grundfläche. Seine Wände wurden vielfach durchbrochen wie eine chinesische Schnitzerei, und das auf seiner ganzen Breite von gut fünfzig Metern, bei einer Höhe, die Dilara auf siebzig Meter schätzte.

Sie arbeitete sich behutsam näher an den Bau heran und erkannte immer mehr Details. So war die unterste Ebene von langen, spitz zulaufenden Pfählen umgeben, die eine Annäherung unmöglich machten, wollte man nicht Gefahr laufen, aufgespießt zu werden. Letzteres schien tatsächlich einer gewissen Zahl von Menschen widerfahren zu sein, doch Dilara ahnte, daß sie weniger in diese Wehr hineingelaufen als vielmehr von oben herabgeworfen worden waren und noch immer geworfen wurden. Vom ausgebleichten Skelett bis zum bluttriefenden Leichnam fand sich hier alles aufgespießt, was menschlicher Natur war. Dilaras Hunger regte sich erneut, wiewohl es sie nach *frischem* Blut gelüstete.

Sich dem Tempel über die Rampe zu nähern, wäre einem Selbstmord gleichgekommen, denn diese war von Menschen bevölkert, die sich der Huldigung ihrer Gottheit hingaben. Von Zeit zu Zeit verschwanden einige von ihnen durch ein hohes

Portal im Inneren des Gebäudes. Dilara hatte dieses inzwischen halb umrundet und keinen anderen Aufgang gefunden als den beschwerlichen, für einen Menschen sicherlich unmöglichen Aufstieg über die Steilwand.

Unbeobachtet erreichte sie deren Fuß und suchte nach einem gangbaren Weg. Er existierte nicht. Seufzend machte sie sich daran, die nahezu glatte Wand zu erklimmen, was für jemanden, der kopfüber eine Mauer hinabklettern konnte, eigentlich keine Schwierigkeit hätte darstellen dürfen. Dilara jedoch war von den Anstrengungen der letzten Tage noch geschwächt. Sie benötigte für die Strecke die doppelte Zeit und nutzte eine kurze Atempause an der oberen Steilkante, um sich zu orientieren.

Unmittelbar vor ihr ragte der dichte Wall angriffslustig starrender Speerspitzen auf, gleich dahinter die Außenwand des Tempels. Erst jetzt erkannte Dilara, daß die filigrane Struktur des Mauerwerks nicht aus geschnitzten Elementen gefügt war, sondern aus einem organischen Werkstoff, der an diesem Ort kostenlos und in ausreichender Menge zur Verfügung stand. Es waren Menschenknochen. Geschickte Hände hatten sie zu stabilen Konstruktionen verbunden.

Dilara hätte gewiß noch länger in Staunen ausgeharrt, wären nicht in diesem Moment ausgesprochen grausige Todesschreie an ihr Ohr gedrungen. Und wieder dachte sie an Roger Gallet. Hoffentlich kam sie nicht zu spät!

Soweit sie erkennen konnte, wurde das unterste Stockwerk genutzt, um die ankommenden Pilger und Opfer zu empfangen, wobei es sein mochte, daß beiden letztlich dieselbe Behandlung angedieh. Die Gefangenen befanden sich in Zellen in den oberen Geschossen.

Dilara vermutete, daß es im Inneren des Gebäudes mindestens eine Treppe nach oben gab, deren Benutzung ihr allerdings verwehrt blieb. Es existierte jedoch auch ein äußerer Aufgang. Er führte zu der den Tempel umlaufenden spiralförmigen Rampe und wurde, aus welchen Gründen auch immer, nicht benutzt.

Die Vampirin konzentrierte sich und zerfloß in eine halbmaterielle Erscheinungsform, die sie selten annahm. Sie fühlte sich darin unbehaglich, zwischen stofflicher und ätherischer Welt gefangen, doch diese Gestalt war am besten dazu geeignet, zwischen den Stangen und dem, was wie Schmetterlinge auf den Nadeln eines Sammlers darauf aufgespießt war, hindurchzugleiten.

Unbemerkt erreichte sie den untersten Treppenabsatz und verwandelte sich zurück. Das fiel ihr schwer. Ihre anderen Formen hatten die Tendenz, nach Autonomie zu streben. Auch dies war ein Grund, sie so selten wie möglich in Anspruch zu nehmen.

Die Treppe war übersät mit Knochen, die von den oberen Stockwerken herabgefallen waren. Sie waren säuberlich von allem Fleisch befreit. Wie abgenagt wirkten sie, fuhr es Dilara durch den Kopf, und dann sah sie, weshalb dieser äußere Aufgang nicht genutzt wurde: Tausende, zehntausende, hunderttausende riesiger, schwarzer Ratten tummelten sich dort und taten sich gütlich an dem, was ihnen zum Fraß hingeworfen wurde.

Dilara fühlte sich an die Dakhmen der Zoroastraiker erinnert, jene Türme, auf denen ihre Toten, die weder in geheiligter Erde noch in heiligem Feuer bestattet werden durften, den Geiern zum Fraß hingeworfen wurden, auf daß diese sie in die Luft trugen.

Dilara haßte Ratten. Sie hatte beobachtet, daß sich andere, mächtigere Nosferati mühelos in Knäuel langschwänziger Ratten und wieder zurückverwandeln konnten, doch sie selbst hatte es nie versucht. In diesem Fall hätte es auch wenig Sinn gehabt.

Allerdings schienen Ratten ebenso wie Spinnen, Skorpione und Schlangen gegenüber Vampiren eine gewisse Verbundenheit oder Verpflichtung zu verspüren. Antediluvian, das wußte Dilara, befehligte ein ganzes Heer dieser Kreaturen, die ihm als Boten, Spione und Saboteure dienten.

Mutig setzte sie einen Fuß vor den anderen und war bald von einem schwarzpelzigen, scharfzähnigen Gewimmel umgeben. Nicht nur, daß die Tiere nicht bissen, nein, sie schienen ihre Nähe zu suchen und strichen ihr um Beine und Füße, so daß es schwierig war, nicht auf eines von ihnen zu treten.

Dilara, der es wie ein Wunder vorkam, daß sie immer noch nicht entdeckt worden war, erreichte das Ende der Treppe und trat in dem Moment auf die umlaufende Rampe, als etwas Schweres auf sie zuflog.

Sie duckte sich instinktiv und hob die Arme, um den Angreifer abzuwehren, doch der taumelte schwerfällig und ungelenk an ihr vorüber und stürzte dann in die Tiefe. Das Crescendo der Schreie im Tempel schwoll an und machte Dilara bewußt, daß kein Leben mehr in dem Körper gewesen war.

Mit zum Zerreißen gespannten Nerven trat sie an einen der Durchbrüche in der Fassade heran. Sie sah zwei Priester der Göttin im charakteristischen weißen Gewand und ihr Opfer, dessen unvermeidliches Ende sie unter Einsatz all ihres verwerflichen Wissens und ihrer Kunst so langsam und qualvoll wie möglich zu gestalten suchten. Im Tempel der Coyolxa starb man einen schweren, tagelangen Tod.

Dilara war sich sicher, daß die Hohepriesterin, die in diesem Tempel als irdische Manifestation der Göttin verehrt wurde, ebenso vampirischer Natur war wie die Priester der übrigen Götter. Das bedeutete, daß ihr ein gefahrvoller Kampf bevorstand.

Sie beobachtete, wie die Priester eine Reihe scharfer Obsidianmesser und spitzer Nadeln zum Einsatz brachten, um ihrem Opfer oberflächliche Schnitt- und Stichwunden zuzufügen. Es war eine junge Frau, die ihrem Aussehen und der Kleidung nach im Wald aufgegriffen worden war.

Dilara eilte weiter die Rampe hinauf und suchte in jeder dieser Schreckenskammern vergeblich nach Roger Gallet. Einerseits war sie angesichts dieser Tatsache erleichtert, andererseits mochte dies vielleicht bedeuten, daß er bereits tot und den Ratten zum Fraß vorgeworfen worden war.

Doch etwas in Dilara sagte ihr, daß Coyolxa mit einem derart wertvollen und außergewöhnlichen Opfer etwas Besonderes vorhatte.

Dilara erreichte die oberste Windung der Rampe. Die Grundfläche der Pyramide betrug hier noch immer gut fünfundzwanzig Meter. Dilara wußte, daß sie am Ziel angekommen war. Sie wurde erwartet. Alle verwinkelten Schachzüge waren umsonst gewesen.

„Es ist schön, daß du den Weg geschafft hast, aber etwas anderes hätte ich auch nicht von dir erwartet… *Dilara*!" sagte Coyolxa, die wie eine Königin in einer Landschaft seidener Kissen in der Mitte des Saales lag.

Dilara wußte augenblicklich, daß sie eine Untote war, eine *sehr alte* und *sehr mächtige* Untote, und so schön, daß Dilara, wäre sie ein Mensch gewesen, sich ihr mit Freuden hingegeben hätte. Doch so schön sie auch war, so grausam und kalt wirkte sie. Kalt wie der Tod selbst.

Dilara fühlte sich mit einem Mal unscheinbar, unbedeutend

und häßlich. Die Göttin hatte wie sie eine makellose weiße Haut. Sie war haarlos bis auf das goldene Haupthaar, das von einer Krone aus dünnen Knochen kunstvoll in Form gehalten wurde, und nackt bis auf einen Halsschmuck aus Hunderten menschlicher Zähne und dünnem Golddraht. Ihr Körper war einer Göttin würdig. Das Beeindruckendste aber waren ihre bernsteinfarbenen Augen.

Sie ist eine meiner Art, so viel Göttin wie ich, sagte sich Dilara insgeheim, doch das Gefühl von Unterlegenheit blieb. Wieviel älter mußte Coyolxa sein, daß sie sich derart von ihrer ursprünglichen Gestalt entfernt hatte?

Endlich bemerkte sie hinter der Uralten, festgehalten von zwei Priestern, Roger Gallet.

Er lebte!

Dilara jubelte innerlich auf. Sie hatte sich nie eingestanden, wieviel er ihr wirklich bedeutete. Doch nun waren sie beide Gefangene. Es befand sich eine Übermacht von mindestens zehn Priestern im Raum. Sie waren mit Holzspeeren bewaffnet. Dilara glaubte zwar nicht, daß sie ihr sehr gefährlich werden konnten, doch sie waren ein zusätzliches Gewicht in ihrem ungleichen Kräfteverhältnis.

„Dilara, die im Zeichen des Mondes Geborene. Über dreihundert Jahre habe ich auf dich gewartet, Dilara, und wie die Prophezeiung vorausgesagt hat, bist du gekommen."

„Ich bin gekommen, um den zu befreien, den deine Priester verschleppt haben", entgegnete die Vampirin, doch ihre Stimme wirkte dünn gegen den Wohlklang der sorgsam modulierten Laute Coyolxas. Dilara wunderte sich über ihren eigenen Mut. Ihre Gegnerin würde sie in der Luft zerreißen, wenn ihr dies in den Sinn kam.

„Du sollst ihn haben", entgegnete diese jedoch nur. „Später. Aber zuvor… du wirst verstehen, daß ich viele Fragen an dich habe. Nach all dieser Zeit… Bitte nimm doch Platz!“ Sie wies auf einen Berg von Kissen an ihrer Seite.

Als Dilara darauf niedergesunken war, ohne Roger Gallet aus den Augen zu lassen und ihm durch ein leises Kopfnicken zu verstehen zu geben, daß es ihr gut ginge, fuhr die Mondgöttin fort: „Beinahe wäre es Unvaale geglückt, dich mir erneut zu entreißen…“

„Erneut? Was willst du damit sagen?“

„Oh, er hat es dir nicht verraten! Nicht einmal, als er das tat, was mir zu tun vorbehalten sein sollte, dir den Kuß der Unsterblichkeit zu geben? Ja, du warst mir versprochen. Die Prophezeiungen waren eindeutig, doch Unvaale beging das Sakrileg, mir zuvorzukommen. Er ließ dich verschleppen... Du wurdest aus meiner Reichweite entfernt, bevor meine Priester dich zu mir bringen konnten.“

„Moment, du willst sagen… Unvaale…“

„Hast du nicht gefühlt, daß du ihn kennst, als du ihm gegenübergetreten bist?“

Dilara nickte, doch das Wissen, das ihr nun zuteil wurde und nach dem sie so lange gedürstet hatte, machte sie sprachlos.

„Oh ja, ich hasse ihn dafür, den Priester des Tonatiuh, doch nun bist du gekommen, und wir werden die Prophezeiung der uralten Kodizes wahr werden lassen. Gemeinsam werden wir herrschen, über ein Reich unendlich süßen Schmerzes. Du wirst meine Einsamkeit beenden, und ich werde dich in meine Geheimnisse und Künste einführen. Und dann wirst du mir von der Welt berichten, aus der du kommst…“

„Ich bin nicht freiwillig gekommen“, unterbrach Dilara die Rede der schönen Vampirin. „Und ich werde nicht hierbleiben.“ Sie war sich nicht sicher, ob sie das überhaupt hatte sagen wollen. War sie nicht zeitlebens auf der Suche nach einem tieferen Sinn ihres Daseins gewesen? Wieviel hätte sie von Coyolxa lernen können! Über Natur und Herkunft ihrer Art, über sich selbst und vielleicht sogar ihre unbekannten Eltern. Sie fühlte eine starke Ähnlichkeit, eine Verbundenheit mit der Göttin. Und doch… Nein! Das war es nicht, was sie wollte. Dilara hatte sich niemals kampflos unterworfen, selbst Antediluvian nicht. Aber – Dilara erkannte es erst jetzt – wie konnte Coyolxa behaupten, Unvaale habe sie zu einer Vampirin gemacht? Sie war doch in London als ganz normale junge Frau aufgewachsen. Erst als sie unter dem Vorwurf, sie sei eine Hexe, hatte gehenkt werden sollen…

Coyolxa hatte ihr überhaupt nicht zugehört. Ihr Stimme schwoll an, als ob es viele wären: „... und wir werden zuerst Aztlan und dann die ganze Welt besitzen.“ Sie gab ihren Priestern ein Zeichen, und diese gaben Roger Gallet frei. „Da, nimm ihn als Geschenk! Er soll dein erstes Opfer sein.“

In diesem Augenblick geschah etwas, das Dilara erst viel später verstand. Eine Stimme in ihrem Inneren sprach mit einer unwiderstehlichen Autorität, so wie sie es nur von Antediluvian kannte: *Sie lügt! Höre nicht auf ihre Worte! Die Kapsel! Zerreiße das Band... und wirf sie zu Boden*. Und Dilara fühlte, wie ihr Körper auf diese Befehle reagierte, obwohl sie selber das gar nicht wollte. Denn sicherlich gab es eine bessere Möglichkeit, sich selbst und Roger Gallet aus dieser Situation zu befreien. Wenn sie das Spiel der Mondgöttin kurze Zeit mitspielte und auf diesem Wege weitere Informationen...

Zu spät! Sie hatte das Band um ihren Hals mit einem heftigen Ruck zerrissen und sah sich selbst die bleierne Kapsel zu Boden schleudern.

Diese zerbrach mit einem dumpfen Geräusch in zwei Hälften. Einen kurzen Augenblick geschah gar nichts. Die Zeit dehnte sich wie ein Gummiband, lief immer langsamer ab, zähflüssig... bis das Band zerriß und der Raum in einer Lichtkaskade explodierte.

Dilara wurde zu Boden geworfen. Das kalte Licht, das fühlte sie, war auch für sie tödlich, wie Unvaale es vorhergesagt hatte. Es erinnerte sie an das des uralten Lichtwesens Methalumina, das sie bereits einmal beinahe getötet hatte. Auf Coyolxa aber mußte es noch viel schlimmer wirken. Deren Haut schälte sich, wie Dilara durch die Schlitze ihrer vor das Gesicht geschlagenen Hände beobachtete, in dünnen Streifen ab. Ein furchtbarer Schrei hallte durch die Nacht und übertönte die Schmerzenslaute der Opfer in den unteren Geschossen.

Die Göttin verwandelte sich in etwas Fledermausartiges, doch noch immer brannte sie. Dilara sah, wie sie sich in den Himmel erhob und als flammender Komet davonschoß.

Dilara hatte sich mit dem Gedanken des eigenen Todes bereits abgefunden, als sie von einem anderen Körper verdeckt wurde. Roger Gallet hatte sich auf sie geworfen. Er riß sie mit sich hoch, und sie taumelten zusammen zu einem der fensterartigen Durchbrüche in der Außenwand. Mit letzter Kraft ergriff Dilara den Anthropologen und hechtete mit ihm – selber in etwas verwandelt, das nicht länger menschlich war – die Rampe hinab. Dann verlor sie das Bewußtsein.

Im Tempel herrschte noch immer ein heilloses Durcheinander. Die oberste Ebene brannte. Teile der Decke waren eingestürzt und hatten auch auf der dritten Ebene schwere Schäden angerichtet. Die Ratten, die bis dahin über Jahrhunderte durch ihre zuverlässige Nahrungsquelle an diesen Ort gebunden gewesen waren, ergossen sich nun als wimmelnder Strom schwarzer Leiber über den felsigen Schutthügel, auf dem der Tempel errichtet war.

Von Coyolxa aber war, seitdem sie als kreischendes Flammenbündel in den Morgenhimmel aufgefahren war, nichts mehr zu sehen. Roger Gallet war sicher, daß sie zurückkehren würde, sobald sie ihre Panik überwunden hatte.

Ihre Priester versuchten vergeblich, die Gefangenen, die den Moment der Verwirrung nutzten, von der Flucht abzuhalten. Sie wurden teilweise einfach von der Übermacht über die Steilkante in die Schlucht hinabgeworfen. Roger Gallet nahm es unbewegt zur Kenntnis. Er hatte in den vergangenen Tagen Dinge gesehen, die er zuvor ins Reich der Phantasie verwiesen hätte. Sein naturwissenschaftliches Weltbild war ins Wanken geraten. Wie sollte er je wieder an die natürliche Ordnung der Dinge, an einen lenkenden, dem Menschen wohlgesonnenen Gott und Schöpfer glauben können?

Diese... Göttin... wurde als unsterblich verehrt. Ihre Schönheit war übermenschlich. Und Dilara? Wer war sie eigentlich wirklich? Als er sie auf dem Empfang bei den Hurts kennengelernt hatte, war er sofort fasziniert gewesen. Heute hatte sich herausgestellt, daß sie nicht einmal ein Mensch war. Oder... mehr als ein Mensch?

Roger Gallet betrachtete sie. Nachdem sie ihn außerhalb der Wehr aus zugespitzten Pfählen abgesetzt hatte, war sie erschöpft zusammengebrochen. Was sollte, was *konnte* er tun, um ihr zu helfen?

Zwischen den Felsblöcken am Rande des Steilhangs waren sie sicher, solange sich die Priester nicht neu organisierten.

Wovon hatten Dilara und Coyolxa gesprochen? Der Sonnenstein des Tonatiuh? Der Sonnenstein... er hatte Coyolxa davon sprechen gehört, als er zu ihr gebracht worden war und sie überlegt hatte, was Unvaale geplant hatte, als Dilara in seine Gewalt gelangt war. Was hatte sie zu ihren Priestern gesagt? Der Stein sei für ihresgleichen unerreichbar, denn das Wasser töte sie. Wasser? Licht und Wasser? Roger Gallet überlegte, in welchem Wasser...

„Der Brunnen!" entfuhr es ihm. Als ihn die Priester hierhergebracht hatten, hatten sie im unteren Geschoß des Tempels halt gemacht, in dessen Zentrum sich ein etwa zehn Meter durchmessender, runder Brunnen milchig weißen Wassers befand. Dort hatten sie sich und ihn einer rituellen Waschung unterzogen, die auf ihrer Haut einen weißen Film hinterlassen hatte. Auf Gallet hatte es wie der Versuch gewirkt, ihrer Göttin ähnlicher zu werden.

Er hatte keine Ahnung, wie tief das steinerne Becken wohl sein mochte. Den Gedanken, nach dem Stein zu tauchen, tat er als vollkommen abwegig ab. Erstens wußte er nicht, ob sich der Stein überhaupt an diesem Ort befand. Zweitens wäre es wahnsinnig gewesen, sich zurück zum Tempel zu begeben. Und drittens wußte er nicht, ob es überhaupt in Dilaras Sinne war, wenn die Priester Tonatiuhs den Stein in die Hände bekamen. Alleine Dilara schien mehr über dieses Geheimnis zu wissen.

Das Gefühl, Spielball unbekannter Mächte zu sein, erzürnte den Anthropologen. Der Stein mochte ein Mittel sein, selber zu einem Spieler zu werden, der nicht mehr nach Belieben verschoben werden konnte.

Dilara war noch immer ohne Bewußtsein. Sie sah furchtbar aus, geradezu so, als hätte sie einen unvorstellbaren Sonnenbrand. Ihre Haut warf nässende Blasen an Armen und Gesicht, überall da, wo die kalten Strahlen sie getroffen hatten. Roger Gallet mußte sich dringend um sie kümmern. Doch vorher mußte er etwas herausfinden.

Er entledigte sich seines Hemdes und seiner Hose und

schlich auf das Eingangsportal des Tempels zu. Lebende Fackeln kamen auf ihn zu und liefen an ihm vorbei. Der Tempel stand in Flammen. Die Trägerkonstruktion aus Holz, die Gewänder der Priester und die rituellen Wandbehänge brannten lichterloh. Jede lebende Seele verließ das Gebäude in kopfloser Panik. Niemand achtete mehr auf den Mann, der in entgegengesetzter Richtung lief. Hier versuchte jeder nur, sein eigenes Leben zu retten.

Roger Gallet hatte das Portal erreicht. Vor und über ihm erstreckte sich ein glosendes Inferno. Wo sich zuvor das Purgatorium der Schmerzen befunden hatte, reinigte nun das Fegefeuer diesen Ort.

Der Anthropologe wurde umgerannt. Ein Priester, dessen Gesicht eine einzige verkohlte Brandwunde war, taumelte zuckend gegen ihn. Gallet stieß ihn angeekelt zur Seite, wo der Priester durch eine der filigranen Trennwände brach und reglos liegenblieb. Die Hitze war unerträglich. Roger Gallet fühlte, wie sich sein Haar unter der ungeheuren Temperatur kräuselte. Nur wenige Sekunden noch, und er ginge in Flammen auf. Er füllte seine Lungen mit Luft, die ihm wie flüssiges Feuer erschien. Dann sprang er... und tauchte.

Der Temperaturunterschied war so groß, daß Gallet beinahe vor Schreck ausgeatmet hätte. Doch in dem Wissen, dann wieder an die Oberfläche zu müssen, nahm er alle Selbstbeherrschung zusammen. Mit langsamen, weiten Zügen tauchte er. Das Becken war viel tiefer, als er erwartet hatte. Da er in der milchigen Flüssigkeit ohnehin nichts hätte sehen können, hielt er die Augen geschlossen und ließ sich alleine von seinem Gefühl leiten. Hatte er die Orientierung bereits verloren? Tauchte er überhaupt noch in die Tiefe? Der Gedanke, der Brunnen könne womöglich hundert und noch mehr Meter tief in den Fels reichen, trieb ihn zurück an die Wasseroberfläche, die er prustend durchbrach.

Neben seinem Kopf schlugen brennende Balken auf und zerplatzten funkensprühend. Gierig sog der Wissenschaftler die Luft ein und tauchte noch einmal, diesmal senkrecht nach unten. Er war stets ein guter Schwimmer gewesen. Fünf Meter mußte er bereits getaucht sein, sieben... acht… da! Seine Finger bekamen etwas zu fassen. Es war schwer, faltig, weich – kein Stein. Gallet war sich sicher, den tiefsten Punkt des Brunnens erreicht zu haben. Er packte das Bündel und schlug mit den Beinen kräftig aus. In einem Strudel von Luftblasen strebte er der Wasseroberfläche entgegen und durchstieß sie erneut.

Was er sah, erfüllte ihn mit tiefer Hoffnungslosigkeit. Das Untergeschoß des Tempels brannte und drohte jeden Moment einzustürzen. Gallet katapultierte sich über den Beckenrand und war wenige Sekunden später am ganzen Leib getrocknet. Er rannte, das Bündel an sich gepreßt, durch die Flammenhölle und rettete sich mit einem gewaltigen Sprung aus den zusammenstürzenden Trümmern.

Das Plateau bot ein Bild des Grauens. Es stank nach verbranntem Fleisch, und der fette Qualm raubte dem Forscher beinahe die Besinnung. Er raffte sich auf und lief zu den Felsblöcken, zwischen denen er Dilara zurückgelassen hatte. Doch bevor er sie erreichte, versagten ihm seine Beine den Dienst. Er sank zu Boden, kämpfte gegen eine Ohnmacht an und betrachtete das Bündel, das er aus dem Mondtempel geborgen hatte.

Es war eine Lederhaut, die gegerbt und über und über mit blauen Tätowierungen versehen war. Die seltsamen Zeichen schienen Gallet wie uralte Siegel oder Bannsprüche. In das Leder war ein kleiner, aber schwerer Gegenstand eingenäht. Der Anthropologe wollte die Naht gerade auftrennen, als er aus dem Augenwinkel eine Bewegung wahrnahm. Eine kalte Stimme sagte: „Ich würde das nicht öffnen!“

Als Dilara erwachte, war sie alleine. Sie lag zwischen zwei hohen Felsblöcken, und der Tag graute. Ein frischer Wind trug Brandgeruch zu ihr herüber. Der Tempel der Coyolxa stand in Flammen. Dilara erinnerte sich nicht, wie sie aus dem Saal in der oberen Ebene des turmartigen Baus hier heruntergekommen war. Nachdem sie die Kapsel, die ihr vom Hohepriester des Tonatiuh übergeben worden war, zu Boden geschleudert hatte, war da nur noch Licht gewesen, ein gleißendes Licht, das dazu fähig war, alles untote Leben vom Antlitz dieser Welt zu brennen. Um ein Haar hätte es Dilara getötet, doch sie war ihm schwerverwundet entkommen. Sie blickte an sich herab. Nicht nur die äußere Hautschicht war zerstört. Die Verletzungen reichten viel tiefer. Und was war mit Roger Gallet geschehen? War er in dem Tempel verbrannt?

Mühsam zog sich die Vampirin auf die Beine, wobei sie jede Bewegung schmerzte. In einigen Metern Entfernung sah sie eine halb verkohlte Gestalt liegen. Es war nicht Gallet, sondern ein Coyolxapriester. Dilara schleppte sich über den schotterigen Grund hin zu dem Mann. Die nächsten Minuten würde er nicht überleben, doch noch glomm in ihm ein Funke Leben. Sie beugte sich über ihn und suchte den Hals nach einer unverbrannten Stelle ab. Dort pulste die Schlagader. Sie biß zu und saugte gierig das lebensspendende Naß in sich hinein.

„Ich würde das nicht öffnen!“ hatte die Frauenstimme gesagt, und Gallet erkannte sie zuerst nicht. Auch als er aufblickte, dauerte es einen Moment, bis sich sein umwölkter Verstand klärte.

„Dilara!“ stieß er mühsam hervor. „Dilara, ich…“

„Du hast mir das Leben gerettet, Roger“, sagte sie.

„Das Licht… Coyolxa… Du…“

„Wir reden später darüber. Erst einmal müssen wir sehen, daß wir hier wegkommen. Sobald sich die Verwirrung gelegt hat, wird hier die Hölle los sein. Ich denke, daß genügend Priester überlebt haben. Sie werden zurückkommen, auch wenn von ihrem Tempel nicht mehr allzuviel übrig ist. Wir brauchen Ruhe, Roger, Ruhe, um uns zu erholen und zu überlegen, wie wir weiter vorgehen wollen.“

Roger Gallet nickte. Dilara sah immer noch mehr tot als lebendig aus, auch wenn mit ihr etwas vorgefallen war, das er nicht richtig einschätzen konnte. Trotz der Brandwunden, die ihr einst so hübsches Gesicht entstellten, strahlte sie eine neue Vitalität aus, die ihn an einen Leoparden nach erfolgreicher Jagd erinnerte. Es war eine Art blutrünstiger und wilder Zufriedenheit.

Roger nahm das lederne Päckchen vom Boden auf. „Ich schlage vor, wir sehen zu, daß wir in den Schutz des Waldes kommen“, sagte er und setzte sich in Richtung Bergflanke in Bewegung.

Dilara folgte ihm. „Roger, ich weiß, was du über mich denkst.“ Es schien ihr unerträglich, schweigend hinter ihm zu gehen.

„Ach, ja?“ Roger Gallet konnte seinen Unmut nur schwerlich unterdrücken. Er wollte das auch gar nicht.

„Es ist nicht üblich, daß die meiner Art ihre wahre Natur preisgeben, selbst denen gegenüber nicht, denen sie vertrauen."

„Deine wahre Natur?" Roger Gallet lachte sarkastisch auf. „Was bist du? Ein Vampir? Habe ich Glück, daß du mich noch nicht ausgesaugt hast?"

„Du sprichst jetzt genauso wie alle und versuchst erst gar nicht, mich zu verstehen. Ist das so schwierig? Können alle immer nur in Klischees denken?"

Roger hüllte sich in Schweigen. Dann reichte er ihr das lederne Päckchen: „Nimm das! Das ist es doch, weshalb du zum Tempel gekommen bist, oder?"

„Roger Gallet, du bist ein Narr!" Dilara war versucht, ihm eine Ohrfeige zu geben. Doch insgeheim verstand sie ihn. Wie hätte sie sich an seiner Stelle gefühlt? „Coyolxa glaubte, Unvaale hätte mich geschickt, und ich habe seinen Auftrag tatsächlich bereitwillig angenommen, weil ich wußte, daß er mich zu *dir* bringen würde. Dieser Sonnenstein, sofern er das ist, was du gefunden hast, interessiert mich nicht im geringsten. Im Gegenteil. Ich denke, er war dort, wo er Jahrhunderte lang gelegen hat, am besten aufgehoben. Aber nun, da wir ihn in unseren Besitz gebracht haben, sollten wir überlegen, wie wir ihn zu unserem Nutzen einsetzen können. Zeig ihn mir!"

Roger Gallet streckte ihr das Päckchen, etwa zwanzig mal zwanzig Zentimeter groß, entgegen.

„Nein, mach es ruhig auf!" bat sie ihn. „Du hast es ja unter Einsatz deines Lebens geborgen. Und...", sie zögerte, „ich weiß nicht, was der Anblick bei mir bewirkt."

Roger entnahm seiner Hosentasche ein winziges Messer, das die Priester der Coyolxa bei seiner Durchsuchung übersehen hatten. Mit einem einzigen, vorsichtigen Schnitt trennte er die Naht und faltete das nun trockene, weiche Leder auf.

Ein runder Stein kam zum Vorschein. Es war tatsächlich der Sonnenstein des Gottes Tonatiuh, dessen Gesicht mit der als Obsidianmesser dargestellten Zunge man in der Mitte des Steines erkennen konnte. Es wurde von den Abbildern vierer Sonnen umrahmt, die für die vergangenen Zeitalter standen, in denen zuerst die ersten Erdbewohner, eine Rasse von Riesen, von Jaguaren gefressen worden waren, die zweite Rasse durch einen Wirbelsturm getötet und alle Menschen in Affen verwandelt, die dritte Rasse von Tlaloc durch eine Flut aus Lava und Feuer zerstört und die Menschen zu Vögeln gemacht, und schließlich die vierte Rasse durch eine Sintflut vernichtet und die Menschen in Fische verwandelt worden waren. Das Gesicht Tonatiuhs wurde von den Händen des Sonnengottes flankiert, die nach Menschenherzen griffen und Augen besaßen, mit denen dem Sonnengott nichts entging. Und neben den Klauen befanden sich konzentrische Kreise, die besagten, daß die fünfte Sonne durch ein Erdbeben enden würde.

„Für Unvaale muß er von großer Wichtigkeit sein. Das bedeutet, er darf ihn auf keinen Fall in die Hände bekommen“, sagte Dilara.

„Was uns vor die Frage stellt, was wir tun sollen“, entgegnete Roger Gallet.

„Ich muß noch etwas in Erfahrung bringen. Du hast gehört, was Coyolxa über mich gesagt hat. Ich muß nach Aztlan zurück. Es wird gefährlich werden.“

„Gefährlicher als unser Spaziergang letzte Nacht?“ Roger lachte heiser auf.

„Ich fürchte… ja... leider...“

Dilara und Roger fanden in einem Felsspalt, dort wo der Berghang in den Wald überging, Schutz vor natürlichen Feinden und einem feinen Nieselregen, der sich bald in einen wahren Wolkenbruch verwandelte.

Beide waren völlig erschöpft, und jeder erholte sich auf seine Art. Als der Anthropologe mitten in der Nacht erwachte, stellt er fest, daß er alleine war. Ihn überfiel eine schreckliche Furcht, Dilara könnte ihn zurückgelassen haben, weil er ihr hinderlich war. Er wußte nicht, was er ohne sie tun sollte. Doch dann fühlte er das gewichtige Päckchen an seiner Seite und schlief wieder ein.

Im Morgengrauen weckte ihn Dilara, der man die Ereignisse der vorangegangenen Nacht nicht länger ansah. Ihre Brandwunden waren auf wundersame Weise verheilt, anders als die Roger Gallets. Sie wirkte nicht im geringsten erschöpft oder müde, obwohl sie doch in der Nacht kaum Schlaf gefunden haben konnte. Als er sie genauer betrachtete, fand er in ihrem Haar, das wieder schwarz und glänzend auf ihre weißen Schultern fiel, Reste von Laub und Erde, doch er wagte nicht, sie zu fragen, was geschehen war.

„Es gibt ein Dorf, nicht weit von hier“, sagte sie und reichte ihm ein wunderbar duftendes Paket aus zusammengerollten Palmblättern. Darin eingewickelt fand er ein Stück gegrilltes Fleisch und zwei Maisbrotfladen. Er verschlang beides gierig. Nach diesem Mahl wusch er sich und trank Wasser aus einer Lache, die der Regen in einer natürlichen Mulde hinterlassen hatte. Sein Spiegelbild erschreckte ihn. Von seinen Haaren war nicht viel übriggeblieben. Und er wirkte um Jahre gealtert.

Mors ultima linea rerum est
(Der Tod steht am Ende aller Dinge)

London, 2005

Greg Lane hatte den Schock, den Rodericks Auftauchen und die offensichtliche Veränderung, die mit dem Freund vor sich gegangen war – mehr noch, sein sichtlicher Verfall –, ausgelöst hatten, immer noch nicht verwunden. Was ihm besonders zu schaffen machte war die Tatsache, daß der Freund mehr tot als lebendig wirkte. Und Greg hatte das dumpfe Gefühl, daß er mit der Vermutung der Wahrheit recht nahekam.

Doch nun galt es, möglichst schnell die innere Erschütterung zu überwinden und wieder gute Polizeiarbeit zu leisten.

Freund hin, Freund her.

Greg forderte nachhaltig von sich, endlich Privates und Dienstliches zu trennen, um wieder seine sieben Sinne beisammenzuhalten.

Wie hieß es doch so schön: Dienst ist Dienst und Schnaps ist Schnaps.

„Soviel zur Theorie", brummte Greg äußerst übellaunig vor sich hin. „Und die Praxis sieht ja meist anders aus." Womit er recht hatte, aber das half ihm auch nicht weiter. Er MUSSTE den privaten Roderick vergessen, den Freund aus Kinder- und Jugendtagen, und ihn als das sehen, was er jetzt war: ein mordendes Ungeheuer. Ein Schwerverbrecher, den es zu überführen und verurteilen galt.

„Fragt sich nur, wie!" grummelte Greg weiter vor sich hin und fühlte sich zum ersten Mal in seiner Laufbahn als Polizist hilflos und überfordert, was nicht unbedingt zur Erhaltung seiner guten Laune beitrug.

Die Tür flog mit einem so lauten Knall auf, daß Greg befürchtete, sie würde aus den Angeln fliegen. Ohne sich herumzudrehen, wußte er genau, wer den geräumigen Büroraum betrat, den man ihm als dienstältesten Beamten unlängst zugewiesen hatte.

„Schön, daß du auch mal wieder auftauchst!“ Demonstrativ kehrte er Mick weiter den Rücken zu und drehte sich nicht zu ihm herum.

„Oha, sind wir heute etwa mit dem falschen Fuß aufgestanden, oder bist du über deine Gucci-Schuhe gestolpert?“ In Micks Stimme war ein amüsiertes Glucksen zu hören.

Das fehlt mir noch, durchzuckte es Greg, der Grünschnabel macht sich auch noch über mich lustig! „Lenk nicht von dir ab“, entfuhr es ihm barsch. „Es ist nicht gerade rühmlich, seinen Partner bei einem Einsatz im Regen stehenzulassen!“

Mick stöhnte lautstark. „Höre ich recht? Bei einem Einsatz? Hölle, übertreibt der Kerl. Du solltest nach L.A. ziehen und in einem der B-Movies den Klischee-Cop abgeben. Du wärest genau der Richtige dafür!“

Jetzt wurde der Bursche auch noch beleidigend! Greg wirbelte wütend herum und blickte in Micks grinsendes Gesicht. Das steigerte Gregs Zorn nur noch. Am liebsten hätte er dem jungen Schnösel mal kräftig die Faust ins Gesicht gehämmert, damit ihm das unverschämte Grinsen verging.

Greg zuckte bei dem wenig löblichen Wunsch erschrocken zurück. Das sah ihm überhaupt nicht ähnlich. Was war nur mit ihm los?

Na was schon, versuchte er sich insgeheim zu beruhigen, es ist doch kein Wunder, daß ich neben mir stehe, nach dem, was ich erlebt habe, während sich mein Schönling von Partner feige in die Büsche geschlagen hat.

Seine Wut auf Mick kehrte zurück.

Der hatte mittlerweile zumindest sein Grinsen eingestellt.

Gut für deine makellosen Zähne, Sunnyboy, dachte Greg

und war abermals erschrocken über sich. Er schüttelte sich, als wolle er sich damit seiner aggressiven Gedanken entledigen. Dann blickte er Mick ernst an. „Setz dich, ich habe dir einiges zu erzählen. Und danach bin ich schon sehr gespannt zu hören, wo du dich herumgetrieben hast!“ Er konnte sich den kleinen Seitenhieb nicht verkneifen, noch anzumerken: „Wie ich dich kenne, wird es sicher wieder eine sehr abenteuerliche Geschichte sein.“

Calvins Gedanken kreisten unablässig um die letzte Vision, deren Deutung zwar auf der Hand lag, aber dennoch neue Fragen aufwarf.

So widersinnig das auch klang.

Sonst gelang es Calvin vortrefflich, die Visionen, die ihn heimsuchten, zu interpretieren, doch diese Vision unterschied sich auffallend von seinen anderen und hatte ihn innerlich in höchstem Maße aufgerüttelt. Vor allem bewirkte sie aber eines: Sie befreite ihn aus dem leichten Phlegma, das ihn seit Monaten gefangengehalten und gelähmt hatte.

Fortan ließ er Guardian, so gut es ging, nicht aus den Augen, was zur Folge hatte, daß es Calvin immer mehr in die unterirdische Welt der Cemeteries zog. Dadurch sonderte er sich zunehmend von Dilara ab, und er trieb sich alleine in den verwinkelten Katakomben herum. Auf der Suche nach einer Erklärung für Guardians Herkunft. Aber auch auf der Suche nach der Pyramide mit der Schädelwand aus seiner Vision.

Sie zu finden blieb ihm verwehrt, dafür begegneten ihm aber Priester, deren Weisheit ihn beeindruckte. Besonders ein blinder Greis, der bezeichnenderweise der *Seher* genannt wurde.

Nachdem sie nur wenige Worte gewechselt hatten, wußte Calvin, warum.

Er stieß in dem *Bezirk der Einkehr*, wie die abseits lebende Gruppe der Cemeteriespriester den Bereich der Katakomben nannte, auf ihn. Calvin bemerkte den Seher, der reglos in einer Felsnische saß und meditierte, erst, als er beinahe schon an ihm vorbeigeeilt war. Doch Calvins Gespür für besondere Wesen ließ ihn verharren und umkehren, und bevor er den Greis ansprechen konnte, hatte ihn dieser mit erstaunlich kraftvoller Stimme zu sich in die Nische gebeten.

„Setze dich zu mir, mein Junge."

Calvin hätte bei jedem anderen auf die Bezeichnung empört reagiert, doch dieser Weise bewirkte, daß er sich widerspruchslos auf einen in Stein gehauenen Vorsprung setzte, der als Bank diente.

„Man nennt mich den Seher."

„Mein Name ist Calvin!"

„Ich weiß", behauptete der Greis, und Calvin glaubte ihm das, ohne es zu hinterfragen, was ungewöhnlich für ihn war. „Du bist der Begleiter der Vampirin Dilara, deren Geschichte derzeit in aller Munde ist."

„Gefährte wäre mir lieber", wagte Calvin, der sich neben dem Greis merkwürdig klein vorkam, nun doch einzuwenden.

Der Seher lachte amüsiert. „Ja, ich vergaß, in deinem Alter legt man noch Wert auf solche Formulierungen."

Calvins Widerspruchsgeist regte sich und wollte ihm schon die Äußerung entlocken, daß Wertigkeiten keine Frage des Alters, sondern der Sichtweise seien. Aber wer gab ihm das Recht, dem Greis zu widersprechen?

Die toten Augen des Sehers „musterten" Calvin, der sich noch nie so intensiv beobachtet gefühlt hatte. Auch wenn das völlig unsinnig war. Aber es bot ihm seinerseits die Gelegenheit, den Seher näher zu betrachten. Der Greis trug sein Haar ebenso lang und offen wie Calvin, nur daß es schlohweiß war und sich effektvoll von dem schwarzen kuttenartigen Gewand, das ihn ummantelte, abhob. Auch er hatte ein Amulett um den Hals, dessen Symbolik Calvin aber nicht deuten konnte. Ihn beschäftigte auch das Erscheinungsbild des Alten mehr. Es war, als erblicke Calvin sich selbst... extrem gealtert. Das brachte ihm den Greis augenblicklich näher.

„Du hast ebenfalls die Gabe des Sehens!" behauptete dieser nach einer Weile.

Auch jetzt wollte Calvin protestieren, aber in dem Moment gedachte er seiner Visionen.

Der Seher nickte. „Genau die meine ich. Sie sind auch eine Form des Sehens."

Calvin wunderte es nicht, daß der Greis auch seine Gedanken „lesen" konnte.

Der Seher nickte erneut. „Du dienst dem richtigen Gott", sagte er unzusammenhängend, wußte aber, daß Calvin ihn verstand.

Nun war es für den jungen Vampir an der Zeit, zu nicken. „Ich hoffe es!" sagte er mit Inbrunst.

„Hegst du Zweifel?"

„Manchmal", gestand Calvin. „Aber das liegt in meinem Naturell."

„Du wirst bald wissen, ob sie berechtigt sind oder nicht!"

„Wie...?"

Der Greis hob die rechte Hand. „Du wirst es bald wissen!" Der Satz klang wie ein Verweis, und Calvins Lippen schlossen sich wieder. „Erzähle mir, was du zuletzt gesehen hast, Calvin!"

Der Seher senkte den Kopf und lauschte aufmerksam den Schilderungen des jungen Vampirs. Als dieser endete, blieb es eine Weile still zwischen ihnen.

„Dilaras Volk glaubte an ein Leben nach dem Tod“, sagte der Greis dann zögernd. „Dieses richtet sich sowohl nach der Lebensführung als auch nach den Umständen des Todes.“

Dilaras Volk?, dachte Calvin, fragte aber: „Das Leben nach dem Tod richtet sich nach der Lebensführung?“

„So ist es. Zum Beispiel Krieger, aber auch Opfer kommen in eine Art Paradies.“

Paradies? Calvin konnte sich einen verächtlichen Laut nicht verkneifen, den der Seher mit einem milden Lächeln honorierte.

Die Jugend, dachte er und starrte Calvin mit seinen toten Augen an, aber hier ist einmal ein Junger, der Potential hat. „Zu den Kriegern gibt es nicht viel zu sagen, kommen wir zu den Opfern“, sagte er beinahe sanft. „Unsere Rituale sind nach dem Verständnis anderer Völker sehr grausam.“

So kann man das auch bezeichnen, durchfuhr es Calvin.

„Ich dachte, daß du so denken würdest“, fuhr der Seher fort. „Manches wurde auch überzogen weitergegeben oder hatte in Abbildungen nur Symbolcharakter.“

„Wenn ich an meine letzte Vision denke, wage ich das zu bezweifeln.“

„Was du gesehen hast, war eines unserer religiösen Menschenopfer. Dazu dienten gefangene Krieger, Sklaven, aber auch Kinder. Manchmal opferten sich die Krieger auch selbst, was als große Ehre angesehen wurde.“

„Das dachte ich mir!“ Calvin zögerte. „Eine weitere Vision deutete mir, daß diese Blutopfer in großer Zahl erfolgten.“ Er zögerte erneut. „Ich weiß nicht, ob das auch heute noch so ist.“

„Das kann man nicht ausschließen.“ Zum ersten Mal wich ihm der Seher aus und verweigerte Calvin eine klare Aussage, sprach jedoch – wie in Gedanken versunken – weiter:

„Aber nicht, daß du denkst, die Opfer wären nur dem „gemeinen Volk“ vorbehalten... auch Könige geben.“

„So?“ Calvins Augenbraue verzog sich zu einem steilen Dreieck. Ein sicheres Zeichen seiner Mißbilligung oder aber äußerster Skepsis. „Schneiden sie sich ihr Herz selbst heraus? Wie tapfer...“ Wieder erfolgte der verächtliche Laut.

Ein amüsiertes Lächeln huschte über das faltige Gesicht des Sehers. „Nicht ganz. Sie fügen sich Schnitte an Händen, Armen oder Beinen zu, um die Gottheiten zu besänftigen...“

„Hm.“ Calvin schien das als Opfergabe nicht sonderlich einzuleuchten. Wie sollte ein so geringes Blutopfer die Götter milde stimmen?

„Und...“, der Seher schob sein langes Haar zur Seite, „... die Priester schneiden sich in das Ohr, um Blut für ein Ritual zu gewinnen.“

Calvin erstaunte es nicht, als er die Narben an den Ohren des Greises sah.

Dilara war die nächste im Bunde, in deren Gedanken sich Fragen aufgetan hatten. Fragen, die Guardian betrafen, aber nach wie vor auch noch um ihre eigene Herkunft kreisten, der sie zwar immer näherkam, der dennoch immer noch das wesentliche Puzzleteil fehlte. War das Guardian? Oder konnte er ihr helfen, dieses fehlende Teil zu ergänzen? Sie spürte, daß ihre Wurzeln eng mit dem blonden Vampir verknüpft waren – wenn sie Calvins Vision Glauben schenken konnte, noch mehr.

Doch konnte sie das?

Calvin, dachte sie, mein Gefährte und das Wesen, das mir näher als alle anderen steht... und mir doch immer häufiger so weit entfernt vorkommt.

Er schien sich verändert zu haben. Auch wenn er in seiner Haltung ihr gegenüber immer noch Wert auf ihre Nähe erkennen ließ.

Aber meist nur, wenn sie alleine waren. Ihre Zweisamkeit war nach wie vor ungetrübt, liebevoll und leidenschaftlich. Doch sobald ein Dritter in ihrer Nähe war, verhielt er sich ihr gegenüber distanzierter, schien er Dilara sogar zu verleugnen. So wirkte es jedenfalls auf sie. Nein, versuchte sie gedanklich mit sich zu handeln, so krass kann man es nicht ausdrücken. Und so war es wohl auch nicht, denn ihn schienen viele Dinge zu beschäftigen, die seine ungeteilte Aufmerksamkeit forderten. Und einige davon verborgen vor ihr, das machte sie mißtrauisch. Schließlich hatten sie bisher über fast alles gesprochen.

Genau, hetzte die Stimme in ihr, *FAST... du sagst es!*

Dilara gab einen knurrenden Laut von sich. Aber die Zwietracht in ihr war gesät. Das *fast* machte ihr deutlich, daß sie Calvin nicht zu hundert Prozent trauen konnte und in ihrer Situation auch nicht durfte.

Die leere Betthälfte neben ihr bekräftigte das noch.

Wo treibt sich der Kerl schon wieder herum, fragte sie sich und verließ ihre Schlafstätte, schlüpfte in einen schwarzen, enganliegenden Overall und kehrte beinahe fluchtartig den Katakomben den Rücken zu.

Vertrauen ist gut, Kontrolle ist besser, dachte sie, wobei sie nicht festmachen konnte und wollte, ob sie Calvin oder Guardian meinte.

Beide Männer gaben ihr Rätsel auf.

Der Wiedergänger rang weiterhin mit dem zweiten, immer kleineren, verschwindenderen Roderick-Teil in sich, den das Aufeinandertreffen mit Greg Lane wieder verstärkt in ihm wachgerufen hatte. Doch er sträubte sich, das Gute in sich in Erinnerung zu rufen. Es bereitete ihm beinahe körperliche Übelkeit. Zu stark war sein altes Ich, die Seele des John George Haigh, in ihm.

Und Antediluvians Einfluß hatte diese noch verstärkt, wenngleich der Fürst der Nosferati den Wiedergänger *klein* hielt und vorsätzlich an dessen Selbstbewußtsein Raubbau betrieb, in dem Bestreben, aus ihm eine willfährige Marionette zu machen. Daran krankte der Wiedergänger auch immer mehr. Und umso mehr gelüstete es ihn in solchen Momenten, nach Opfern Ausschau zu halten, denen er seine tödliche Macht demonstrieren und an denen er seine Wut abreagieren konnte, die sich aber auch immer mehr gegen sich selbst richtete.

Den Wiedergänger zog es für seinen finsteren Streifzug in den Regent's Park, der 1811 nach den Plänen von John Nash – dem Architekten der Krone – entstanden war, und dort in das Open Air Theater, in dem an diesem Abend einige Bands spielten. Somit war mit Menschenmassen zu rechnen, die es dem Wiedergänger ermöglichten, seine morbide Unruhe zu befriedigen.

So hoffte er.

Zuerst verweilte er im Norden des Parkes, auf *Primrose Hill,* einer Anhöhe, von der aus man einen wunderschönen Blick auf Westminster und die City von London hatte.

Der Wiedergänger stand bewegungslos da und versuchte sich zu erinnern, wie sein Leben in dieser pulsierenden Stadt gewesen war, bevor es ihn in Antediluvians Schattenreich verschlagen hatte, aber in seinem Gedächtnis klafften immer größere Erinnerungslücken, die Antediluvian geschickt zu mehren wußte. Dessen war sich der Wiedergänger bewußt, und der dunkle Teil in ihm begrüßte das sogar, weil er nicht von dem letzten Rest Roderick auf sein menschenverachtendes Tun hingewiesen werden wollte. Das Gewissen, das Rodericks Restseele in dem Wiedergänger schlagen ließ, war beinahe gänzlich besiegt und verstummt. Wäre nicht Greg Lane aufgetaucht. Seither flackerte es erneut hin und wieder auf.

Als wolle der Wiedergänger auch noch das allerletzte Gute in sich, das allerletzte Stück „Roderick" aus sich vertreiben, umklammerte er ein Messer, das er in der Tasche seines langen Mantels verborgen hielt, der förmlich um seine immer dürrer werdende Gestalt schlackerte.

Mit raschen Schritten bahnte er sich einen Weg durch die Menschengruppen, die durch den Park streiften, auf der Suche nach einer Frau, die an einer abseits gelegenen Stelle des Parks ein leicht zu erbeutendes Opfer darstellen würde.

Das „Glück" war ihm hold.

Er erblickte gleich zwei junge Frauen, die sich auf einem ruhigeren kleinen Pfad von dem regen Treiben wegbewegten, um den Heimweg anzutreten. Ahnungslos, daß sie damit ihr Todesurteil besiegelten.

Der Wiedergänger folgte ihnen eine Weile mit dem notwendigen Abstand, um nicht von ihnen entdeckt zu werden. Was aber ohnehin unwahrscheinlich war, da die beiden Frauen nicht sonderlich darauf achteten, wohin sie gingen, weil sie wild aufeinander einschwatzten.

Jenes stimulierende Prickeln stieg in dem Wiedergänger auf, das ihn immer befiel, wenn er *Fährte* aufgenommen hatte. Das Prickeln, das den Kick ankündigte, der ihm bevorstand und den er brauchte, um sich am Leben zu erhalten. So wie das Blut seiner Opfer.

Wundervoll, dachte er zynisch. Besser konnte es wirklich nicht gehen, denn die beiden Frauen näherten sich einem Punkt, an dem der Pfad von dichtem Gebüsch umgeben war.

Sie blieben plötzlich stehen, tuschelten aufeinander ein und verschwanden in dem Strauchwerk.

Wohl um ihre Blase zu erleichtern.

In Sekundenschnelle war ihnen der Wiedergänger gefolgt.

Ehe sich die beiden Frauen versahen, hatte er sein Messer gezückt und es der fülligeren der beiden durch das dünne bauchfreie Shirt bis an das Heft in den Magen gestoßen.

Er liebte dieses beinahe schlüpfrige Geräusch, das die Klinge verursachte, wenn sie in warmes, weiches Fleisch drang, und spürte eine Welle der Erregung in sich aufsteigen. Erregung, wie sie ihm nur das Messer schenken konnte. Als er den zweiten Stoß ausführte, starrte ihn die Frau immer noch mit vor maßlosem Erstaunen geweiteten Augen an. Kein Laut drang über ihre Lippen, was dem Lustempfinden des Wiedergängers erheblich entgegenwirkte.

Es ebbte wieder ab.

Was wiederum seine Wut nährte.

Wie ein Besessener stach er auf die Frau ein, die schwankend und im Zeitlupentempo zu Boden sank, neben ihre ohnmächtig gewordene Freundin, der schon bei dem ersten Hieb, den er ausgeführt hatte, die Sinne geschwunden waren. In Anbetracht des Bildes, das sich ihr bot.

Der Wiedergänger hörte erst auf, das Messer in sein Opfer zu treiben, als sich der Oberkörper der jungen Frau in eine blutige Masse, vermischt mit Stoffetzen, verwandelt hatte. Ihren Unterleib hatte er wohlweislich verschont. Mit einem Ruck riß er ihren Rock hoch, mit einem weiteren ihren Slip hinab, zerrte an seinem Reißverschluß und drang mit einem ungestümen Stoß in den noch warmen Schoß der Toten ein. Während er sich brutal in ihr bewegte, als wolle er ihr noch über den Tod hinaus seine Macht beweisen, zeigte ihre ohnmächtige Freundin neben ihm erste Regungen. Im Moment seines Ergusses öffnete sie die Augen, sah ihn auf ihrer toten Freundin liegen, wurde sich seines schändlichen Tuns bewußt und öffnete den Mund zu einem Schrei.

Der Wiedergänger löste sich behende von der Toten, brachte seine Kleidung notdürftig in Ordnung und umfaßte den Messergriff wieder fester. Mit einer weichen, fließenden Bewegung drehte er sich zu seinem nächsten Opfer herum, und während er sich zu ihr herunterbeugte, stach er bereits auf sie ein.

Ihr durchdringender Schrei scheuchte einen Schwarm Vögel auf, die in den umstehenden Baumkronen Platz genommen hatten. Aus dem Klang ihrer Stimme war die Todesangst deutlich – und vor allem weithin – zu vernehmen. Der Wiedergänger fluchte und hieb das Messer ein weiteres Mal in sie hinein. Der Schrei wurde gurgelnder, aber nicht minder laut. Wieder stieß der Wiedergänger einen Fluch aus und trieb nun die scharfe Klinge mit schnellen Stichen in den Körper der Frau, deren Schreie längst in ein schwächer werdendes Wimmern übergangen waren, das schließlich verstummte.

Der Wiedergänger verspürte Befriedigung, aber auch das Gefühl, daß er nicht mehr sicher war. Und daß er sich zu nah an Menschen herangewagt hatte. Er war sich dessen die ganze Zeit bewußt gewesen. Auch, daß er das Risiko, auf sich aufmerksam zu machen, wissentlich eingegangen war. Mehr noch, am liebsten hätte er Zuschauer gehabt, die staunend und mit Grauen erfüllt die Demonstration seiner Macht wahrnahmen.

In Ehrfurcht erstarrt.

So weit hatte Antediluvian ihn schon getrieben... so weit hatte ihn dieser erniedrigt, daß er sich mutwillig in Gefahr brachte, um sein krankes Ego wieder aufzurichten.

Der Wiedergänger hörte eilige Schritte und drehte sich von den beiden Frauenleichen fort, die mit grotesk abgewinkelten Armen und Beinen dalagen.

Zugerichtet wie abgeschlachtetes Vieh.

Der Wiedergänger betrachtete sie versonnen, und ein beinahe glückliches Lächeln verklärte seine verhärmten, hohlwangigen Gesichtszüge.

Doch es war ihm nicht vergönnt, diesen Triumph auszukosten.

Die Schreie des zweiten Opfers hatte die Aufmerksamkeit auf das Geschehen gezogen.

Ein dickleibiger Bobby mit gezücktem Gummiknüppel rannte atemlos schnaufend näher. Gefolgt von zwei jungen Männern, die wild in die Richtung der Gebüsche gestikulierten. Der Wiedergänger ließ das Messer fallen und hetzte mit langen Sätzen durch das Strauchwerk davon.

„Stehenbleiben! Im Namen der Queen... stehenbleiben!“ rief der Bobby hinter dem Fliehenden her.

Und der Wiedergänger fluchte. Nicht das erste und letzte Mal in dieser Nacht.

Dilaras Blick schweifte zielsicher durch die Schwärze der Nacht. Schließlich erspähte sie den Umriß eines jungen Mannes, den sie seit geraumer Zeit beobachtete, weil er sich auffällig oft auf dem Friedhof herumtrieb. Er war ein Cop, das wußte Dilara längst, und somit mußte sie vor ihm auf der Hut sein, aber dennoch fühlte sie eine Verbindung zu ihm, was sie naturgegeben neugierig machte. So konnte sie der Versuchung nicht widerstehen, sich näher an ihn heranzuschleichen. Mehr nebulös, denn stofflich. Vorsicht war geboten. Gerade jetzt, wo sich die Dinge zu ihren Gunsten entwickelten. Wo sie mehr über sich und ihre Vergangenheit erfuhr und sich die Nebel endlich lichteten. Aber war es nicht immer so gewesen? Hatten nicht immer ihr unbekannte Wesen, die sie aber in ihren Bann zogen, ihre Wege gekreuzt, wenn sie auf einen wichtigen Lebensabschnitt zusteuerte, und für neue Verwirrung gesorgt? Geradezu so, als wären sie von irgendeiner höheren Macht *geschickt*. Immer dann, wenn sie der Wahrheit über ihre Herkunft näherkam. Dilara dachte flüchtig an Gelophee und daran, daß es mittlerweile Sinn ergab, daß sie die schöne Rosenkreuzerin nicht zu sich in das Schattenreich geholt hatte. Calvin war ihre Bestimmung, er war das Wesen, das an ihrer Seite sein sollte. Davon war Dilara trotz ihrer Zweifel an ihm überzeugt.

Und nun tauchte dieser junge Cop auf, der sich immer häufiger in der Nähe der Kapelle herumtrieb. Ein zugegeben höchst attraktiver, wie sich Dilara augenblicklich eingestand, während sie ihn betrachtete. Instinktiv leckte sie sich über die vollen, geschwungenen Lippen und fühlte doppelten Hunger in sich aufsteigen. Einen Hunger, der ohnehin in den letzten Wochen gewachsen war. Wenn sie es recht bedachte, seit sie mit Calvin das Plakat zu der Ausstellung gesehen und diese aufgesucht hatte. Seither war eine noch viel größere Unruhe in ihr. Und ein geradezu unstillbarer Hunger. Nach Opfern, Blut, Seelenenergie... und Leben.

Königin des Mondes... GÖTTIN des Mondes, flüsterte und wisperte es bei dem Gedanken hinter ihrer Stirn.

Dilara mißachtete das imaginäre Raunen, floß an den Cop

heran, konnte der Versuchung nicht widerstehen und materialisierte neben ihm. Umwehte ihn dabei wie eine heftig aufbrandende Windböe.

Mick drehte sich augenblicklich zu ihr herum.

Dilara stieß einen leisen Laut der Verwunderung hervor, als sie die einzigartige Farbe seiner Augen sah, die sie in der Dunkelheit anfunkelten.

„Wohin des Weges, schöne Frau?“ fragte er heiser und zeigte keine Spur von Verwunderung, weil sie so plötzlich hinter ihm aufgetaucht war. Ganz so, als habe er sie erwartet.

Der Satz, der bei jedem anderen übertrieben gewirkt hätte, paßte irgendwie zu ihm.

Dilara warf stolz den Kopf in den Nacken und richtete den stechenden Blick ihrer grünen Augen auf ihn.

So maßen sie sich einige Atemzüge lang.

Wow, dachte Mick, und er fühlte das gewohnte Kribbeln in sich, das ihn immer befiel, wenn er einer schönen Frau gegenüberstand, die er gerne besitzen wollte. Daß diese zudem gefährlich war, erhöhte ihre Anziehungskraft nur noch.

„Das könnte ich Sie auch fragen.“ Dilaras Stimme klang abweisend. „Warum treiben Sie sich zu dieser Zeit auf dem Friedhof herum?“ Sie verzog die Mundwinkel zu einem ironischen Lächeln. „Sie könnten schneller zur *ewigen RUHE* gebettet werden, als Ihnen lieb ist!“ Ihr Lächeln erlosch. „An der richtigen Stätte wären Sie ja!“

Auch ihr kühles Verhalten reizte Mick über ihre optische Anziehungskraft hinaus. „Na, so schnell geht das ja nun doch nicht. Für mich dürfte es hier weitaus weniger gefährlich sein als für Sie... um diese Zeit.“

Dilara lachte. „Kommen Sie mir jetzt nicht mit dem starken und schwachen Geschlecht.“ Sie wedelte mit der Hand vor dem Mund herum und gähnte übertrieben laut. „Das ist ja todlangweilig... und längst überholt." Sie warf Mick einen mittlerweile verschleierten Blick zu, der ihm einige unruhige Herzschläge bescherte. „Ich weiß schon auf mich aufzupassen."

Das kann ich mir lebhaft vorstellen, wäre Mick beinahe entschlüpft. Er konnte sich aber noch in allerletzter Minute zurückhalten. Das würde ihm gerade noch fehlen, daß er diese mysteriöse Frau mißtrauisch machte. Wo er doch die Gunst der Stunde, die sie ihm über den Weg geschickt hatte, nutzen wollte.

Sie war noch schöner als auf dem Foto der Unterlagen, die Greg innerhalb seiner Arbeit an dem „Fall" zusammengetragen hatte.

„Das mag sein", sagte er lässig. „Aber vielleicht wäre es doch besser, wenn ich Sie begleite." Er grinste sie charmant an. „Wenn Sie mir verraten, wohin Sie gehen."

Das könnte dir so passen, durchfuhr es Dilara. In ihr schrillten mittlerweile alle Alarmglocken.

Wenn du überleben willst, darfst du niemandem trauen, hatte Antediluvian sie immer beschworen. Früher, als er noch auf ihr Wohl bedacht schien. Doch das lag Jahrhunderte zurück. Manchmal, wenn Dilara daran dachte, kam sie sich alt... uralt vor. Was, gemessen an der Zeit, die sie „lebte", auch zutraf, aber ihre Seele war noch viel älter.

Warum Dilara es stets so empfunden hatte, wurde immer erkennbarer.

Wie schön, kicherte es in ihr. *Es wird allmählich auch Zeit!*

Mick machte Anstalten, sich ihr zu nähern, was Dilara mit zwei Schritten zurück und einer deutlichen Abwehrhaltung quittierte.

Plötzlich wirkte ihr Lächeln verkrampft. „Sie werden verstehen, daß ich mich nicht in die Obhut fremder Männer begebe!" Ihr Lächeln wurde eine Spur härter. „Besonders, wenn sie vorgeben, um mein Wohl besorgt zu sein. Das sind nämlich die Schlimmsten!“

Bevor Mick etwas erwidern oder gar protestieren konnte, hatte die Dunkelheit sie verschluckt. Es war ihr dabei gleichgültig, daß ihn das erst recht auf sie aufmerksam machen mußte, denn sie wußte instinktiv, daß sie ihn wiedersehen und er auf ihren Fersen bleiben würde.

Dilara floß geschwind davon. Es trieb sie in die verlassenen Gassen Londons, dort, wo die von der Gesellschaft Ausgeschlossenen lebten. Wo es nicht auffiel, wenn ein oder mehrere der Dahinvegetierenden – anders konnte man sie nicht bezeichnen, denn LEBEN war das nicht mehr – verschwanden.

Von einer Nacht auf die andere.

Dilara war hungrig... nein, es war mehr Gier als Nahrungsaufnahme oder Lebenserhaltung, die sie vorantrieb. Und wenn dieses Begehren ausuferte, was in letzter Zeit immer häufiger geschah, gelüstete es sie nach schnellen Opfern. Nach schnellen und vielen. Wahllos und mit in Raserei mündender Unersättlichkeit zu Fall gebracht.

Dilara sah zwei Punks sich in einem düsteren Hauseingang lümmeln. Umgeben von einer Nikotinwolke, die selbst dem Londoner Nebel Konkurrenz machte. Aber nicht nur das. Dilara verzog angewidert die Lippen, als sie den Alkoholdunst der beiden jungen Männer roch, aber es stellte somit kein Problem dar, sich der beiden Angetrunkenen auf die Schnelle zu bemächtigen. Im Gegenteil, als Dilara mit wiegenden Hüften und einem Lächeln, das Sinnesfreuden verhieß, auf die auf den Treppenstufen Sitzenden zutrat, kannten die beiden keinen Argwohn. Und so sehr Dilara sonst die Gegenwehr ihrer Opfer benötigte, war ihr doch in diesem Augenblick nur nach dem reinen Akt des Tötens. Es gelüstete sie nach Opfern, nach Blut, nach Tod...

„Hallo, ihr beiden Hübschen!“ sagte sie lasziv und legte all die Verruchtheit, die in ihrer unsterblichen Seele wohnte, in ihre Stimme hinein. „So alleine?“

Sie zog den größeren und schlankeren der beiden jungen Männer einfach empor, faßte ihn um die Taille, schmiegte sich an ihn, als ob es das Selbstverständlichste auf der Welt wäre, und säuselte: „Na, ihr beiden, wie wäre es mit uns dreien? Ich hatte schon lange nicht mehr das Vergnügen mit zwei so netten Kerlen.“

Sie fühlte sich augenblicklich von zwei Armen umschlungen und lehnte sich an den leicht schwankenden harten Männerkörper des Dünneren, zog sein Gesicht sofort zu sich herunter und küßte ihn. Doch nur flüchtig, denn ihr war nicht nach Körperlichkeit. Als sie ihm in die Lippe biß, lachte er, wenngleich verunsichert. Vor Dilaras Blick legte sich ein blutiger Schleier, der ihre Sinne berauschte. Sie verbiß sich erneut in die Unterlippe und gab kleine schmatzende Geräusche von sich, als das Blut in ihren Mund floß. Ihr Opfer versuchte sich von ihr zu lösen, aber ihr Mund war schon spielerisch über seine klopfende Halsschlagader gewandert. Beinahe zärtlich versenkte sie ihre Zähne darin, nachdem sie zuvor genießerisch mit der Zungenspitze über die Stelle gefahren war. Der Punk schwankte ein wenig, fiel mit dem Rücken gegen die Hauswand und gab nur noch einen Laut des Erstaunens von sich, während Dilara ihre Zähne immer wieder in seinem Hals vergrub und das Leben aus ihm herausfloß. Genau in dem Moment, als er seinen letzten Atemzug tat, verlor Dilara auch schon das Interesse an ihm.

Der Dickere der beiden, der dem Alkohol am meisten zugesprochen hatte und sich kaum noch auf den Beinen hatte halten können, hievte sich mit Mühe hoch, um zu sehen, was sich zwischen seinem Freund und Dilara abspielte. Er lallte vor sich hin, schwankte einige Male bedrohlich und wäre unweigerlich gestürzt, hätte Dilara ihn nicht gestützt und ebenfalls gegen die Hauswand gelehnt. Den Körper seines toten Zechkumpans ließ sie zuvor achtlos zu Boden fallen, bevor sie sich ihrem neuen Opfer zuwandte. Als er ihren blutigen Mund sah, die entblößten spitzen Zähne, schrie er entsetzt auf. Man sah dem Grauen, das in seinem Blick spiegelte, deutlich an, daß er Dilaras Erscheinung seinem Alkoholkonsum zuordnete.

Er murmelte etwas Unverständliches vor sich hin, das sich anhörte wie „nie wieder so einen billigen Fusel" und richtete seinen benebelten Blick auf Dilara, berührte sie vorsichtig, als wolle er sich vergewissern, daß sie real war. Als sie wenig später auch über ihn herfiel, gab er keinen einzigen Laut von sich. Viel zu schnell verlosch seine Lebensenergie. Dilara war unzufrieden, ja beinahe zornig. Es reichte nicht. Es reichte immer weniger.

Königin des Mondes... Göttin des Mondes, durchzog es sie, und Dilara verspürte eine Sehnsucht in sich, die sie zu zerbrechen drohte. Diese Welt wurde ihr zur klein. Da war mehr... noch viel mehr.

Blut, Blut... ich will Blut... ich will mehr... viel mehr... hämmerte es hinter Dilaras Stirn. Die Stimme... der Ruf wurde beinahe unerträglich.

Die Haustür öffnete sich.

Dilara stieß den leblosen Körper des Übergewichtigen, der bleischwer gegen sie gesunken war, von sich und blickte in das stark geschminkte Gesicht einer Frau, die auch schon bessere Zeiten erlebt hatte und offensichtlich im Begriff war, dem ältesten Gewerbe der Welt nachzugehen. Auch sie hatte bereits Alkohol im Blut, das roch Dilara, deren Sinne nun noch sensibler geworden waren. In diesem Viertel schien keiner nüchtern zu sein. Kein Wunder, dachte Dilara, wer hier hausen muß, kann das nur volltrunken ertragen. Doch was kümmerte sie das?

Sie roch nur das Blut, das durch die Adern der Frau floß, und sprang behende auf sie zu, drückte sie mit einem einzigen Stoß zurück in den dunklen Hausflur. Die Frau stieß einen Schrei aus, der aber durch den nächsten, heftigeren Schlag in ihre Rippen erstarb. Man sah ihr förmlich an, daß ihr die Luft wegblieb. Dilara war mit einem Satz an die keuchende Prostituierte heran, näherte ihren Mund deren Hals. Der Geruch billigen Make-ups stieg ihr in die Nase, und sie ließ mit einem angeekelten Laut von der Frau ab. Doch bevor diese ihre Chance zum Entkommen erkannte, riß ihr Dilara den billigen Lackmantel auf. Auch die Polyesterbluse fiel ihrer Angriffswut zum Opfer. Sie sah das schon welke Fleisch der Brüste, aber außer einem süßlichen Hauch billigen Parfums war hier kein störender Geruch. Dilara leckte sich über die Lippen, sah in die Augen der Frau, die wie gelähmt dastand, und beugte sich über deren Brüste. Das Fleisch schmeckte ebenso bitter wie das Blut. Es war nicht vergleichbar mit dem junger Opfer, die Dilara sonst, wenn sie sich Zeit zur Auswahl ließ, bevorzugte.

Dilara zögerte den Tod der Hure heraus, indem sie immer wieder einhielt und die Frau, deren Augen sich vor Entsetzen geweitet hatten, mit Verzücken betrachtete. Sie spürte die Lebensenergie in wellenartigen Schüben in sich übergehen und fühlte die Zuckungen und das letzte Aufbäumen der Frau, das in immer weniger wahrnehmbarem Zittern endete, bis er gänzlich versiegte – der Lebensstrom.

Dilara stieß die Leiche augenblicklich von sich, drehte sich herum, bevor der dumpfe Aufprall erfolgte, und verließ das Haus. Verschmolz wieder mit der Dunkelheit.

Zuvor hörte sie ein zufriedenes Lachen und dachte erst, es

nur in ihrer Phantasie zu vernehmen. Aber als sie sich umblickte, wurde sie eines Schattens gewahr, der sich durch die Gasse bewegte, und war sich sicher, daß es Antediluvian gewesen war.

Greg zog es schon wieder auf den Friedhof. Seit er Roderick und auch Dilara dort gesehen hatte, konnte er sich dem Drang, immer wieder dorthin zu fahren, nicht entziehen.

Wenn er ehrlich war, so zog es ihn mehr zu der schönen Frau hin, was für einen Mann seiner Neigung schon mehr als bezeichnend war.

Aber von ihr ging etwas aus, dem man sich schwer entziehen konnte.

Zumindest in dem Punkt konnte Greg seinen Freund Roderick verstehen. Die Faszination, die dieses Wesen auslöste, das wohl dem hintersten Winkel der Hölle entstiegen war, grenzte an sofortige Selbstaufgabe. Wer sie sah, lief schon im ersten Augenblick Gefahr, ihr zu verfallen. Dessen war sich Greg sicher, und er fragte sich, ob und wann er sie wiedersehen würde.

Er schlich im Schutze der Dunkelheit an die Kapelle heran, die er – das hatte er sich vorgenommen – endlich einmal näher in Augenschein nehmen wollte.

Da wurde er einer Gestalt gewahr, die wohl Ähnliches vorhatte.

„Was treibst du denn hier?“ fragte er scharf.

Mick wirbelte herum und legte den Zeigefinger an die Lippen. „Pssst, schrei doch nicht so!“

Greg wollte etwas Harsches erwidern. Von Partnern, auf die

man sich nicht verlassen konnte, von Chaoten, mit denen man zusammenarbeiten mußte und die einem das Leben unnötig schwermachten, davon, daß er es satt hatte, sich ständig zu fragen, ob auf Mick Verlaß war oder nicht. Und daß er endlich wissen wollte, warum der Kerl soviel Narrenfreiheit bei seinen Vorgesetzten genoß. Aber dann erstarben die noch unausgesprochenen Worte auf seinen Lippen, als er sah, in welche Richtung Micks Zeigefinger, der sich von seinem Mund gelöst hatte, deutete.

Greg erblickte einen Mann, wie er attraktiver nicht sein konnte. Der völlig in sein Beuteschema paßte und ihm die Kehle und Hose eng werden ließ.

Schlank, blond und hochgewachsen. Was wollte man mehr? Dazu Gesichtszüge, die im Mondlicht wie gemeißelt wirkten – feingeschnitten und dennoch maskulin.

Greg schluckte.

Seine Kehle war mit einem Mal staubtrocken.

„Da läuft dir das Wasser im Mund zusammen, was?“ flüsterte Mick anzüglich und fuchtelte mit der Hand herum. „Und mir auch!“

Erst jetzt erblickte Greg auch Dilara, die neben dem blonden Schönling herschritt. Sie schien immer von Männern umgeben zu sein.

„Die Lady ist mir letztens über den Weg gelaufen, und ich habe ein kleines Schwätzchen mit ihr gehalten“, ließ Mick lässig vernehmen.

„Wie schön, daß ich das auch mal erfahre.“ Gregs Stimme klang frostig. „Schließlich ist sie eine wichtige Figur in diesem undurchschaubaren Fall.“

„Eben drum!“

„Eben drum? Was heißt das jetzt wieder?“

„Das heißt, daß ich da vorsichtig agieren muß!“

„Das schließt aber nicht aus, daß du deinen Partner informierst, oder?“ Greg war eindeutig verschnupft.

Mick ging nicht darauf ein.

Typisch, dachte Greg gefrustet, was er nicht hören will, hört er nicht. Sein Blick schweifte wieder zu dem blonden Mann an Dilaras Seite.

„Der Knabe heißt übrigens Guardian.“ Mick kicherte. „Und bevor du mich jetzt fragst, woher ich das weiß... das hat mir die Lady mit dem langen Leben verraten.“

„Hm...“ Greg schien es plötzlich nicht nur die Laune verhagelt, sondern auch die Sprache verschlagen zu haben.

„Hm? Ist das alles?“ Mick verzog das Gesicht zu einer Grimasse. „Kein Lob, kein weiterer Tadel? Nur ein einfaches HM? Da bin ich von dir aber Besseres gewohnt!“

„Hm...“ Zu mehr schien Greg nicht fähig zu sein. Sein Blick klebte förmlich an Guardian. An jeder seiner Bewegungen.

Mick stieß ihn heftig in die Seite. „Hey, du sabberst ja gleich.“ Er schüttelte sich oscarreif. „Das ist ja widerlich.“

Du mich auch, dachte Greg gehässig, starrte aber immer noch Guardian an, der ruhig auf Dilara einsprach. Dann wurde ihm bewußt, was Mick gesagt hatte. Die Lady mit dem langen Leben.

„Was meintest du mit dem *langen Leben*?“ fragte er, obschon er die Antwort darauf kannte.

„Das weißt du doch, sie ist eine Unsterbliche.“ Mick sagte das so leicht dahin, als rede er von dem Wetterbericht.

Greg stieß einen gekünstelt amüsierten Laut aus. „Du hast zu viele schlechte Romane gelesen, mein lieber Mick.“

Der zeigte sich ungerührt. „Keineswegs.“

„Sonst kämest du mir nicht mit so einem hanebüchenen Unsinn daher. Erst behauptest du, Satanisten würden hier ihr Unwesen treiben, und jetzt sind es sogar Vampire. Das wird ja immer abenteuerlicher. Wer weiß, mit was du mir sonst noch kommst." Greg lachte auf.

Lauter als beabsichtigt.

Mick zischte zornig und warf einen raschen Blick in Guardians und Dilaras Richtung. Dann zog er Greg hastig in den Schutz eines Sarkophags.

„Brüll doch nicht so herum!" zischelte er seinem älteren Partner zu und hielt ihn fest an den steinernen Sarg gepreßt. Greg gab keinen Laut mehr von sich, denn Micks bronzefarbene Augen leuchteten ihn mit einem Mal bedrohlich FREMD in der Dunkelheit an.

Dilara lehnte sich entspannt zurück und dachte versonnen nach. Wer war dieser aufsässige Cop, der ihr jetzt schon mehr als einmal über den Weg gelaufen war? Vor allem, warum trieb er sich nachts immer auf dem Brompton Cemetery herum? Immer in der Nähe der Kapelle, die den Eingang zur Welt der Cemeteries verbarg.

Das konnten keine Zufälle sein.

Zugegebenermaßen sah er gut aus, was er auch wußte. Das merkte man deutlich an seinem Verhalten und Auftreten. Von der ersten Sekunde ihres zweiten Aufeinandertreffens an, als er mehr oder weniger mit ihr zusammengeprallt war, hatte er mit ihr geflirtet.

„Hoppala, nicht so eilig", sagte er und hielt sie am Arm. Sein Lächeln hätte nicht charmanter sein können. In einer Art und Weise, die sie früher angesprochen hätte. Vor Calvin. Aber nun erreichte es nur noch die Oberfläche. Was aber tiefer drang, war der Blick seiner Augen, die in einer Farbe erstrahlten, die einen wahrlich erhitzen konnte. Es lag etwas Altes in seinem Blick, das sie anzog, aber auch nachhaltig warnte. Von ihm ging eine zusätzliche Gefahr aus, die nichts mit seinem Beruf zu tun hatte, sondern aus ihm selbst heraus kam.

So empfand sie das in dem Augenblick jedenfalls.

Und ihm ging es mit ihr ebenso.

Wie schon bei ihrem ersten Zusammentreffen machte sie eine Abwehrbewegung, als er sie berührte, und trat rasch von ihm weg. Als wolle sie einen gewissen Abstand zu ihm wahren.

„Keine Sorge, Lady!“ sagte er unzusammenhängend. „Von mir droht Ihnen keine Gefahr!“ Und nach einer Pause: „Von *mir* nicht, Dilara!“

Bevor Dilara nachfragen konnte, was er damit meinte und woher er ihren Namen kannte, denn den hatte sie ihm bisher wohlweislich verschwiegen, war er bereits verschwunden. Auf eine Art und Weise, die sonst nur ihresgleichen beherrschte.

Antediluvian wußte, daß seine Zeit nahte. Die Zeit der Entscheidung und der *Wende*. Aber vor allem die des Handelns, denn es wurde immer unruhiger in Dilaras Umfeld. Immer mehr scharten sich um sie. Kaum einer von ihnen war uneigennützig. Das war ihm keineswegs verborgen geblieben. Und genau das barg zusätzliche Gefahren für seine Pläne.

Antediluvian mußte endlich handeln. Mußte dem allem ein Ende setzen. Jetzt, wo die Mumie so nah war, hier in London, wurde ihm endlich die Möglichkeit geboten, auf die er so lange gewartet hatte. Zumal er wußte, daß es Dilara mehr als einmal in die Aztekenausstellung und somit in die Nähe der Mumie gezogen hatte.

„Der Kreis schließt sich“, murmelte der Fürst der Nosferati. „Du wirst deiner Bestimmung nicht entgehen, Dilara! Mehr noch, ich werde dich ihr zuführen!“

Sie wußte nicht, daß er sie beobachtet hatte und daß ihm beinahe keiner ihrer Schritte entgangen war. Nur in der abgeschiedenen Gasse, als sie ihre Opfer schlug, hatte sie ihn flüchtig erspäht. Aber er hatte sich geschickt zu verbergen gewußt. War nicht in Erscheinung getreten. Zumindest in den Gestalten, die sie von ihm kannte.

Er wollte sie in Sicherheit wiegen.

Auf ihrem trotzigen Feldzug gegen ihn.

Und ihr dadurch ein Stück ihrer Kraft rauben. Durch die vermeintliche Bedeutungslosigkeit, in die er sie versetzte.

Sein Plan war aufgegangen. Zumal Dilara mit dem Mantel des Vergessens zu kämpfen gehabt hatte. Sie war so beschäftigt damit, daß es den Anschein hatte, Antediluvian habe sich von ihr zurückgezogen, sie ihrem Schicksal überlassen und vor allem den Kampf, den auch er ihr angesagt hatte, aufgegeben.

Wie man etwas Nichtssagendes aufgab.

Etwas, das einem ohnehin nicht gefährlich werden konnte.

Aber der Schein trog.

Antediluvian hatte keinen seiner Pläne aufgegeben, und er war immer in Dilaras Nähe gewesen, hatte es aber nicht mehr seinen Handlangern überlassen, ihr auf der Spur zu bleiben... seit... seit er ihr die Schattenchronik in die Hände gespielt hatte. Das würde nicht das einzige bleiben. Es tat not, Zwietracht zwischen der schönen Vampirin und Calvin, ihrem Gefährten, zu säen. Aber im Falle des langhaarigen Vampirs war es sogar angebracht. Aus doppelter Sicht. Antediluvian selbst genoß Calvins Dasein mit Vorsicht, und es stärkte darüber hinaus Dilara, ihn an ihrer Seite zu haben.

Guardian und seine Anhänger taten ihr übriges.

Dem mußte Einhalt geboten werden.

Er mußte handeln!

Antediluvian mußte den Stein endlich ins Rollen bringen. Und das konnte nur er selbst. Er wußte, Dilara würde sich nicht von einem seiner Handlanger in das British Museum locken lassen. Zu viel war in der letzten Zeit geschehen. Ihre Neugier würde ihr zum Verhängnis werden, wenn er sie um ein Treffen bat.

Greg befreite sich mit einer geschmeidigen Bewegung aus Micks Klammergriff und richtete wieder seinen Blick auf Dilara und ihren attraktiven Begleiter.

Genaugenommen wollte er das.

Aber sie waren verschwunden.

„Na, toll, jetzt sind sie weg", schnauzte er Mick an und drehte sich zu ihm herum.

Doch auch dieser stand nicht mehr hinter ihm. Die Stelle war leer.

Greg schüttelte den Kopf. „Ich werde allmählich zu alt für solche Spielchen. Fast alles und jeder um mich herum löst sich in Luft auf." Er schnippte mit den Fingern. „Einfach so. Bei der Dame mit dem *langen Leben* und ihrem Begleiter leuchtet mir das ja noch ein... aber nicht bei meinem Herrn Partner." Er schüttelte erneut den Kopf. „Ich bin wirklich zu alt für diese Spielchen", wiederholte er und beschloß, für diese Nacht die Kapelle Kapelle sein zu lassen. Ihm war nach einem heißen Bad und einem Glas Wein. Und Ruhe, nur noch Ruhe.

„Auf geht's, Greg, nach Hause!“ munterte er sich selbst auf. Er steckte seine Hände lässig in die Hosentaschen und schlenderte los. Immer noch nachdenklich, wie es Mick ständig zustande brachte, sich von einer auf die andere Sekunde buchstäblich in Luft aufzulösen.

„Sonderbar, höchst sonderbar!“ murmelte Greg vor sich hin, senkte den Kopf und starrte im Gehen auf seine Schuhspitzen, als er beinahe von hinten über den Haufen gerannt wurde.

Ein Mann rammte ihn in den Rücken und wollte an ihm vorbeirennen. Ein Mann, dessen Profil Greg bekannt vorkam.

„Roderick, was zum Teufel...“ Die restlichen Worte blieben ihm förmlich im Hals stecken, als er in das blutverschmierte Gesicht und die ebenso besudelte Kleidung des Freundes sah.

Der Angesprochene blieb stehen, mit einem Blick, der Irrsinn widerspiegelte, und der Greg das Blut in den Adern gefrieren ließ.

„Roderick“, stammelte er. „Was ist geschehen? Was hast du getan?“

„Greg... ich... ich muß fort...“

Greg starrte ihn an und konnte kaum fassen, was er zu sehen bekam. Vor allem, was aus dem Freund geworden war. Gregs Gehirn weigerte sich schlicht, das Offensichtliche anzuerkennen. Es konnte einfach nicht sein.

Doch es war so.

Das sah er in dem Funkeln von Rodericks Augen.

Dennoch mußte Greg Gewißheit haben. „Bist du verantwortlich für all diese Morde?“

Der Wiedergänger kicherte wahnsinnig. „Alle... bis auf Evaline. Die hat *er* geopfert!“

„Er?“ fragte Greg gedehnt, und ihm schwante Furchtbares.

„Der Fürst.“

Greg glaubte nicht recht zu hören. „Der Fürst? Was für ein

Fürst? Du redest wirres Zeug, mein Freund. Laß dir von mir helfen!"

„Freund." Der Wiedergänger stieß einen verächtlichen Laut aus, und plötzlich veränderte sich seine Stimme. Sie wurde rauher und schriller. „Dein Freund ist längst tot!"

Greg schwindelte es. „Roderick...", begann er.

„Schweig!" herrschte ihn der Wiedergänger an. „Ich sagte bereits, dein Freund Roderick ist tot."

„Wer bist du?" Greg machte einige Schritte zurück.

„John George Haigh, der Wiedergänger!"

Greg keuchte. „So ist es also wahr..."

Der Wiedergänger nickte und nahm eine entspanntere Haltung an.

„Aber was ist mit Roderick... wie konnte das alles geschehen?"

Der Wiedergänger ging nicht auf die Frage ein. „Tot... er ist tot... man sagt, der Tod stehe am Ende aller Dinge." Es klang beinahe wehmütig, als sehne er den eigenen auch endlich herbei.

Greg starrte Roderick oder das, was von ihm noch übriggeblieben war, betroffen an. „Daß das nicht so ist, sieht man ja an dir!" krächzte er und wünschte sich Mick herbei. Warum hilfst du mir nicht, zum Donnerwetter, fluchte er insgeheim, wo treibst du dich herum? Immer, wenn man dich braucht, bist du nicht zur Stelle, verdammt noch mal.

„Ja", sagte der Wiedergänger und lächelte heimtückisch.

Ein Schatten erwuchs in Sekundenschnelle neben ihm, und eine Stimme erklang, wie sie erotischer nicht sein konnte. Greg Lane hatte nur Augen für die Frau mit den grünen Augen, die ihm plötzlich zum Greifen nah war.

„Bring es zu Ende, Wiedergänger!" sagte sie mit befehlsgewohnter Stimme.

Greg stieß einen krächzenden Laut aus, weil ihm der Sinn ihrer Worte sofort bewußt war, und überlegte fieberhaft, wie er entfliehen konnte. Sie waren nicht weit von der Westmauer des Brompton Cemetery entfernt... wenn er schnell genug wäre... und das Auto erreichen würde...

„Denke erst gar nicht darüber nach!“ Dilaras Stimme klang schaurig durch die Nacht.

Kann sie zu allem Überfluß auch noch Gedanken lesen?, durchfuhr es Greg heiß.

Sie beugte sich zu ihm und lachte häßlich, entblößte dabei ihr spitzes Gebiß. „Manchmal... wenn ich will!“ sagte sie leise. „Aber meist kümmern mich die Gedanken der Sterblichen nicht!“ Sie stieß einen verächtlichen Laut aus. „Dieses elende Gewürm!“

Auch wenn ihre Gefühle ihre Worte Lügen straften, denn sie war sehr wohl in der Lage, Sterbliche zu lieben oder so etwas wie Sympathie für sie zu empfinden. Aber das Gros... das Gros war ihr zuwider... und gleichgültig.

Immer mehr.

Dilara sah den Wiedergänger herausfordernd an: „Bringst du es nun zu Ende? Oder soll ich das für dich übernehmen?“

Greg wartete die Antwort des Wesens, das einmal sein Freund gewesen war, nicht ab, sondern machte auf dem Absatz kehrt und rannte los.

Lief im wahrsten Sinne des Wortes um sein Leben.

Dilaras Zwiespalt, was Calvin anging, der schon wieder in die Welt der Katakomben abgetaucht war, machte sie immer ruheloser. So drängte es sie auch wieder häufiger in das lebhafte

Stadttreiben Londons. Wie auch an diesem Tag, als es sie auf den Portobello Markt führte.

Hier habe ich dich das erste Mal gesehen, Cal, dachte sie nachdenklich und erinnerte sich an den Moment, als sie sich an seinem Buchstand gegenübergestanden und in die Augen gesehen hatten. Dieses Gefühl, dem Wesen zu begegnen, das zu ihr gehörte, war sofort übermächtig in ihr aufgestiegen.

Dilara wischte den Gedanken beiseite und kämpfte sich durch das Menschengewühl der Besucher des Flohmarktes. Von fast jedem, der sie berührte oder streifte, stieg ihr die Blume seines Blutes in die Nase. Mehr als einmal mußte sie sich beherrschen, um nicht ihre Zähne in diese Lebensenergieträger zu schlagen. Dilara blieb an einem Stand in einer Ecke stehen und schloß die Augen. Zu übermächtig wurde der Wunsch in ihr, in einen wahren Blutrausch zu verfallen, zehn, zwanzig – nein, mehr, noch viel mehr – Opfer zu schlagen.

Wie es einer wie dir gebührt, säuselte die Stimme in ihr.

Einer wie mir, dachte Dilara... einer wie mir?

Da war – einem Flash gleich – ein Bild vor ihrem geistigen Auge. Sie sah sich hochaufgerichtet vor einer Schädelwand stehen, mit straff zurückgekämmtem Haar, nackt unter einem dunklem Umhang, der nur dürftig ihre Blöße verbarg, zu ihren Füßen ihre Anhänger...

Die Vision... Calvins Vision... er hatte die Wahrheit gesprochen.

Dilara keuchte, taumelte leicht und hielt sich an dem Stand fest.

„Ist Ihnen nicht gut, Fräulein?" erklang eine zittrige Stimme.

Königin der Mondes, durchzog es sie, *GÖTTIN des Mondes!*

Dilara fühlte eine sonderbare Schwäche in sich aufsteigen.

Und spürte, wie sich das alte Ich in ihr aufbäumte. Wie es sich in ihr ausbreitete in dem Bestreben, die Oberhand zu gewinnen. Sich wie eine Schlange langsam nach oben wand und alles andere zu verdrängen suchte.

Dilara keuchte erneut.

„Kann ich Ihnen helfen?“ Die Stimme des Alten hinter dem Verkaufsstand, zu dem sich Dilara langsam umwandte, hatte etwas rührend Besorgtes.

Dilara betrachtete den Mann mit den unzähligen Verästelungen in seiner Haut. In seinen Augen glomm eine Mischung aus Weisheit und Altersinfantilität. Sein kleiner gebeugter Körper, der beinahe verkrüppelt wirkte, erinnerte sie flüchtig an Cippico. Aber der Gedanke an ihn verflog so schnell wie der Flügelschlag eines Kolibris.

„Nein, danke!“ beeilte sich Dilara zu versichern. „Mir geht es schon besser. Es war nur eine vorübergehende Übelkeit.“

Bevor der Alte etwas erwidern konnte, war sie auch schon wieder in das bunte Treiben des Flohmarktes eingetaucht.

Greg holte auch noch die allerletzten Kraftreserven aus seinem Körper heraus und hetzte mit langen Schritten über den Friedhof, sprang über flache Gräber, lief in Schlangenlinien um hohe Grabsteine herum, kämpfte sich durch dichtes Gestrüpp, ohne darauf zu achten, daß ihm das teilweise dornige Geäst kleine Wunden zufügte. Greg hatte nur eines im Sinn: weg von diesem Friedhof, und so rannte er weiter – ganz so, als wäre ihm der Leibhaftige auf den Fersen.

Doch es war noch viel schlimmer.

Hinter ihm waren Wesen her, die erheblich furchteinflößender waren, weil das Ende, das sie Sterblichen bescherten, vielleicht keines war. Für diese Wesen stand der Tod nicht am Ende aller Dinge. Was dann folgen mochte, darüber wagte Greg nicht näher nachzudenken, denn was ihm seine Vorstellungskraft suggerierte, war zu abschreckend, als daß er sich gedanklich darauf einlassen wollte. Und jetzt war es ohnehin zu spät. Nun hatte ihn die „Realität" bereits eingeholt.

Greg schöpfte gierig Atem.

Das rasselnde Geräusch seiner Bronchien und die Schlieren, die sich vor seine Augen legten, deuteten ihm, daß seine Kräfte bald aufgebraucht sein würden. Und die heftigen Seitenstiche zeigten höhnisch, daß er nicht mehr so wie früher in Form war, zu oft hatte er in letzter Zeit das Training vernachlässigt.

Das rächte sich jetzt!

Doch da kam schon die Westmauer in Sicht.

Ihr Anblick hatte etwas Antreibendes. Greg setzte zum Endspurt an. Wohlwissend, daß er nun alles auf eine Karte setzen mußte, wenn ihm sein Leben lieb war. Er mußte jegliche Energie, die noch in ihm steckte, mobilisieren.

Mit einem Satz sprang er über ein frisch ausgehobenes Grab, in dem wohl in Kürze ein Verstorbener beigesetzt werden sollte.

Für Sekunden sah er sich selbst darin liegen.

Doch es gab noch einen Hoffnungsschimmer in ihm!

Nur noch wenige Meter trennten ihn von der Mauer.

Dann hatte er sie endlich erreicht. Seine Finger krallten sich in das kühle Gestein. Erleichtert zog er sich daran hoch, fühlte sich schon in Sicherheit und wollte sich gerade über die Mauer schwingen, als eine kräftige Hand auf seine Schulter fiel und ihn wieder herunterzog.

„Wohin so eilig, mein *Freund*?" erklang die hämische Frage dicht an seinem Ohr. Greg spürte einen harten, hageren, beinahe knochigen Männerkörper hinter sich, einen warmen Männermund an seinem Hals und schloß die Augen... So schnell stirbt es sich also, war sein letzter Gedanke, bevor sich ein schwarzes Leichentuch über ihn legte.

Dilara blieb wenig später erneut an einem Buchstand stehen, hinter dem gelangweilt ein ungepflegtes Mädchen stand. Ihre unsauberen Finger mit abgekauten Nägeln führten eine selbstgedrehte Zigarette zum Mund. Dilara spürte Abscheu bei dem Anblick. Hände waren wie Visitenkarten der Menschen. Und diese hier zeigten: Unausgeglichenheit und Unsauberkeit. Dennoch trat Dilara an den Stand heran, weil die Bücher, im Gegensatz zu dem Mädchen, alle einen erlesenen Eindruck machten.

Dilara betrachtete die Werke versonnen und konnte nicht widerstehen, über die Einbände zu streichen. Sie hatte sich Büchern noch nie entziehen können. Auch das verband sie mit Calvin. Etwas, das sehr wesentlich für sie war.

Etwas, das noch *menschlich* in ihr war.

Dilara zog einen unscheinbaren, schlichten schwarzen Band hervor, blätterte halbherzig darin herum, während ihr Blick schon über die nächsten Bücher schweifte... und stutzte plötzlich. Sie schlug wieder eine Seite zurück und betrachtete eine Abbildung, die ihr merkwürdig bekannt vorkam. Aber sie konnte sie dennoch nicht auf Anhieb zuordnen. Bis ihr endlich einfiel, wo sie den Kelch mit dem silbernen, kunstvoll gearbeiteten Fuß und dem Gefäß aus blauem Saphir schon einmal gesehen hatte.

Auf Calvins Amulett!

„Der Gralskelch“, las Dilara die Betitelung laut vor und hielt dann aufgeregt inne. Sie war Calvins Geheimnis einen Schritt nähergekommen. Hier auf dem Portobello Markt, wo ihre gemeinsame Geschichte begonnen hatte!

Wenn das nicht Symbolcharakter hat, dachte Dilara und beschloß, Calvin möglichst schnell über den Kelch und die Bedeutung des Amuletts zu befragen. Und dieses Mal würde sie sich nicht wieder mit ein paar Sätzen von ihm abfertigen lassen.

Dilara blickte von dem Buch auf, als Calvin die Kammer betrat.

„Ach, kehren wir auch mal wieder zurück?“ fragte sie ironisch.

„Dilara, bitte!“ Calvins Seufzen klang etwas dick aufgesetzt und machte die Vampirin augenblicklich ärgerlich.

„Dilara, bitte!“ äffte sie ihn nach und blitzte ihn wütend an. „Kannst du dir vielleicht vorstellen, daß ich mir Sorgen mache, wenn du so mir nichts, dir nichts verschwindest und tagelang nicht wieder auftauchst?“ Als er nichts erwiderte, fuhr sie fort: „Besonders nach deiner letzten Vision.“

Calvin schloß sie ungeachtet ihrer frostigen Begrüßung in die Arme und küßte die zarte Stelle ihrer Halsbeuge. „Du mußt dir keine Sorgen machen, Schatz.“

„Jetzt bitte *ich* dich!“ entfuhr es ihr unwillig, und sie wollte sich von ihm lösen, aber Calvin hielt sie eng an sich gepreßt. „Das wäre ja tieftraurig, wenn ich mich nicht sorgen würde. Und heißt das im Umkehrschluß, daß es dir gleichgültig wäre, wenn ich tagelang verschwände?“

„Natürlich nicht!“

Wie bringt er das nur immer wieder fertig, mit zweierlei Maß zu messen, ohne daß ich ihm das wirklich übelnehme?, fragte sich Dilara, und ihr wurde einmal mehr bewußt, welche Faszination er auf sie ausübte. Und wie tief sie schon mit ihm verwachsen war.

Und gerade deshalb empfand sie seine Geheimnistuerei, was das Amulett und den Orden anging, dem er wohl angehörte, als besonders befremdlich.

Dilara löste sich aus der Umarmung und deutete auf das Buch, in dem sie gelesen hatte. Die Seite mit der Abbildung des Gralskelches lag immer noch aufgeschlagen da.

Calvins Blick fiel darauf, und sein Gesichtsausdruck wechselte ebenso rasch, wie seine Mimik einfror.

Dilara tippte provozierend auf die Abbildung. „Nenne es Zufall oder Bestimmung, aber ich war auf dem Portobello Markt... dort, wo ich dich kennengelernt habe. Vielleicht in Erinnerung an unsere Anfänge, auf der Suche nach Nähe...“

„Du gehst auf den *Markt*, um Nähe zu mir zu suchen?“ Auch Calvins Stimme klang eine Spur eisiger, passend zu seinen Gesichtszügen.

„Lieber hätte ich sie real gehabt, das kannst du mir glauben. Aber du erinnerst dich vielleicht daran, daß du es warst, der sich klammheimlich davongeschlichen hat!“

Calvin verzog die Mundwinkel, erwiderte aber nichts.

Doch Dilara hätte ohnehin weitergesprochen, ohne einen Einwand von ihm zu beachten, denn allmählich redete sie sich in Rage. „Jedenfalls fand dieses Buch zu mir. Anders kann ich es wohl nicht ausdrücken. Denn was entdecke ich da zu meinem großen Erstaunen?“ Sie tippte erneut auf die Abbildung. „Diesen Kelch... haargenau den, der auf deinem Amulett ist, über das du dich so beharrlich ausschweigst.“

„Ich habe dir gesagt, daß du alles darüber erfahren wirst, Dilara.“

Seine schulmeisternde Art brachte sie noch mehr gegen ihn auf. „Wie wäre es zum Beispiel jetzt?“

„Ach, Dilara!“ Calvin wollte sich kopfschüttelnd von ihr wegdrehen und die Kammer verlassen.

„Laß mich nicht wie ein dummes Kind stehen!“ schrie sie erbost.

Er wandte sich ihr wieder zu. „Dann verhalte dich nicht so. Wir haben im Moment wirklich andere Sorgen!“

Dilara starrte ihn fassungslos an.

Das ist ja die Höhe, dachte sie.

Du hast dir nun lange genug von ihm auf der Nase herumtanzen lassen, hetzte die Stimme in ihr.

Rote Schleier legten sich vor Dilaras Augen. Die Wut brach jäh in ihr aus. „Was verheimlichst du mir, CALVIN? Rede endlich!“ schrie sie, außerstande, sich zu beruhigen, und zitterte am ganzen Körper. Als Calvin nicht antwortete und weiter der Tür entgegenging, um ihre Unterkunft zu verlassen, ergriff sie das Buch mit der Abbildung des Kelches und schleuderte es in Calvins Richtung.

Coyolxa
(Die Göttin des Mondes)

London, Frühjahr 1574

„Sie ist nicht wie andere Kinder", sagte die Frau mit einer Mischung aus Stolz und Unbehagen. „Sie spricht im Schlaf, in einer Sprache, die keine Ähnlichkeit mit irgendeiner Sprache hat, die ich je in meinem Leben gehört habe. Und vor ein paar Tagen hat Richard beobachtet, wie sie nachts aufgestanden und zu ihrem Schlafzimmerfenster gegangen ist, um den Mond anzustarren."

Ihre Besucherin runzelte die Stirn. „Auf mich macht sie einen ganz normalen Eindruck, Margaret. Sie ist ein so aufgewecktes Kind! Wenn ihr nur etwas über ihre leiblichen Eltern wüßtet!"

„Der Mönch wollte uns nicht sagen, wo sie die ersten fünf Jahre ihres Lebens verbracht hat." Sie flüsterte, damit das Kind, das in einiger Entfernung am Fuße einer mit Wildrosen überwucherten Natursteinmauer spielte, ihre Worte nicht hörte. „Ist dir auch schon aufgefallen, daß ihre Haut niemals Farbe annimmt? Und ihre Augen... sie erwecken den Eindruck, als ob sie tiefer blickten als die anderer Kinder. So sehr ich sie auch in mein Herz geschlossen habe, sie ist mir manchmal unheimlich."

Von den in ihre Unterhaltung vertieften Frauen unbemerkt war auf der anderen Seite der Mauer langsam eine Kutsche herangerollt und hatte auf Höhe des spielenden Kindes haltgemacht. Ihre Fenster waren mit schwarzen Samtvorhängen verhangen. Der Kutscher trug trotz des frühlingshaften Wetters einen schweren Wettermantel und einen Zylinder, der tief ins Gesicht gezogen war. Als das Kind des Schattens gewahr wurde, der die Sonne verdunkelte, sah es mit weit aufgerissenen Augen hoch und begann, das kunstvoll geschmiedete Rankgerüst der Rosen als Leiter benutzend, an der niedrigen Mauer hochzuklettern. Einer der Vorhänge öffnete sich einen Spaltbreit, doch dahinter war nichts zu sehen als lichtschluckende Finsternis.

Erschrocken schrie das Kind auf und fiel rückwärts ins hohe Gras. Augenblicklich setzte sich die Kutsche in Bewegung und entfernte sich mit zunehmender Geschwindigkeit über das holprige Pflaster der Park Lane.

Der Sturz war nicht unbemerkt geblieben. Beide Frauen sprangen von ihren Stühlen im Schatten des alten Hauses auf und eilten zu dem weinenden Kind.

„Komm her, mein dummer Schatz. Dein Daumen blutet ja! Ich habe dir doch gesagt, daß die Dornen spitz sind. Mein Armes, weine nicht, alles wird wieder gut."

London, 2005

Calvin wich dem Buch, das ihm Dilara mit voller Kraft wie ein Wurfgeschoß hinterhergeschleudert hatte, mit einer geschickten Bewegung aus. Es prallte gegen die Wand und fiel mit einem dumpfen Geräusch zu Boden. Calvin beachtete das nicht. Er hatte nur Augen für Dilara, deren Blick grüne Funken sprühte, und deren Wangen sich sichtlich gerötet hatten. Wut hatte sie schon immer schöner gemacht, aber in diesem Moment war sie im wahrsten Sinne des Wortes atemberaubend. Calvins Herz vollführte bei ihrem Anblick einige holprige Schläge, und er hatte das Gefühl, es setze sogar ein-, zweimal aus.

„Wer bist du wirklich, CALVIN?" schrie Dilara und hielt nach dem nächsten Gegenstand Ausschau. Ihre Hand zuckte vor und wollte schon nach einem Kerzenständer greifen, der in ihrer Nähe stand.

Doch Calvin gelangte mit einem einzigen, fließenden Schritt an die schöne Vampirin heran und riß sie an sich. Mit einer Bestimmtheit, die ihre durch die Wut ausgelöste Erregung noch mehr anstachelte. Er war längst nicht mehr der junge Buchhändler, den sie zu ihrem Gefährten gemacht hatte. Der sich mehr als einmal ihrem Willen und ihren jäh wechselnden Launen unterworfen hatte. Calvin hatte schon sehr schnell mit ihr Schritt halten können, und nun schien er sie überflügelt zu haben.

Im gewissen Sinne.

Dilara spürte, daß da mehr in ihm war. Etwas, das er nicht mit ihr teilen wollte. Und das machte sie noch zorniger. Sie wollte das nicht. Sie wollte nicht ausgeschlossen sein. Wollte alles mit ihm teilen. Er war das einzige Wesen, von dem sie keine Ausgrenzung ertrug. Auch wenn selbst diese Einsicht Ärger in ihr wachrief, weil es für sie eine Art Abhängigkeit bedeutete, vor der sie sich schon immer gefürchtet hatte. Die sie aber mittlerweile auch irgendwie brauchte. So wie sie *ihn* brauchte. Calvin, den Undurchschaubaren. Den Charmanten mit der dunklen Seele, den Feinfühligen mit dem Kämpferherz, den Phlegmatischen mit den Wertvorstellungen. Der Gefährte an ihrer Seite, der sie aus seinem Glauben ausschloß.

Bei dem letzten Gedanken züngelte wieder die Wut in ihr hoch. „Wer bist du, Cal?" murmelte sie zwischen seinen Küssen. Zwar leiser nun, aber nicht minder zornig.

Calvin strich mit seinen Fingern ihre geschwungenen Augenbrauen nach. „Ich bin das Wesen, das dich liebt. Das dich *wirklich* liebt."

Dilara versuchte ihre Hände gegen seine schmale Brust zu stemmen und ihn von sich wegzuschieben, aber Calvin hielt sie ungerührt fest an sich gepreßt. „Der mich *so* sehr liebt, daß er mir etwas Wesentliches von sich verschweigt!" fauchte sie ihn an, aber ihr Körper fiel weich gegen ihn, signalisierte ihm längst, daß sie seine Nähe suchte, die sie ebenso brauchte wie ihn.

Calvin griff mit einer beinahe brutalen Geste in ihr langes offenes Haar und zog ihr Gesicht nahe an seines heran. In Dilaras Augen glitzerte augenblicklich Erregung. „Sei nicht immer so aufsässig!" murmelte er und küßte sie immer wieder.

„Das gefällt dir doch!" flüsterte sie, leicht außer Atem.

Als Antwort senkten sich seine Lippen wieder über ihre. Während Dilara seinen Kuß leidenschaftlich erwiderte, sank Calvin mit ihr auf das Bett. Ihre Kleidung glitt wie von selbst von ihnen. Dilara öffnete die halbgeschlossenen Augenlider und betrachtete das Amulett auf seiner nackten Brust. Nicht genau zu wissen, welchem Orden er angehörte, welche Ziele er verfolgte, machte sie nicht nur vorsichtiger, sondern auch hungriger auf ihn. Als übe es einen zusätzlichen Reiz aus.

Calvin ließ seine Hände sanft über ihre weiße Haut gleiten.

Er liebte dieses erregte Wimmern, das sie in die Welt entließ, sobald er sie berührte. Das ihn immer anstachelte, sie fordernder zu liebkosen und küssen, damit es in das zitternde Stöhnen umschlug, das ihn oftmals hilflos machte, weil es so tief in sein Inneres drang. Er hatte viele Frauen besessen, mehr, als er Dilara eingestanden hatte. Auch, weil die Frauen vor ihr – bis auf eine – ohne bleibenden Eindruck in ihm geblieben waren. Aber keine von ihnen konnte wie sie – von ihrem geschmeidigen Körper abgesehen – durch die Vielfalt ihrer Stimmnuancen den Grad ihrer Erregung ausdrücken. Ihre Stimme war neben ihren Augen das, was ihn am meisten ansprach.

Jedoch nichts konnte das Gefühl übertreffen, das von ihm Besitz ergriff, wenn er in sie eindrang. Dann fühlte er wirkliche Macht über sie. Und absolute Nähe.

So auch jetzt.

Er hielt einen Moment inne, um das Gefühl zu genießen, das sich in ihm ausbreitete, wenn er sich ihrer feuchten Wärme bemächtigte. Er brauchte das, fühlte sich dadurch „lebendig“. Als wäre nur sie seine Daseinsberechtigung.

Dilara umklammerte ihn.

Sie liebten sich. Leidenschaftlich, beinahe brutal, so, als wollten sie sich gegenseitig bekämpfen, und dennoch mit einer Nähe, die unübertroffen war. Immer wieder stachelten sie sich gegenseitig an, steigerten die Lust des anderen, als wollten sie gegenseitig über den anderen triumphieren.

Dilara vergrub ihre Zähne in Calvins Brust, spürte auch seine an ihrer... *in* ihrer, fühlte den sanften Schmerz, der ihre Begierde ausufern ließ, ihre Lippen wanderten weiter, bissen sich wieder bis an seinen Hals hinauf.

Calvin stöhnte, riß Dilara fester an sich und begrub sie unter sich. Ihre Körper rieben sich aneinander – Haut an Haut –, bis sich Dilara unter Calvins mageren Körper hervorschlängelte, ihn in die Laken drückte und sich seiner bemächtigte.

Sie schrie leise auf, als sich ihr Schoß wieder über ihn senkte und er ihr mit einem geschickten Stoß seines sich aufbäumenden Beckens entgegenkam.

Auf dem Höhepunkt der Lust krallte sie ihre langen Nägel in sein Fleisch, beugte sich tief über ihn, so daß ihre Brüste vor seinem Gesicht auf- und abwippten.

Calvin sah mit verschleiertem Blick zu ihr auf, in ihr erhitztes Gesicht, das im Rhythmus der Wellen ihres Orgasmus die Konturen wechselte... und schrie auf.

Mick stand vor der Leiche seines Partners und betrachtete sie nachdenklich. Greg Lane hier auf diesem Friedhof tot aufzufinden erstaunte ihn nicht sonderlich, so wenig wie es ihn erschreckte. Für Mick war der Tod etwas völlig Natürliches. Nichts, was ihm Furcht einflößte. Er war erst recht kein Tabuthema wie für die meisten Menschen, die dachten, er würde nur andere ereilen und an ihnen vorbeiziehen. Gregs Tod hatte Mick so sicher wie das Amen in der Kirche kommen sehen, seit er einen Blick in das Dossier geworfen und von Dilara und Roderick Herrington gelesen hatte. Mick ging in die Hocke, drehte den bäuchlings liegenden Körper seines Partners herum und beäugte aufmerksam die schrecklichen Wunden, die man ihm zugefügt hatte. Als habe ein wildes Tier sein Opfer „gerissen“. Es war in der Tat kein schöner Anblick.

„Manometer... das war wirklich saubere Arbeit!“ murmelte Mick vor sich hin. Es klang beinahe anerkennend, so als wäre ein Meister seines Fachs zugange gewesen.

„So kann man es auch nennen.“ ertönte da eine tiefe, verrauchte Stimme hinter ihm. Eine, die mindestens sechzig Zigaretten am Tag vermuten ließ.

Mick erhob sich geschmeidig und drehte sich noch in der Bewegung herum. „Ah, sieh an, die Spurensicherung gibt sich die Ehre“, feixte er und grinste dann breit über das ganze Gesicht.

„Dich scheint ja der Tod deines Partners schwer zu erschüttern.“ Joe von der Spurensicherung hatte den großmäuligen Grünschnabel noch nie leiden können. Jetzt, als er in dessen Grinsegesicht sah, noch viel weniger. Joe war zwar kein besonderer Freund von Greg Lane gewesen, aber das ging ihm dennoch gehörig gegen den Strich.

Da hört doch alles auf, dachte er erbost, steht neben seinem ermordeten Partner, die Hände bis an die Ellbogen in den Taschen vergraben, und grient sich einen. Man sollte ihm das dämliche Grinsen aus dem Gesicht schlagen. Joe kribbelte es in den Fingern, den Gedanken in die Tat umzusetzen, nur mit Mühe und Not konnte er sich beherrschen.

„Hölle noch mal, du müßtest mal deinen finsteren Gesichtsausdruck sehen. Man könnte fast meinen, du denkst, *ich* hätte Greg ins Jenseits befördert."

„Dir traue ich alles zu!" konnte sich Joe nicht verkneifen. Und meinte das auch so. Dem Grünschnabel traute er wirklich alles zu. Die Gerüchte, die um ihn kursierten, nährten das noch. Der Bursche war Joe mehr als suspekt.

„Interessant zu wissen." Mick war keinen Deut beeindruckt oder gar beleidigt, wie man seinem gelassenen Gesichtsausdruck deutlich ansah. Ihm war diese Quarktasche auf Beinen völlig schnuppe. Wieder wanderte sein Blick auf die am Boden liegende Leiche seines Partners.

Greg Lane war ganz in Ordnung gewesen. So befand Mick in dem Augenblick, aber als er sich herumdrehte, wegging und Joe einfach stehenließ, war sein Interesse an dem Toten bereits vollends gewichen.

Es gab Wichtigeres für Mick zu tun.

Viel Wichtigeres.

Aztlan, November 1891

Roger Gallet verließ sich während ihres Marsches durch den Urwald auf Dilaras besondere Fähigkeiten. Noch immer dauerten die von Aztlan ausgehenden Kämpfe mit den Waldbewohnern an. Auf dem schmalen Pfad patrouillierten Bewaffnete, und alleine dank Dilaras geschärften Sinnen umgingen sie einige gut getarnte Fallgruben und Netze. Abends waren sie der Stadt bereits so nahe gekommen, daß sie die Flamme auf der Pyramide deutlich vor sich sahen. Sie richteten sich in einem Dickicht auf eine lange Nacht ein, während der sie abwechselnd wachen wollten.

Als es dunkel wurde und das Singen von Zikaden den Wald erfüllte, besprachen sie ihr weiteres Vorgehen.

„Ist es das wert, noch einmal nach Aztlan zurückzukehren?“ meinte Roger Gallet. „Ich meine, vielleicht sollten wir später…“

„Später? Es wird für mich kein Später geben, Roger. Ich muß für mich einige Dinge klären. Warum verstehe ich die Sprache der Azteken? Was meinten Unvaale und Coyolxa, als sie sagten, mein Kommen sei vorhergesagt worden? Ich werde den Priester zur Rede stellen. Ich spüre, daß er etwas weiß! So unglaublich es klingt… ich scheine hier meinen Ursprung zu finden… und mein Schicksal.“

„Ich habe ein ungutes Gefühl. Aber ich werde dich auf keinen Fall alleine gehen lassen. Erinnere dich daran, was im Tempel geschehen ist. Es könnte zu einer ähnlichen Situation kommen, in der du meine Hilfe brauchst.“

Dilara schwieg. Sie gab ihre Schwäche nicht gerne zu. In ihren Überlegungen über das weitere Vorgehen hatte sie Gallet als Behinderung empfunden, doch seine Argumente sprachen für ihn.

„Es stimmt. Manche Dinge fallen Menschen leichter als unsereinem. Wir werden zusammen gehen. Aber ich möchte nicht riskieren, daß der Sonnenstein in Unvaales Hände gerät. Das würde womöglich unvorhersehbare Folgen haben."

Je näher sie der Stadt kamen, desto vorsichtiger bewegten sie sich im Licht der trüben Morgensonne. Roger Gallet hatte vorgeschlagen, den See in einem Boot zu überqueren, doch Dilara hatte dies kategorisch abgelehnt. Leider bot sich den ganzen Tag über, den sie in einer Hütte in einem der langgestreckten Gärten unweit der Brücke verbrachten, keine Gelegenheit, diese ungesehen zu benutzen.

Die Besitzer des kleinen Anwesens hatte Dilara in einem überraschenden Überfall getötet. Sie war dabei beinahe in einen wahren Blutrausch verfallen, indem sie sich an die Opferungen, die sie auf der großen Pyramide beobachtet hatte, erinnerte.

Nachdem sie ausgiebig getrunken und die Toten in einem Boot im Schilf der Uferzone beseitigt hatte, holte sie Roger Gallet in ihr Versteck. Der Anthropologe, der einen Faden geronnenen Blutes an Dilaras Mundwinkel bemerkte, schwieg mit versteinerter Miene.

Als es Abend wurde, kam Dilara eine Idee. Sie hatte die Toten ihrer Kleidung beraubt, bevor sie sich ihrer entledigte. Die bunten groben Tücher lagen achtlos auf den Boden geworfen in einer Ecke des Raumes.

„Das ist zwar keine perfekte Tarnung, aber so könnte es gehen", sagte sie und legte widerwillig den rauhen Stoff über ihrer eigenen, inzwischen reichlich zerschlissenen Kleidung an. „Leider täuscht es nicht über unsere Hautfarbe hinweg. Aber im Dunkeln…"

Als sie einander prüfend betrachteten, waren sie mit dem Ergebnis zufrieden. Es standen sich zwei echt wirkende Azteken gegenüber. Roger hatte eine unförmige Kappe aus verfilztem Stoff aufgesetzt, Dilara trug ihr schwarzes Haar zu einem dicken Knoten am Hinterkopf gebunden.

„Na, dann los!" sagte Roger Gallet und konnte zum ersten Mal seit Tagen lachen.

Die beiden traten hinaus in die finstere Nacht und bemerkten erleichtert, daß ihre Hautfarbe kaum zu erkennen war. Sie vereinbarten, daß – sollten sie angesprochen werden – immer Dilara antworten sollte, die das Nahuatl wie eine Muttersprache gebrauchte.

Den Weg zur Brücke brachten sie unbehelligt hinter sich. Etliche Menschen schienen den Feierlichkeiten beiwohnen zu wollen, die den aufgefangenen Gesprächsfetzen nach die ganze Nacht andauern würden. Der Blumenkrieg hatte reichlich Opfer gebracht. Rund um den Templo Mayor waren gewaltige Feuer entfacht worden, die – wenn Dilara das richtig verstanden hatte – der Zubereitung von Fleisch dienen sollten.

Als sie an der Brücke anlangten, auf der aztekische Krieger patrouillierten, setzten die bereits bekannten Trommeln ein. Todesschreie drangen von der Insel herüber. Dilara und Roger mischten sich unter eine Gruppe aufgeregt schnatternder Bauern und nutzten das Dunkel in der Mitte des Steges, um unerkannt zur Stadt hinüberzukommen. Die Straßen waren zwar festlich erleuchtet, aber da sich der Mond in dieser Nacht nicht blicken ließ, herrschte ein dämmriges Zwielicht, das den beiden Eindringlingen ebenso gelegen kam wie die Tatsache, daß die Menschen bereits kräftig dem Pulque, einem vergorenen Agavensaft, und Peyotl zugesprochen hatten und sich in einem Rauschzustand befanden.

Dilara und Roger drängten sich zielstrebig durch die ausgelassen Feiernden in Richtung Pyramide, wo die grausamen Opferungen offenbar ihrem Höhepunkt entgegenstrebten. Dilara sah, daß die Stufen des Bauwerkes von frischem Blut glänzten. Eine derartige Erregung ergriff von ihr Besitz, daß sie am liebsten alles Menschliche in sich verleugnet und der Lust nachgegeben hätte, an dieser grausig-herrlichen Zeremonie teilzunehmen.

Sie sah die Feuer, die um die Pyramide entfacht worden waren, und sog den Geruch des darüber gebratenen Fleisches ein, das ein dämonischer Zeremonienmeister von der Spitze der Pyramide hinabwarf. Es war der Hohepriester Tonatiuhs, Unvaale Tidin, und seine Maske war rot vom Blut derer, denen er bei lebendigem Leibe die Herzen entriß, um das sprudelnde Blut zu trinken und darin zu baden.

Roger Gallet berührte Dilaras Arm und riß sie dadurch aus ihrer Verzückung. „Dilara, wir fallen auf! Wie geht es nun weiter?“

„Ich muß zur Spitze der Pyramide! Um dahin zu gelangen, benutzen wir einen Geheimgang. Unvaale selbst hat ihn mir gezeigt.“

Auf dem Weg mußten sie bedenklich nahe an einem der Feuer vorbei, erreichten den Fuß der Pyramide jedoch, ohne bemerkt zu werden. Die Basreliefs im Stein waren feucht, und als Dilaras Finger darüber glitten, färbten sie sich rot.

Sie fanden die Stelle, die Unvaale gedrückt hatte, und ein tonnenschwerer Steinblock glitt wie durch Magie bewegt zur Seite. Vor ihnen gähnte eine Öffnung, die schwärzer war als die Nacht, aus der sie gekommen waren. Dilara verschwand darin, und Roger Gallet folgte ihr. Der Block schob sich lautlos an seinen Platz zurück.

Dilara erinnerte sich noch sehr genau an den Weg, den sie

nehmen mußten. Sie hoffte nur, keinem der Vampire aus der Pyramide zu begegnen. Doch die nahmen wahrscheinlich alle an den Feierlichkeiten teil. Schließlich wurde dieses Blutbad zu ihren Ehren und der Stillung ihres Durstes abgehalten. Dilara ließ eine Reihe von Abzweigungen, in denen blakende Fackeln brannten, unbeachtet, und kam zu einer hinaufführenden Rampe.

Roger Gallets Schritte hallten dumpf hinter ihr.

Am Ende der Rampe hielt sich Dilara rechts. Sie mußte dem verwinkelten Gang um mehrere Ecken folgen, um zum nächsten Aufgang zu gelangen. Ein Mann kam ihnen entgegen. Auf seinen Zügen war Erstaunen abzulesen, als Dilara ihn ansprang und ihm ihre Klauen in die Schultern schlug, um ihn in den Hals zu beißen. Unter Rücksichtnahme auf Roger Gallet saugte sie ihr Opfer jedoch nicht völlig aus, sondern begnügte sich damit, sein Genick zu brechen.

London, 2005

Dilara betrachtete versonnen Calvins gelöste Gesichtszüge. So gelöst, wie sie nur dann waren, wenn sie sich vereint hatten. Wie jung er dann immer aussieht, dachte Dilara, und eine Welle der Zärtlichkeit schwappte über sie hinweg. Sie fühlte den inneren Drang, die Hand auszustrecken und über die Wangen ihres Geliebten zu streicheln. Sacht, wie sie es nur in solchen Momenten vermochte. Das waren die Augenblicke, die zählten. Für *den* Teil in Dilara, den sie sich bewahren wollte, den sie hütete wie einen kostbaren Schatz. Den ihr auch das alte „Ich“ nicht nehmen konnte und sollte.

Doch sie widerstand der Versuchung, zog die Hand wieder zurück, glitt geräuschlos aus den Laken, schlüpfte in ihre Kleidung, aus der Felskammer und der unterirdischen Welt der Cemeteries.

Wie immer, wenn sie sich mit Calvin geliebt hatte und diese speziellen Energien in ihr frei wurden, trieb es sie hinaus. Und wie schon so häufig in den letzten Nächten zog es sie in die Nähe des British Museum oder hinein. Seit sie die Mumie dort zum ersten Mal gesehen hatte, schien sich der Kreis allmählich zu schließen. So kam es Dilara zumindest vor.

Calvins Gesicht schob sich vor ihr geistiges Auge.

Wieviel hatte sich bewegt, seit er in ihr Leben getreten war. Er hatte irgend etwas in ihr in Bewegung gebracht und Blockaden gelöst. Seit er sie begleitete, hatte sie das Gefühl, sich in die richtige Richtung zu bewegen.

Aber er hatte auch ein Fragezeichen mehr in ihr Hirn gepflanzt.

Wer bist du wirklich, Cal, fragte sie sich zum wiederholten Male und floß auf das Museum zu, durch die Wände hindurch und nahm neben dem Sarkophag der Mumie Gestalt an.

Göttin des Mondes, wisperte es wieder hinter ihrer Stirn, *Göttin des Mondes*.

Dilara versuchte die Stimme zu ignorieren und konzentrierte sich erneut auf den schwarzen Steinsarg.

Hier bin ich, dachte sie, so intensiv, als halte sie mit der Einbalsamierten Zwiesprache, und wäre nicht erstaunt gewesen, eine Antwort zu erhalten. Aber es blieb still um sie.

Aztlan, November 1891

Unvaale liebte Nächte wie diese: Nächte des Blutes, Nächte der Verzückung. Er war längst satt, tötete nur mehr des Tötens willen. Hätten die Menschen geahnt, welch schrecklichen Göttern sie huldigten, und wer deren Priester waren, sie hätten sich vor Grauen abgewandt. Aber im Grunde war es genau dieses Spiel, das auf den mächtigen Vampir den größten Reiz ausübte. Deshalb liebte er diesen Ort. Hier war er *Gott*.

Gleichwohl sagte ihm eine innere Stimme, daß etwas schiefgelaufen war. Er hatte zwei Nächte zuvor gespannt das Nordufer des Sees beobachtet und am Morgen gesehen, daß an der Stelle, wo sich der Tempel der Coyolxa befand, ein großes Feuer brannte.

Doch warum war Dilara – ob mit oder ohne den Sonnenstein, den würde er sich früher oder später holen, jetzt, da die Mondgöttin vernichtet war – noch nicht zurückgekehrt?

Gewiß, er rechnete damit, daß sie ihn hinterging. Doch er schätzte ihre Neugierde so groß ein, daß sie nach der Befreiung ihres menschlichen Gefährten nach Aztlan zurückkommen würde, um Antworten zu finden…

Unvaale sah sich um. Die Priester der Coyolxa nahmen wie üblich an der Feier teil. Das schrieb die Ordnung vor. Unvaale hatte den Eindruck, daß es an diesem Abend sogar noch mehr als sonst seien. Diese Narren ahnten nicht, daß ihre Göttin durch das Sonnenfeuer Tonatiuhs vernichtet worden war.

Auch ihn hätte es vernichtet. Ob Dilara wohl mit ihrem unheiligen Leben davongekommen war? Ja, das war sie. Er hätte ihren Tod gespürt, so wie man verwandtes Blut spürt.

Seine Diener legten ein neues Opfer auf den monolithischen Altar. Es war ein Mann aus einer der Siedlungen am

Seeufer. In seinen Augen war keine Angst abzulesen. Offenbar hatte er beschlossen, mutig zu sterben. Helfen würde ihm das nicht. Er würde den Weg der anderen gehen.

Zufrieden blickte Unvaale auf die lange Obsidianklinge, die er mit beiden Händen führte. Als er erneut in die Augen des Mannes blickte, fand er dort einen ganz anderen Ausdruck: ungläubiges Erstaunen. In diesem Moment traf Unvaale ein gewaltiger Stoß in den Rücken. Und gleich darauf riß ihm eine scharfkrallige Klaue seine blutverschmierte Maske vom Gesicht.

Als Dilara und Roger Gallet die oberste Stufe der Pyramide erreichten, fanden sie den Priester des Tonatiuh zum Greifen nahe vor sich. Obwohl er ihnen den Rücken zuwandte, erkannten sie ihn an seinem rituellen Gewand und der Maske, die er trug. Er hatte seinen Zeremoniendolch hoch über den Kopf erhoben, bereit, ein weiteres Leben zu nehmen.

Dilara fühlte sich in ihren Traum versetzt. Das Feuer Tonatiuhs brannte mit kalter Flamme. Trotz der zahlreichen Priester und Famuli machte sie sich bereit, aus dem Schatten zu treten.

Da geschah etwas, das ihr förmlich die Kehle zuschnürte.

Aus der Luft stieß etwas herab, geradewegs auf Unvaale zu, rammte ihn, warf ihn zu Boden und war sogleich über ihm, um ihm die Maske vom Gesicht zu reißen.

Ein entsetzter Aufschrei ging durch die Priester, von denen einige einfach über den Rand des Plateaus in die Tiefe sprangen.

Roger und Dilara versuchten, das Gesicht des Tonatiuhpriesters zu sehen. Doch es gelang ihnen nicht. Dafür sahen sie nur zu gut das *Ding*, das auf seiner Brust hockte, ihn zu Boden drückte und versuchte, seine Fänge in Unvaales Hals zu graben.

Es war ein schuppiges, verbranntes Etwas mit zerfaserten, löchrigen, schwarzen Schwingen. Es war das, was das verheerende Feuer Tonatiuhs von der einst verführerischen Göttin des Mondes übriggelassen hatte. Zuwenig, um noch existieren zu können, zuviel, um endgültig zu vergehen, gefangen in einem furchtbaren Zustand.

Sie war gekommen, um Rache an dem zu nehmen, der ihr dies angetan hatte. Zwei Tage lang hatte sie sich in einer dunklen Erdhöhle verkrochen und ihre Wunden geleckt. Dann kehrte ihr Bewußtsein zurück, und ihre Wut erwachte. Wie eine Motte war sie von dem hellsten Licht im Tal herbeigelockt worden. Es führte sie direkt in das Zentrum Aztlans, das sie vor langer Zeit gegen ihr selbstgewähltes Exil eingetauscht hatte.

Im Schein des kalten Feuers hatte sie Unvaale entdeckt und stürzte sich nun wie ein wildes Tier auf ihn, ohne die Gefahren abzuwägen, denn zu derart komplexen Gedanken war sie noch nicht oder nicht mehr fähig.

Unvaale wirkte hilflos und bereits besiegt, doch dann ging mit ihm eine bemerkenswerte Veränderung vonstatten. Er sprengte den Griff der verbrannten Göttin und stieß sie mit einem kraftvollen Tritt von sich. Als er auf die Beine kam, drehte er sich herum, so daß Dilara sein Gesicht sah. Das… nein… das war unmöglich!

Es war Antediluvians Gesicht!

Roger Gallet kannte den Urnosferatu nicht, aber er fühlte Dilaras Überraschung und vermutete anhand der überraschenden Wendung, daß die Dinge ganz anders liefen als geplant. Er wußte genug, um das zu erkennen, was da vom Himmel herabgestürzt war. Und während Dilara sich auf den Zweikampf der Vampire konzentriert hatte, hatte er beobachtet, wie sich die Zahl der Priester, die das Zeichen der Mondgöttin trugen, binnen kürzester Zeit noch einmal verdoppelt hatte. Er hatte auch gesehen, daß sich in ihren Tonkrügen keineswegs Pulque befand, sondern ein feines, schwarzes Pulver.

Einem unbestimmbaren Gefühl folgend packte er die gebannt starrende Dilara, riß sie herum und stieß sie vor sich her in den dunklen Gang.

„Was tust du?!" Dilaran wehrte sich und wollte zur Plattform zurück. Es wäre ein leichtes für sie gewesen, Roger Gallet beiseite zu wischen. „Das da oben war Antediluvian! Er ist in Aztlan. *Deshalb* war er verschwunden! Er muß hier einen teuflischen Plan verfolgt haben, und wir sind ihm auf den Leim gegangen. Dieser Teufel!"

„Dilara, du mußt mir vertrauen... die Priester der Coyolxa, es sind zu viele dort oben. Sie haben etwas vor! Ich glaube, wir sollten..."

Eine dumpfe Explosion erschütterte die Pyramide. Der Boden erzitterte und schwankte so stark, daß es Roger Gallet beinahe von den Beinen gerissen hätte. Ihnen kamen plötzlich Menschen entgegen, Menschen und... das vermutete der Anthropologe: *Vampire*. Doch niemand nahm Notiz von ihm und seiner Begleiterin.

„Wir müssen hier raus!“ schrie er, aber Dilara schien den Ernst der Lage bereits begriffen zu haben. Sie zeigte in die Richtung, die sie zu nehmen hatten. Immer mehr Menschen drängten ihnen von unten entgegen. Das Vorankommen wurde schwieriger. Dann wurde die Pyramide erneut erschüttert. Steine fielen von der Decke herab, und plötzlich stürzte sie etwa zehn Meter vor ihnen ganz ein. Der Gang wurde verschüttet. Es war kein Durchkommen mehr möglich.

Wo mochten sie sich befinden?

„Nach links!“ rief Dilara, doch ihre Worte gingen in einer weiteren Explosion unter. Roger Gallet folgte ihr. Sie liefen durch einen langen hohen Gang, der Dilara bekannt vorkam. Er mündete in einen hohen Saal im Zentrum der Pyramide, in dem ein Handgemenge im Gange war. Priester der Mondgöttin waren in das innerste Heiligtum Tonatiuhs eingedrungen und lieferten sich einen erbitterten Kampf mit dessen Wächtern, die jedoch durch das Ablenkungsmanöver auf der Pyramidenspitze in der Unterzahl waren. All das schien gut geplant und von langer Hand vorbereitet.

Dilara, die sich mit Roger Gallet eng an eine Wand preßte, die gänzlich mit menschlichen Totenschädeln verkleidet war, sah, daß auf Tonatiuhs Seite mindestens drei Vampire in den Kampf verwickelt waren. Sie wüteten furchtbar unter den Angreifern, konnten aber nicht verhindern, daß diese den Sarkophag des Gottes öffneten und die mumifizierte Gestalt, die einst Mensch oder Untoter gewesen war, herauszerrten, um ihr mit einem langen, schwertartigen Holz das widerlich anzusehende Haupt abzuschlagen.

Ein weiterer Stoß, der schwerste bisher, ging durch die Pyramide. Ihm war keine Detonation vorangegangen. Plötzlich fühlte Dilara hinter sich eine Bewegung. Ein Teil der Wand war zurückgewichen, entweder, weil sie einen verborgenen Mechanismus berührt hatten, oder durch die Erschütterung.

Dilara riß Roger Gallet mit sich in einen Gang hinein. Zu ihrer Überraschung war an seinem Ende Licht. Dies mußte ein weiterer geheimer Zugang sein!

Sie stolperten ins Freie und sahen, daß sich die gesamte Stadt in Aufruhr befand. Die Wasser des Sees schlugen schäumend an die Ufer der Insel, und der Himmel schien wie eine über den Talkessel gestülpte Glocke ionisierter Luft. Der Kampf zwischen Coyolxa und Unvaale – *Antediluvian!* verbesserte sich Dilara immer noch fassungslos – auf der Spitze der Pyramide dauerte immer noch an. Dilara und Roger stürmten über die breite Treppe hinab in die Straßen der Stadt, wo die meisten Feiernden noch nichts von den Vorgängen mitbekommen zu haben schienen.

„Wir müssen fliehen!“ schrie Roger Gallet, ohne daß eine Notwendigkeit dazu bestanden hätte. Dilara war dicht neben ihm, hielt seine Hand, auf daß sie nicht getrennt werden sollten. „Ein Kataklysmus ist in Gang gesetzt worden. Ich weiß nicht, wodurch. Aber ich habe eine schreckliche Befürchtung!“

Sie hatten die Brücke erreicht, die durch die Wucht der Wellen und *etwas*, das wütend unter ihren Füßen tobte, heftig erbebte. Dilara warf einen Blick zurück. Irgend etwas hatte sich verändert, aber sie konnte nicht auf Anhieb sagen, was es war.

Roger Gallet erfaßte die Situation rascher: „Das Feuer! Das Feuer auf der Pyramide ist erloschen!“

Über dem See ging die Sonne auf, und mit einem Mal riß die Wolkendecke auf; goldenes Licht fiel auf die rauchenden Trümmer dessen, was einst Aztlan gewesen und nun im Begriff war, im See zu versinken.

„Das fünfte Zeitalter endet mit einem Erdbeben“, murmelte Dilara. „Wo habe ich das gehört oder gelesen? Nun ist es wahr geworden.“

Sie standen am Eingang der Klamm, durch die sie – vor wie vielen Tagen? Es mußte ein halbes Menschenleben gewesen sein! – das Tal betreten hatten.

Roger Gallet hielt das lederne Paket, das er aus seinem Versteck geborgen hatte, fest umklammert. Es war der einzige Beweis für die Dinge, die ihnen widerfahren waren.

Unvaale, Tonatiuh, Coyolxa, Aztlan... alles vergangen, versunken im See, bis auf die Pyramide, die noch über die Wasserfläche hinausragte.

Roger Gallet wollte etwas sagen, doch ihm versagte die Stimme. Wortlos drehte er sich um und folgte dem Saumpfad, über den einst die fünfzig Zauberer aus Tenochtitlan gekommen sein mußten.

Nach einem halben Tag erreichten sie den Ausgang der Schlucht und fanden alles, was sie zurückgelassen hatten, unberührt vor. Die Maultiere, an langen Lederriemen angebunden, weideten friedlich.

Erst jetzt wurde Roger und Dilara bewußt, daß sie noch immer die Kleidung der Azteken trugen. Sie tauschten sie gegen frische aus ihrem Gepäck, das bei den Lasttieren verblieben war, und wußten, daß vor ihnen noch ein weiter Weg lag.

London, 2005

Antediluvian fühlte eine gewisse Erregung, als er neben einem Steinengel auf dem Brompton Cemetery Gestalt annahm. Dilara war ganz in der Nähe. Das fühlte er.

Und richtig.

Ein dunkler Schatten wirbelte herbei und nahm neben ihm Gestalt an.

„Sieh an, der hohe Herr gibt sich die Ehre!" Dilaras Stimme troff vor Hohn. „Das muß ja einen ganz besonderen Anlaß haben, wenn du höchstpersönlich erscheinst und nicht einen deiner Handlanger schickst, Antediluvian." Ihre grünen, schrägstehenden Augen musterten ihn kalt.

Sie ist noch schöner geworden, durchfuhr es den Fürsten der Nosferati, schöner und gefährlicher.

„Es wird Zeit, daß wir uns nicht mehr aus dem Weg gehen", sagte er ruhig und fuhr rätselhaft fort. „Und es wird Zeit, daß wir das zu Ende bringen, was wir begonnen haben."

„Was *wir* begonnen haben?" Dilara lachte mit einem leicht hysterischen Unterton. „Passender wäre wohl die Formulierung, was DU begonnen hast!" Sie kniff ihre Augen zu schmalen, grünen Schlitzen zusammen. „Du hast von Anfang an etwas im Schilde geführt. Und ich war der Schlüssel dazu. Ich weiß mittlerweile, daß du schon viel früher meine Geschicke in die Hand genommen hast, in dem Augenblick, als du mich von den Tyburn Gallows gerettet hast." Sie stieß einen undefinierbaren Laut aus. „Schon viel früher... du hat deine scharfkralligen Finger schon seit meiner Geburt im Spiel, Antediluvian!" Sie zuckte zusammen, weil sie sich über den Inhalt ihrer Worte bewußt wurde. Eine neue Erinnerungslücke hatte sich geschlossen. „Und ich bin nicht gerade begeistert darüber. Vor allem, weil mir immer noch nicht klar ist, welches Ziel du wirklich verfolgst. Aber eines weiß ich genau: es bekommt mir nicht gut, dich in meiner Nähe zu haben", fuhr sie fort.

„Dabei könnten wir zusammen so stark sein, Dilara!" Seine Stimme hatte wieder diesen ruhigen, einlullenden Klang. „Wenn du Vertrauen zu mir hättest!"

Dilara stieß einen schrillen und wütenden Schrei aus und hätte sich am liebsten auf ihn gestürzt. „Vertrauen? Sagtest du allen Ernstes Vertrauen?" Wieder schrie sie auf. „Und das aus deinem Munde. Warst nicht du es, der mich vor dem Rat der Alten denunziert und verraten hat? Der meine Vernichtung gefordert hat? Und da wagst du es allen Ernstes, von mir Vertrauen zu fordern, alter Mann?" Sie zischte ihn an und wirkte nun in der Tat so, als ob sie sich jede Sekunde auf ihn stürzen würde. „Du läßt mich immer noch im Unklaren über meine wahre Herkunft, bist machtbesessen und benutzt alles und jeden nach deinem Gutdünken und wie es dir in die Pläne paßt. Vertrauen ist das Allerletzte, das ich dir entgegenbringen würde. Die, die es bisher getan haben, haben alle dafür bezahlt. Mit ihrem Leben und ihrer Seele."

„Die Dinge sind oft nicht so, wie sie erscheinen, Dilara!" erwiderte er beinahe sanft.

Das brachte sie noch mehr gegen ihn auf. „Dann sage mir endlich, *wie* sie sind, und spiele nicht den Väterlichen. Die Rolle steht dir nicht!"

Antediluvian erwiderte nichts, sondern lächelte nur wissend. Das versetzte sie noch mehr in Rage. Doch plötzlich durchfuhr sie ein Gedanke. „Was ist mit der Mumie, Antediluvian?" Ihre Augen funkelten ihn an. „Und komm mir jetzt nicht mit der Frage: *welche Mumie?* Du weißt genau, welche ich meine! Warum zieht es mich immer in ihre Nähe?"

Antediluvian sah Dilara ruhig an. „Komm morgen nacht in

das Museum, und du wirst es erfahren!“ Nach einer Weile fügte er noch hinzu. „Und einiges mehr.“ Seine Augen funkelten sie an. „Aber ich rate dir, komm allein!“

Bevor sie etwas erwidern konnte, war der Nosferatifürst verschwunden

Guardian verspürte diese Unruhe in sich aufsteigen, die ihm zeigte, daß mit Dilara etwas nicht in Ordnung war oder daß sie in Gefahr schwebte. Oder, was sich noch schlimmer auswirkte und bei ihr leider häufig zutraf, daß sie ihm Begriff war, sich wissentlich in Gefahr zu begeben.

„Es ist wieder einmal soweit!“ flüsterte er vor sich hin.

Guardian hielt sich seit geraumer Zeit in dem abgelegenen Tempelbezirk der Katakomben auf.

Es war eine Phase der inneren Einkehr, weil er spürte, daß Entscheidendes bevorstand. Richtungweisendes, das auch seine Geschicke bestimmen und verändern würde. Und es war mit Dilara verknüpft. Mit ihr und Antediluvian. Und ihrer gemeinsamen Vergangenheit.

Guardians schlanke Gestalt straffte sich.

Er verspürte keine Furcht vor dem Fürst der Nosferati. Er hatte viel mehr Angst vor dem, was Dilara bevorstand, wenn sie sich auf eine unbedachte Auseinandersetzung mit Antediluvian einließ.

Guardian traf Vorbereitungen, in die Welt der Cemeteries-Gemeinschaft zurückzukehren, um gestärkt an Dilaras Seite zu sein.

Dilara war nach ihrem nächtlichen Ausflug unbemerkt in die Katakomben zurückgekehrt und glitt neben Calvin, der sich regte, als sie sich an seinen Rücken preßte und ihn von hinten umarmte.

Calvin murmelte im Halbschlaf etwas Unverständliches, drehte sich schlaftrunken herum und griff nach ihr.

Dilara stieß einen zufriedenen Laut aus und schmiegte sich an ihn. Seine Umarmungen hatten etwas beruhigend „Normales“ nach ihrer Begegnung mit Antediluvian, der etwas im Schilde führte. Soviel stand fest. Aber das war er immer. Und es galt, dem endlich ein Ende zu setzen, wenn sie sich nicht weiterhin von ihm manipulieren lassen wollte.

Dilara verspürte keine Furcht. Allenfalls Vorsicht, und die war immer geboten, wenn es um den alten Nosferatu ging.

Calvins leise Stimme drang in ihre Gedanken. „Du hast mir gar keine Gelegenheit gegeben, dir von einem höchst interessanten Priester zu erzählen, der hier in der weitverzweigten Gesellschaft der Cemeteries lebt.“ Calvins Finger fuhren sanft durch Dilaras Locken.

Dilara ging nicht auf das ein, was er sagte, betrachtete ihren Geliebten aber nachdenklich.

Ob er es wirklich nicht gespürt hatte, daß sie weggewesen war, oder sich nur darüber ausschwieg, konnte sie nicht ergründen. Es war in diesem Moment auch unwichtig. Zu sehr beschäftigte sie die Frage, ob sie Antediluvians Aufforderung wirklich folgen sollte. Sollte sie in der kommenden Nacht ins Museum gehen? Allein...

Als ob das jemals in Frage gestanden hätte, dachte sie. Natürlich würde sie gehen!

Überlege dir das gut! Wer weiß, was der Alte im Schilde führt, hetzte die Stimme in ihr.

Natürlich hat er etwas ausgeheckt, durchfuhr es Dilara grimmig. Aber ich bin es leid, dieses Versteckspiel. Ein für alle Mal. Es wird Zeit für den Schlußakkord. Egal, für wen der letzte Vorhang fällt.

Dilara warf einen erneuten Blick auf Calvin. Und sollte ich diese Nacht unbeschadet überstehen, bist du an der Reihe, mein Lieber, dachte sie und gab sich seiner Umarmung hin, dann gehe ich deinem Rätsel auf die Spur.

Den Kopf an Calvins Brust und unter dem sanften Streicheln seiner Hände schlief sie ein.

Das kleine hellhäutige Mädchen mit den dunklen, geflochtenen Zöpfen lief lachend durch den Garten. Ihre Mutter hatte sie zwar schon häufig getadelt, sich nicht so wild zu gebärden, weil sich das für ein Mädchen nicht geziemte, doch das unruhige Blut, das in der Kleinen wallte, ließ sie immer wieder die Ermahnung vergessen.

Besonders wenn die Lebensfreude so nachhaltig in ihr drängte. Wenn sie am liebsten die ganze Welt umarmt hätte und ihr die eigene viel zu klein vorkam.

Sie warf die Hände in die Luft, als wolle sie die Gewitterwolken erfassen, die sich am Himmel zusammenbrauten. Die Luft schien stillzustehen. Wie vor jedem Unwetter, das sich daraufhin entlädt. Die Ruhe vor dem Sturm. Der brandete auf, riß erbarmungslos Blätter von den Ästen und ließ sie in kleinen Fontänen wegwirbeln.

Die Kleine lief auf die mächtige, alte Birke zu, die in dem

Garten stand, und dachte daran, was ihr Vater über den Baum erzählt hatte. Daß dieser Baum Blitze anziehen solle. Daß er aber auch als heiliger Baum verehrt würde.

Das Mädchen war schon immer wißbegierig gewesen. So, wie sie Bücher verschlang, seit sie lesen konnte – und das war noch gar nicht so lange –, nahm sie auch alles, was man ihr erzählte, wie ein Schwamm in sich auf.

Der erste Blitz zuckte am Himmel.

Der nächste fuhr zackig durch die Wolken und in die mächtige Krone der Birke. Spaltete sie. Ein armdicker Ast löste sich und sauste auf das Mädchen zu. Ehe es den Mund öffnen konnte, kam das Geschoß näher und hätte sie getroffen und zu Boden geschleudert.

Hätte da nicht wie aus dem Boden gewachsen ein dünner Junge, der ungefähr zwei oder drei Jahre älter als sie war, vor ihr gestanden und sie aus der Gefahrenzone gerissen.

Das Mädchen fiel mit ihm zu Boden und verlor für einige Minuten die Besinnung.

Als es wieder zu sich kam, war der blonde Junge mit den strahlend blauen Augen verschwunden.

Die Szenerie wechselte.

Aus dem Mädchen war eine junge schöne Frau mit katzengrünen Augen und langem schwarzen Haar geworden. Eine Frau, die in einer Kutsche die Park Lane entlangfuhr. Neben ihr ein Mann...

London, 1892

Eine Kutsche rollte die Park Lane herunter und hielt vor einem unscheinbaren, von einem verwilderten Garten umgebenen Anwesen. Ihre Passagiere, ein Mann mit kurzem blondem Haar, und eine hübsche junge Frau mit auffallend heller Haut hatten die ganze Fahrt über geschwiegen. Sie sahen einander an, und ihre Blicke sagten mehr als Worte.

„Dilara, ich…“ Roger Gallet brach das Schweigen als erster.

Dilara legte ihm den Zeigefinger auf die Lippen. „Sprich es nicht aus, Roger! Du weißt, daß meine Liebe todbringend ist. Wir sind zusammen durch die Hölle gegangen. Ich wünschte, wir könnten Freunde bleiben, aber selbst das…“ Sie blickte aus dem Fenster, sah, wie der Wind die Bäume bog und am Laub riß. „Wir leben in zwei verschiedenen Welten. Das sollte dir bewußt geworden sein.“

„Du hast recht, Dilara, aber ich hasse es, vernünftig zu sein. Und ich werde in einer weiteren Frage schrecklich vernünftig sein müssen…“

„Du willst die Erkenntnisse, die du aus der Expedition gewonnen hast, nicht veröffentlichen?“

„Richtig. Von Aztlan dürfte kaum etwas übriggeblieben sein. Ich werde einen Bericht für die Universität verfassen müssen, der nicht ganz der Wahrheit entspricht. Rodriguez und Gomez sind tot. Ich habe keine Beweise für das, was geschehen ist.“

„Außer dem Sonnenstein!“

„Ja, der Stein… ich wollte ihn dir schenken.“

„Nein, ich möchte ihn nicht besitzen. Ich glaube, es wäre kein gutes Omen für meine Zukunft.“ Und nach einem Moment des Schweigens fügte Dilara hinzu: „Die Pferde werden ungeduldig. Ich sollte gehen.“ Sie nahm seine Hände aus den ihren und hauchte ihm einen Kuß auf die Wange. Nicht mehr und nicht weniger durfte er verlangen.

Dann ging sie ohne ein weiteres Wort.

Zu seiner Überraschung fand Roger Gallet sein Haus unweit Bristols hell erleuchtet vor. Alles Unerwartete erzeugte seit den Ereignissen in Mexiko in ihm ein ungutes Gefühl. Seine Nerven hatten mehr gelitten, als er sich selbst eingestehen wollte.

Auf dem Weg zum Haus kam ihm eine junge Frau mit schulterlangem blondem Haar entgegen, die ihm wie die Erinnerung aus einem früheren Leben erschien.

Janet Norton hatte die unerklärliche Schwäche, die sie in den Tagen seiner Abreise befallen hatte, rasch überwunden, doch die Krise war an Körper und Charakter nicht spurlos vorübergegangen. Sie erschien Roger Gallet in jeder Beziehung gereift.

Und wann immer er sie in Zukunft betrachtete, glaubte er, in ihren Augen etwas von Dilara zu erkennen.

Dilara wachte keuchend auf und blieb eine Weile benommen liegen. Dachte über den sonderbaren Traum nach. Die Stelle, an der sie Calvin immer noch neben sich wähnte, war leer.

„Roger!" entfuhr es ihr. „Roger Gallet!"

Mit einem Mal brach in ihr ein Damm, der über hundert Jahre lang gehalten hatte. Alles Wissen war wieder so präsent, als habe sie diese Dinge erst vor wenigen Wochen erlebt. Dilara wußte nicht, warum sie sich erst jetzt daran erinnerte, aber das war nicht das letzte Mal gewesen, daß sie von Roger Gallet gehört hatte. Bloß hatte sie den Namen seltsamerweise nicht einordnen können. Es war in einem der letzten Kriegsjahre gewesen, die sie größtenteils in St. Ives an der Nordküste Cornwalls verbracht hatte, als ihr das Leben in London unerträglich geworden war.

An einem Frühlingstag, es mußte im Mai gewesen sein, hatte sie einen Brief erhalten, den ihr die Post nachgesandt hatte. Der Absender war ein Mann namens Roger Gallet gewesen. Der Inhalt des Briefes warf Rätsel auf. Von einem Stein war darin die Rede gewesen, und von einer gemeinsamen Reise. Dilara erinnerte sich nicht. Doch warum nicht? Die Konzentration auf diese Frage bereitete ihr Kopfschmerzen.

Und plötzlich wußte sie, was geschehen war, einige Jahre nach ihrer Rückkehr aus Mexiko…

London, 1895

Dilara verbrachte die ersten beiden Wochen damit, sich an ihr altes Zuhause zu gewöhnen. Sie war sich selbst fremd geworden. Von Zeit zu Zeit dachte sie noch an Antediluvian und sein Schicksal. Warum hatte er ihr damals an den Tyburn Gallows die Unsterblichkeit geschenkt? Hatte er versucht, der Prophezeiung einen Strich durch die Rechnung zu machen? Hatte er so weit vorausgeplant, oder beruhten all diese Ereignisse auf einer Kette höchst unglaublicher Zufälle?

Antediluvians Statthalter, Graf Oorlog, gab sich größte Mühe, ein grausamer und unnachgiebiger Vertreter des Urnosferatu zu sein, doch Dilara hatte Ruhe vor ihm.

In einer stürmischen Nacht im Jahre 1895 schreckte Dilara

aus einem Traum auf, in dem sie wieder auf der Pyramide, direkt neben der Flamme, stand. Sie hatte das Gefühl, kurz vor einer wichtigen Erkenntnis zu stehen. Als sie erwachte, war sie nicht länger alleine. Die massige Silhouette dessen, der am Fußende ihres Bettes stand, war ihr bekannt, und doch… das war unmöglich! Das Haar des Mannes fiel in dicken, mit Troddeln verzierten Zöpfen bis auf seine Hüften hinab. Er trug ein Gewand, das über und über mit Schuppen, ähnlich denen eines Fisches, besetzt war.

„Du glaubst, dein Traum sei noch nicht vorüber, doch ich muß dich leider enttäuschen, Dilara."

„Antediluvian!" – und plötzlich, als zerbreche etwas in ihrem Inneren: „Antediluvian, Unvaale Tidin... und Vitali Dunane!"

„Ich gebe zu, daß ich bei der Wahl meines Namens nicht sehr originell war, aber er hat seinen Zweck erfüllt!" Er lachte. „Mir hat diese Scharade großen Spaß gemacht. Ihr Ende allerdings… wie du siehst, bin ich nicht vergangen. Es hat eine Weile gedauert, bis ich wieder hergestellt war. Und nun komme ich, um das zu verlangen, was mir gehört. Ich spreche von dem Stein, den du im Tempel der Coyolxa geraubt hast, dem Stein, der Tonatiuh wiedererwecken wird… dem *Sonnenstein*!"

Es herrschte Stille, abgesehen von einem Fensterladen, der immer und immer wieder gegen den Rahmen schlug.

Dilaras Gedanken arbeiteten fieberhaft. „Ich habe ihn nicht!... Ich weiß nicht, wo er sich befindet."

„Es hat keinen Zweck, mich zu hintergehen, du weißt das. Das Wissen, das du mir nicht geben willst, werde ich mir nehmen!"

Antediluvian wandte sich enttäuscht ab. Er hatte in Dilaras Gedanken gelesen, daß sie den Stein gesehen hatte, doch dann mußte sie ihn wieder verloren haben. Das Bild verschwamm.

Antediluvian seufzte, er würde vorerst alle Hände voll zu tun haben, diesem Narren von Oorlog die Macht zu entreißen, die dieser glaubte, für sich beanspruchen zu können. Seine ferneren Ziele würde er später weiterverfolgen.

Alles zu seiner Zeit.

Er hatte Dilara in einen Tranceschlaf versetzt, aus dem sie erst in einigen Tagen erwachen würde, ohne sich an ihre Erlebnisse in Aztlan und alles, was mit Antediluvian zusammenhing, erinnern zu können.

Der Nosferatu nahm die Gestalt einer gewaltigen, furchteinflößenden Fledermaus an und stürzte aus dem halboffenen Fenster, um sich in den Nachthimmel Londons zu erheben… seiner Stadt.

London, 2005

Guardian traf beinahe zeitgleich bei Dilara ein, als diese in die Nacht entschwinden wollte.

Den Tag hatte sie in ihrer Kammer verbracht und sich gefragt, wo sich Calvin herumtrieb. Was ihr Mißtrauen noch mehr verstärkte, vor allem aber die Frage in ihr nährte, was aus dem telepathischen Band geworden war, das sie bisher vereint hatte. Doch auf der anderen Seite war sie froh, daß sich Calvin schon wieder in den weitverzweigten Katakomben herumzutreiben schien, so mußte sie sich nicht heimlich davonschleichen, immer in Sorge, daß er ihr hinterherkam.

Dafür prallte sie beinahe mit Guardian zusammen, als sie die Katakomben verließ und die Kapelle hinter sich lassen wollte.

„Hoppla, nicht so eilig." Guardian lachte und hielt sie fest. Aber das Lachen erreichte nicht seine Augen, die Dilara ernst anblickten. In ihnen stand die Botschaft: Ich weiß, was du vorhast!

Das auch noch, durchzuckte es die Vampirin, und sie löste sich hastig von ihm. „Ich habe es eilig!" erwiderte sie banal.

„Das sehe ich. Verrätst du mir den Grund?"

„Jetzt nicht." Dilara drehte sich herum, schon im Begriff, sich ihrer stofflichen Gestalt zu entledigen.

Doch Guardian hielt sie zurück. „Nicht so schnell. Du begibst dich in Gefahr!" Dilara öffnete den Mund zum Protest, aber er fuhr schon weiter fort. „Und ich bin nicht erfreut darüber."

Dilara stieß einen empörten Laut aus. Das fehlte ihr gerade noch, daß sich Guardian als Aufpasser aufspielte. „Ich brauche kein Kindermädchen!" zischte sie. „Ich bin bisher auch ganz gut alleine zurechtgekommen." Das war zugegebenermaßen eine faustdicke Lüge, aber wen kümmerte das?

„Wohin dich das gebracht hat, sieht man ja!"

Was immer Guardian damit meinte, Dilara verspürte nicht die geringste Lust auf eine Diskussion. Vor allem hatte sie nicht die Zeit.

Antediluvian wartete!

Und mit ihm – so hoffte sie – etliche Antworten auf ihre Fragen.

„Das ist nicht deine Angelegenheit, Guardian. Das ist einzig und allein eine Sache zwischen Antediluvian und mir!" sagte sie daher bestimmt.

Guardians Blick verlor sich. „Die Dinge sind oft nicht so, wie sie erscheinen, Dilara!" wiederholte er den Satz, den sie auch von Antediluvian zu hören bekommen und der ihre Fragen noch vermehrt hatte.

„Das mag sein, aber du solltest meinen Wunsch respektieren und mich alleine lassen." Sie wartete seine Antwort erst gar nicht ab, sondern löste sich in Sekundenschnelle in einen düsteren Schatten auf, der in Windeseile davonschwebte.

Dilaras Zuhause wirkte auf sie, als habe es seit ihrer notgedrungenen Flucht seine alte Seele eingebüßt. Seine Mauern waren kalt und abweisend, und die Bäume in dem verwilderten Garten hinter der Mauer erschienen ihr wie stumme Wächter, die ihr den Eintritt verwehrten.

Die Vampirin vergewisserte sich, daß sie alleine war, und schlüpfte durch die Tür ins Innere, das vom Mondlicht gespenstisch erhellt wurde. Möbel und Boden waren von Staub bedeckt, doch Dilara hinterließ keine Spur, als sie die Treppe hinauf zuerst zum Obergeschoß und dann zum Dachboden nahm, der eine Fundgrube aus über dreihundert Jahren war. Eine große Anzahl von Erinnerungsstücken hatten sich hier oben angesammelt, Unmengen von Papier, Fotografien und Briefe. Darunter befand sich auch der Brief Roger Gallets, und Dilara entdeckte ihn auf Anhieb, da sie ihre Post grob chronologisch geordnet hatte.

Als sie den Umschlag öffnete, fiel ihr ein kleiner, silberner Schlüssel an einer dünnen Kette in die Hand, an den sie sich überhaupt nicht erinnerte. Sie hängte ihn sich um den Hals, faltete den Brief auseinander und las:

„Bury, 21. April 1944

Liebe Dilara,

nach all den Jahren breche ich unseren stummen Schwur, einander zu vergessen, denn bald wird er wertlos sein. Ich spüre den kalten Hauch des Todes und sehe mein Leben an mir vorüberziehen. Ich weiß, daß Sie dieses Gefühl nicht nachvollziehen können, das Gefühl der Endlichkeit menschlichen Lebens. Sie hätten mir Unsterblichkeit geben können, doch heute weiß ich, daß ich mit diesem Geschenk nicht hätte glücklich werden können.

Ich habe Sie und unsere gemeinsame Reise nie vergessen und habe immer mit dem Wunsch, Sie wiederzusehen, gekämpft. Bis zuletzt bin ich standhaft geblieben.

Daß ich Ihnen heute schreibe, liegt in dem begründet, was wir von unserer Reise mitbrachten. Ich wage es nicht, seinen Namen zu nennen. Er hat mir kein Glück gebracht. Solche Dinge sind, so glaube ich, nicht für Menschen gemacht. Es gibt niemanden, dem ich ihn anvertrauen könnte, und gleichzeitig wage ich es nicht, ihn zu zerstören, denn ich habe die düstere Vorahnung, daß er eines Tages zu etwas nütze sein könnte, das mir vorzustellen meine Kraft nicht ausreicht.

Ich habe ihn aus diesem Grund in einem Bankschließfach der Spencer & Parker Bank am Newington Causeway hinterlegt. Es handelt sich dabei um ein kleines, aber vertrauenswürdiges Institut, in dem man Ihnen keine Fragen stellen wird.

Das Schließfach trägt die Nummer 375.

Das Leben, Dilara, ist…“

Dilara las nicht weiter, sondern steckte den Brief rasch dahin zurück, wo sie ihn hervorgezerrt hatte. Schließfach Nr. 375, sagte sie zu sich selbst, Newington Causeway.

Sie hätte problemlos in das Bankinstitut einbrechen und sämtliche Sicherheitsvorkehrungen umgehen können, doch irgendwie hatte sie das Gefühl, das wäre nicht in Roger Gallets Sinne gewesen. Die Stunden bis zur Öffnung der Bank verbrachte sie mit einem Streifzug durch die niemals schlafende Metropole London.

Mit einer gewissen Genugtuung verlangte sie am Morgen von einem der Bankangestellten, die sie mit mißtrauischen Blicken musterten, in den Tresorraum der Bank geführt zu werden. Von wegen *keine Fragen stellen*! dachte Dilara, die gucken mich an, als sei ich ein besonders häßliches Insekt. Tatsächlich verlangte der junge Mann von ihr, den Schlüssel zu sehen. Ganz zufällig zeigte sie etwas mehr von ihrem Ausschnitt, als unbedingt notwendig war, um an den Schlüssel zu gelangen. Wortlos führte der Angestellte sie zu einer Treppe und hinab in den Keller des Gebäudes.

Der Schlüssel paßte exakt in das Schloß des Faches mit der Nummer 375, in dem sich ein einziger Gegenstand befand. Er war in gefärbtes Leder eingewickelt und ziemlich schwer.

Der Sonnenstein, dachte Dilara.

Ob Antediluvian wohl wußte, daß er für ihn nun wertlos war? Denn Tonatiuh, das hatte sie ja selber an jenem Morgen in Aztlan beobachtet, war für alle Zeit vernichtet worden, als die Priester der Coyolxa sein Haupt vom Rumpf getrennt hatten. Vielleicht würde dieses Wissen für sie noch zu einem Trumpf werden.

Sie nahm erst wenige Meter vor dem British Museum wieder Gestalt an und blieb eine Weile regungslos vor dem Museum stehen. Es hatte natürlich um diese Zeit geschlossen, doch in dem großen Saal, der die Aztekenausstellung beherbergte, brannte helles Licht. Unzählige Gefühle stürmten erneut auf sie ein. Und Erinnerungen. *Die* Erinnerungen, die so lange unter dem Mantel des Vergessens geschlummert hatten. Nun brachen sie endlich hervor. Ganz so, als wäre es nun an der Zeit, sich gewisser Dinge bewußt zu werden. Roger, die Pyramide, die Blutopfer – alles bekam plötzlich einen Sinn. Die Mondgöttin...

Dilara schöpfte tief Atem.

„Ich komme, Antediluvian!“ sagte sie mit fester Stimme und von der Ahnung beseelt, daß nach dieser Nacht nichts mehr wie zuvor sein würde.

Vorausgesetzt, sie überstand sie.

Antediluvian erwartete Dilara im ersten Saal der Ausstellung. Er trug ein prächtiges rotes Gewand, das mit silbernen Schuppen besetzt war. In seine Haare waren Schnüre aus Purpur und Gold eingeflochten. Selbst die Vampirin mußte zugeben, daß seine Wirkung imposant war.

„Erinnerst du dich nun wieder, Königin des Mondes?“ sagte er mit einem maliziösen Lächeln. „Hast du ihn mitgebracht?“

„Den Sonnenstein?“ Dilara zögerte einen Moment. Sie dachte an den enthaupteten Tonatiuh. „Ja, ich trage ihn bei mir.“

„Das ist gut, *sehr* gut. Nach Jahrhunderten des Wartens ist der Tag gekommen. Die Sterne stehen günstig. In dieser Nacht wird Tonatiuh zurückkehren, und wir beide, Dilara, du und ich, werden seine ersten Diener sein!"

Narr! dachte Dilara, ich bin fortan niemandes Dienerin mehr!

„Ich habe die Nachtwache ausgeschaltet. Wir werden das Ritual ungestört vollziehen können. Folge mir, Dilara!"

Ohne darauf zu achten, ob sie seiner Aufforderung folgte, ging er zielstrebig zu jenem Raum hinüber, in dem sich der seltsame Sarkophag befand, dessen Anblick Dilara schon bei ihrem ersten Besuch zutiefst erschüttert hatte.

„Gib mir den Stein, Dilara!" sagte der Nosferatu mit befehlsgewohnter Stimme.

„Vorher wirst du mir einige Fragen beantworten", widersprach die Vampirin. „Du wirst mir verraten, warum du mich vor über vierhundert Jahren verschleppt hast. Und du wirst mir sagen, welches Geheimnis meine Geburt umgibt. Warum nennst du mich Königin des Mondes? Wer waren meine Eltern? Warum wurde ich mit weißer Haut geboren? In welcher Beziehung stand ich zu Coyolxa, der Göttin des Mondes von Aztlan?"

Antediluvian lachte kopfschüttelnd auf. „Du wirst dich nie ändern, Dilara. Ich könnte deine Fragen beantworten, doch was würde es noch ändern, jetzt? Manche Dinge sollte man vielleicht niemals erfahren. Sie könnten eine Enttäuschung sein."

„Bastard! Warum hast du mich dann hierherbestellt?"

„Der Stein, Dilara, gib ihn mir!" Er bemerkte ihr Zögern und begriff, daß sie ihm den Stein niemals kampflos überlassen würde. Doch für eine Auseinandersetzung, über deren Ausgang er sich seit dem Erstarken der Vampirin nicht mehr sicher sein konnte, hatte er keine Zeit mehr.

Dilara hörte ihn einen seltsamen Singsang intonieren, und bevor sie begriff, daß sie die Worte hätte verstehen müssen, denn es handelte sich um Nahuatl, fühlte sie, wie eine furchtbare Lähmung ihren Körper erfaßte: „Zolotl pauthua qua!“

Aztekenmagie! fuhr es Dilara durch den Kopf. Sie konnte sich nicht mehr bewegen. Antediluvian war einer der fünfzig Zauberer, die aufgebrochen waren, Aztlan zu finden. Er ist mehr als nur ein Uralter, dachte sie.

Der Nosferatu näherte sich ihr und berührte sie an der linken Schulter, als wolle er sich vergewissern, daß sie wirklich gelähmt war. „Ich habe immer nur dein Bestes gewollt, Dilara, auch wenn du es nicht sehen wolltest. Du und ich… die Göttin des Mondes und der Gott des Sonnenfeuers… in einer Welt vollkommenster Finsternis hätten wir unter dem Schutz Tonatiuhs geherrscht. Doch es ist nun zu spät. Du hast mich endgültig verlassen. Und ich gebe dich frei. Du wirst das erste Opfer Tonatiuhs sein.“

Er nahm ihr den Stein aus den Händen und liebkoste ihn wie einen wertvollen Schatz. Dann öffnete er den gläsernen Schaukasten und trat an den Sarkophag heran, der schwarz und unheilvoll wie ein Relikt einer fremden Welt vor ihm aufragte. Behutsam setzte er den Sonnenstein in die Aussparung ein. Er paßte auch nach dieser langen Zeit noch wie am ersten Tage.

Antediluvian vollzog mit einem Obsidianmesser, das er aus seinem Gewand gezogen hatte, einen raschen Schnitt über seinen Unterarm. Schwarzes Blut schoß aus der Wunde hervor, und der Nosferatu verwendete es, um den Stein damit zu benetzen. Dilara erinnerte sich an das, was Calvin ihr erzählt hatte: Auch die Adligen der Azteken mußten Blutopfer für die Götter bringen!

In diesem Augenblick erlosch im Museum das Licht. Doch es wurde nicht völlig dunkel. Denn elektrische Entladungen zuckten über den Sarg und hüllten ihn in ein blaues Feuer, das den Saal gespenstisch beleuchtete. Antediluvians Schatten zuckte riesenhaft und grotesk verzerrt über die Wände. Mit ausgebreiteten Armen stand er vor dem Sarkophag, als wolle er seinen Herrn willkommen heißen.

Und dann… wurde der mit Sonnensymbolen verzierte Sargdeckel von innen aufgestoßen, kam auf dem marmornen Boden auf und zerbrach in zwei Teile, die vor der Höhlung stehenblieben.

Dilara wollte ihren Augen nicht trauen. Eine verbrannte Klaue tastete suchend durch den Spalt hindurch und schob den geborstenen Steindeckel Zentimeter um Zentimeter beiseite. Antediluvians Ritual hatte gewirkt. Die Frage war bloß: *Was* hatte er erweckt? Es konnte unmöglich Tonatiuh sein. Aber was war es dann? Dilara erinnerte sich, was sie gelesen und auf den Röntgenbildern gesehen hatte. Die Mumie war weiblichen Geschlechts…

„Großer Tonatiuh!"

Antediluvian fiel auf die Knie und beugte demütig sein Haupt.

Im Dunkeln machte Dilara das verbrannte Etwas aus, das sie auf den Röntgenbildern gesehen hatte. Es hatte sich jedoch zu seiner vollen Länge gestreckt, ein aus über Knochen zusammengeschrumpfter Haut bestehendes Ding, in dem nicht ein Funke Leben hätte sein dürfen. Die Hände nach vorne gereckt und von blauen Lichtern überzogen, näherte es sich Antediluvian.

Im selben Moment, da Dilara am Hals der Kreatur einen Schmuck aus feinem Golddraht und menschlichen Zähnen erkannte, ging das Licht wieder an, heller als vorher, *un-*

glaublich hell! Und dann... zerbarsten alle Glühbirnen gleichzeitig mit einem ohrenbetäubenden Lärm.

Calvin hatte Dilara seit ihrem Streit mit Guardian, der ihn mit einer gewissen Genugtuung erfüllt hatte, verfolgt. Er hatte beobachtet, wie sie zuerst zu ihrem Haus am Hyde Park geeilt war und dort eine Zeitlang verbracht hatte, um dann sichtlich verwirrt durch die Stadt zu irren. Doch anstatt – wie er erwartet hätte – auf Beutefang zu gehen, war sie am frühen Morgen zu einem Bankinstitut gegangen, das sie einige Zeit später mit einem in Leder gewundenen Gegenstand verlassen hatte. Ihm war klar gewesen, daß sie irgend etwas vorhatte. Er kannte sie inzwischen gut genug.

Leider hatte er bald darauf ihre Spur verloren und war auf Verdacht zum British Museum geeilt, gerade rechtzeitig, um die Vampirin darin verschwinden zu sehen.

Calvin machte jedoch nicht den Fehler, ihr in die sichere Falle zu folgen, sondern eilte an der Fassade entlang und verfolgte letztendlich ihren Weg durch die hohen Fenster. So hatte er Gelegenheit zu beobachten, wie sie Antediluvian begegnete und sich mit dem Urnosferatu unterhielt. Und dann überschlugen sich plötzlich die Ereignisse: Dilara schien von Antediluvian gebannt worden zu sein. Dieser vollzog offensichtlich ein Ritual und erweckte etwas im Inneren des Sarkophages.

Im selben Moment, da das helle Licht aufblendete, sah Calvin, daß er nicht der einzige versteckte Beobachter dieses Schauspiels war. Auf der anderen Seite des Fensters, im Schutze eines Busches, stand mit angespannten Zügen... Guardian.

Seltsamerweise fühlte Calvin beim Anblick des Oberhauptes der Cemeteries ein Gefühl der Erleichterung.

Nun war es noch dunkler als zuvor, denn das blaue Feuer, das die Kreatur bis dahin umzuckt hatte, war ebenfalls erloschen. Antediluvian kniete nach wie vor auf dem Boden. Dilara wollte aufschreien, doch sie konnte nicht. Sah er denn nicht, wen er da erweckt hatte? Begriff er denn nicht, daß er hereingelegt worden war? Daß alles einem schrecklichen Plan folgte, der nicht sein eigener war, sondern der von Coyolxa?

Und während sich die neuerwachte Göttin des Mondes unerkannt ihrem Widersacher näherte, sah Dilara noch etwas anderes. Durch den Kurzschluß, der alle Lampen zerstört hatte, hatten die schweren Vorhänge der Fenster bereits Feuer gefangen. Noch brannten sie nur an wenigen Ecken, doch das Feuer würde sich rasch ausbreiten. Und damit nahte eine weitere Gefahr für Dilara, aber auch für Antediluvian und das Ding, das einst Coyolxa gewesen war.

Die Sprinkleranlage würde anspringen und feine Wasserstrahlen bis in die letzte Ecke des Raumes verteilen…

Auch Guardian hatte Calvin nun bemerkt und nickte ihm sanft zu. Gemeinsam beobachteten sie die dramatische Entwicklung der Ereignisse im Ausstellungssaal, und in dem Augenblick, in dem das verbrannte Ding Antediluvian erreichte, beschlossen sie zu handeln.

Da sich Dilara nicht bewegen konnte, sah sie nicht sofort, was da mit einem Höllenlärm durch die beinahe raumhohe Fensterscheibe hinter ihr brach. Sie war gezwungen, zu beobachten, wie Antediluvian aufsah und sich in die Höhe stemmte. Mit einer abwehrenden Handbewegung taumelte er rückwärts, fort von der in einer Flammenkulisse gefangenen mumifizierten Gestalt, die in diesem Moment mit unerwartet großer Geschwindigkeit auf ihn zustürzte und mit ihrer zu einer widerwärtigen Klaue zusammengeschrumpften linken Hand den Hals des Nosferatu packte.

Dilara konnte sein Gesicht nicht sehen, doch alles an seiner Körperhaltung sagte ihr, daß er von Panik ergriffen war. Endlich hatte auch er durchschaut, was er getan hatte.

Anstatt eines Schreies entrang sich seiner Kehle lediglich ein ersticktes Gurgeln, als das Ding seinen Griff noch verstärkte.

Dann holte es mit der Rechten aus und griff einfach durch Antediluvians Kleidung hindurch in die Brust des Vampirs. Mit einem Ruck riß die Kreatur etwas heraus, das konvulsivisch zuckte und von schwarzem Blut troff. Sie öffnete ihren grausigen Schlund und versenkte das Herz des Fürsten der Nosferati darin.

Achtlos ließ sie den leblosen Körper fallen und lenkte ihre Aufmerksamkeit auf Dilara. Selbst ihre Augen, das sah Dilara nun, waren wie unter großer Hitze zusammengeschrumpft und lagen wie blinde Murmeln in den viel zu großen Höhlen.

Die Flammen umspielten den Leib der wiedererwachten Göttin, anscheinend ohne ihr etwas anhaben zu können. Es war beinahe so, als sei sie von einer Art Korona oder Stern von fünf Flammen umgeben.

In diesem Moment wurde Dilara von den Beinen gerissen. Zwei schattenhafte Wesen von nicht mehr ganz menschlicher Gestalt hatten ihre Arme gepackt und zerrten sie weg von dem Feuer, und weg von dem Wesen, das in einer Wand aus Rauch und Flammen verschwand, während über ihm die Raumdecke der Höllenglut nachgab und einstürzte.

Als Dilara unter sich kühlen Rasen fühlte und die Schemen die Konturen von Calvin und Guardian annahmen, heulten ganz in der Nähe Sirenen auf.

Wolfgang Hohlbein

wurde 1953 in Weimar geboren und ist der meistgelesene und erfolgreichste deutschsprachige Fantasy-Autor mit einer Gesamtauflage von weit über 20 Millionen Büchern.
Der Durchbruch gelang ihm 1982 mit „Märchenmond“, das seinen Siegeszug in zahlreichen Ausgaben von den USA bis in den Fernen Osten bis heute ungebrochen fortsetzt. Seine mittlerweile über einhundert Bestseller decken die ganze Palette der Unterhaltungsliteratur ab – von Kinder- und Jugendbüchern über Romane und Drehbücher zu Filmen, von Fantasy über Science Fiction bis hin zum Horror.
Der passionierte Motorradfahrer und Zinnfigurensammler lebt zusammen mit seiner Frau und Co-Autorin Heike, seinen Kindern und zahlreichen Hunden und Katzen am Niederrhein.

Weitere Informationen auf:
www.hohlbein.de, www.hohlbein.net

Alisha Bionda

lebt auf Mallorca – der Insel des zärtlichen Lichts. Dort verbringt sie mit ihrer afghanischen Windhündin Jamila die Nächte am Meer. Die kleinen einsamen Buchten und die Ruhe des Gebirges – in der Nähe des Künstlerortes Deia – haben es ihr angetan. Dort findet sie die Ruhe und Stille, die sie benötigt, weil einer ihrer Grundwesenszüge die zeitweilige Abgrenzung ist.
Schon immer haben es ihr die Literatur und Musik angetan. Aber auch die bildenden Künste. Ihr ruheloses Globetrotterblut führte sie durch die Welt. Heute hat sie ihre „innere Mitte“ gefunden – woraus sie ihre Kraft schöpft. Ganz nach dem „Prinzip der kleinen Schritte“ wählt sie bewußt ihre Projekte aus, ist aber jedem interessanten Angebot gegenüber offen.
Alisha Bionda ist die Herausgeberin der Literaturzeitschrift *HEADLINE* und einiger Anthologien – und ist in zahlreichen Literaturzeitschriften und Anthologien im In- und Ausland vertreten.
Ihre Einzeltitel „Die Welt der Finsternis” und „Das Reich der Katzen” erschienen im Ueberreuter-Verlag in der von Wolfgang Hohlbein ins Leben gerufenen Edition Märchenmond.
Alisha Bionda betreut im BLITZ-Verlag die Leitung des TTT (Lektorat) und ist im PR-Bereich und an der Arbeit der Verlagswebsite beteiligt. Ebenso an den Redaktionen der Serien und Reihen „Sherlock Holmes Criminal Bibliothek“, „Wolfgang Hohlbeins Schattenchronik“, „Larry Brent“ und „Macabros“.
Die Autorin hat unter anderem Literaturgeschichte, Stilkunde, Romantechnik, Romanformen, Dramaturgie des Theaters, des Films, des Hör- und Fernsehspiels, lyrische Ausdrucksformen, Sachprosa und Journalismus studiert.

Website: www.alisha-bionda.de

Jörg Kleudgen

Jörg Kleudgen wurde 1968 in Zülpich bei Köln geboren. Seiner Begeisterung für das Phantastische verlieh er anfangs durch Zeichnungen, später immer häufiger durch Kurzgeschichten und Novellen Ausdruck.
Während eines Architekturstudiums begann er, seine schriftstellerische und musikalische Arbeit in professionelle Bahnen zu lenken und gründete das GOTHIC-Szenemagazin und die Gothic-Rockband THE HOUSE OF USHER, die seit 15 Jahren als eine der letzten deutschen Bands einen klassischen Gothic-Rockstil à la THE CULT und THE SISTERS OF MERCY pflegt, sechs Alben und etliche Singles veröffentlichte und auf bedeutenden Festivals, u.a. in Deutschland (Zillo-Festival, M'Era Luna, Wave- & Gotik-Treffen), Belgien, Italien, Frankreich, England und dem Libanon auftrat.
2002 erschien von Jörg Kleudgen in der Reihe „Die Schwarzen Führer“ des EULEN-Verlages sein Band „Eifel-Mosel“, ein Reiseführer zu sagenumwobenen Stätten, 2005 veröffentlichte der BLITZ-Verlag die erweiterte und überarbeitete Neuauflage seiner bis dahin vergriffenen Kurzgeschichtensammlung „Cosmogenesis“.
Seine Lieblingsbücher sind Josef Nyárys „Das Haupt des Täufers“ und Umberto Ecos „Das Foucaultsche Pendel“, stilistisch steht er jedoch vor allem Edgar Allan Poe und H. P. Lovecraft nahe.

Website: www.the-house-of-usher.de